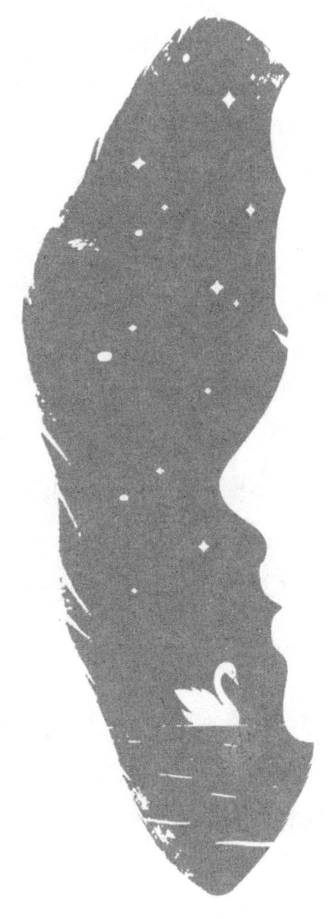

流星划过爱痕

吴静/著

长江出版传媒
长江文艺出版社

图书在版编目（C I P）数据

流星划过爱痕 / 吴静著. -- 武汉 : 长江文艺出版社, 2019.3
ISBN 978-7-5702-0775-6

Ⅰ. ①流… Ⅱ. ①吴… Ⅲ. ①中篇小说－小说集－中国－当代②短篇小说－小说集－中国－当代 Ⅳ. ①I247.7

中国版本图书馆 CIP 数据核字(2019)第 001314 号

责任编辑：杨　岚
封面设计：笑笑生设计　　　　责任校对：陈　琪
水墨插页：熊尉东　　　　责任印制：邱　莉　　胡丽平

出版：长江出版传媒　长江文艺出版社
地址：武汉市雄楚大街 268 号　　　　邮编：430070
发行：长江文艺出版社
电话：027—87679360
http://www.cjlap.com18.
印刷：武汉立信邦和彩色印刷有限公司

开本：720 毫米×970 毫米　　1/16　　印张：18.75
版次：2019 年 3 月第 1 版　　　　2019 年 3 月第 1 次印刷
字数：251 千字

定价：58.00 元

春天的芭蕾（序一）

阎雪君

去年年底，我再一次看到了吴静的名字。她的长篇小说《花开季节》荣获第三届“中国金融文学奖”的长篇小说奖，这很了不起。她在微信中发了信息，我点了赞，表示祝贺。她客气地回复说：“欢迎到孝感来作客!”我这才知道原来她来自董永的故里，七仙女下凡的地方。

我和吴静的第一次见面，应该是在中国金融作协组织的金融文学理论研讨会上。她对金融文学独到而深刻的理解给我留下了深刻印象。会下，我们还进行了详谈。

后来的日子，吴静和我加了QQ，我们开始了不定期的聊天。从聊天得知，在这十几年间，她出了三本书，其中长篇小说《花开季节》用时六年，用时最长。随后，她给我寄来了新作《流星划过爱痕》的清样，请我为她作序。

她说，《流星划过爱痕》写得比较轻松，就像生活中的日记，把看到、听到的生活中的小故事连忙记录下来，形成了20万字的书。

吴静很擅长写职场小说。她的小说很有趣，源于她善于观察生活；她的语言风格俏皮，源于她性格开朗。她的文字情感真挚，深沉含蓄，晶莹剔透，读来让人非常喜爱。

吴静的小说多数以爱情题材为主，用她的话说，爱情是值得永远歌颂的主题。所以到了知天命的年龄她依旧活得像少女一样，阳光明媚，温婉淑静。

她的小说《流星划过爱痕》，写了一个女孩对上司的爱，爱得内敛，爱得心痛。小说虽短却直抒了人们对美好爱情的向往和理性的表达。

在《陌生的信任》中，作者构思精巧，将一对在病房中认识的陌生人之间发生的借钱还钱的感人故事演绎得惟妙惟肖，对城乡两类人进行了有力的对比刻画，结局令人深感意外，让人笑中含泪，若有所思。在《痴女有梦》中，作者心酸地讲述着一个老妇对死去多年恋人深爱的凄美故事，由于老妇对爱的执着、念想、寄托、期待等值过高，最后导致她在“梦”中变白“痴”，在“痴”中说白日“梦”，令人动容同情，慨叹不已！

《姐姐，你是我心中永远的痛》则是集中笔墨书写了婉儿悲苦的一生。《父亲的泪》，吴静用真实的文字细腻地描述了父亲两次流“泪”，一次是父亲在光荣地加入了中国共产党后激动地流泪，另一次是父亲突发脑溢血去世后的第二天突然“流”出难解的泪，令人百感交集，顿生锥心之痛。

《市长儿媳》则是以作者本身为原型，塑造了一个从桃花村走出来的女孩，从小爱转换到大爱，另辟蹊径，不落俗套地把一个市长儿媳历经时代变迁，从颓废到应对，从挣扎到面对，从觉醒到奋进，从稚嫩到成熟的形象表达得淋漓尽致。

在我看来，吴静的写作属于真正意义上的写作，她不急功近利，扎扎实实地写自己手中有感悟的东西。用时尚的话说，是深入生活，扎根基层，用我手写我心的笔触，描摹生活本质，属贾平凹所称的“步步为营”类型的作者。

让我钦佩的是，吴静是一名大堂经理，工作在银行的最前沿。她善于将小说的触角伸向自己熟悉的工作、生活，善于倾听时代脉搏，抵达心灵深处。她的文字很接地气，富有极强的人间烟火味和艺术感染力。《挑“豆”版过往情事》，是她的练笔之作。为了丰富银行内网的文学园地，她在工作之余为接龙文学出招，自己主写，充当文学的主杆，让文学爱好者添加枝丫和绿叶。《聊出来的爱情像阵风》《鱼水猫的故事》都是吴静通过身边人和事架构的，正因如此，她的小说才能够与时代同行，具有广泛传播的吸引力和生命力。

吴静的小说，透露出女性特有的细腻。她善于通过日常景物和生活场景，以一颗阳光的心，化腐朽为神奇，化平凡为伟大。她善于看一个人，论一件事，观一株花，探一颗心，每一个细小的事物，都会成为她吟咏的对象，感受生活的美好和人性的温暖。她的小说看似不事雕琢，质朴可人，看似信手拈来，实则精心挖掘，选材用心。

总之，吴静书中的很多篇章，都像是喃喃自语，却又句句关情，让读者就像看到了另一个自己！作者能把这些发生在每个平凡人身上的事，表达成一种完整的意象。让我们透过这些意象，仿佛看到了平凡的自己。作者也从这些小说中展示了生活都是平淡与波澜交加，寡然与麻辣杂陈。然而，正是她平实简洁的文字中凝结着厚重，厚重中透着灵性，透着对生活与生命的理解，透过对社会人生深刻的解剖，才给人以享受中的震撼，以阅读中的愉悦。

吴静由于创作成果突出，在当地以及全国金融界和社会各界都享有很高的知名度和美誉度，是一位非常有前途的作家。她常说："我用我手紧握雕刻时光的笔，我用我笔潺潺写下我的心。"我想说的是，有就是无，无就是有。吴静，实则有静，静里孕育着动，静就是谦逊如水，动就是潜行创作。沉静如海，静水深流，此刻，她的心蕴涵了灵魂深处的悸动，我突然感觉到，吴静在春的季节里，随着脚步起舞纷飞，跳一曲春天的芭蕾，天使般的容颜最美，尽情绽放青春无悔。春天已来临，有鲜花点缀，啊，春天的芭蕾、芭蕾……

风在吹，初春在吐蕊，静美如画，金秋的丰硕在望！

是为序。

中国金融作家协会主席、中国金融文联副主席　阎雪君

2018 年 3 月 22 日 于北京金融街中国金融作协办公室

无限的“过去”都以“现在”为归宿（序二）

易必新

春节刚过，中国金融作家、中国工商银行孝南支行大堂经理吴静，将她的新作《流星划过爱痕》送给我，要我给她提提修改意见和作序，我欣然同意了。

我之所以同意，除了因为她是我行的员工，是我行的文化领军人物，更重要的是我想给这些企业文化的舞者一些鼓励。

认识吴静，是在我负责工商银行湖北省分行企业文化工作期间。那时收到她通过别人转赠我的文集《握手》，这本20余万字的文集，记录了工行人在改革发展中的努力拼搏、无私奉献，记录了平凡人的生活点滴，具有很强的可读性，使我印象深刻。此后，我又收到了她42万字的长篇小说《花开季节》。这部以工行人为原型的小说，记录了四位工作在银行一线女性的工作、生活，所思，所想，所爱，让我读后身临其境，非常亲切。这部作品获得中国金融文学奖，成为湖北省工商银行系统，第一部获得中国金融文学最高奖项的作品，这更让我对她刮目相看。吴静是一个口碑很好，每年工作任务都完成得很出色的员工，一个工作在银行一线的女同志，在出色完成好本职工作任务的同时，写出这样一部42万字的长篇小说，该要牺牲多少休息时间！

《流星划过爱痕》是她的第三部作品，我认真地看完了她的清样。这是一部小说集。全书51篇，细分为“职场”“生活”“情感”三章。这部小说，集中展示了金融改革的发展变化，记录了金融人的踏实奉献和生活中的喜怒哀乐。许多故事小中见大，妙趣横生，让人回味无穷。

《我的工行媳妇》描写了一位三十多年工作在银行一线的女性，在无数次的公私矛盾中，舍小家，爱大家的事迹。读后让人感动而难以忘怀。因为，她是千万个工行人的缩影。

《投票》写一个实权在握的银行老总，在无钱支付父亲住院费的情况下，面对金钱、贿赂不为所动。看后让人拍手叫好。

《市长儿媳》讲述了某银行基层干部秦冬阳的工作、生活、家庭、婚姻。相互理解的翁媳关系，开始相互排斥后来相互包容的婆媳关系，邂逅初恋情人的尴尬，骨肉分离的思念，等等……人物的碰撞，个性的使然，曲折而真实。

《小黑》则通过对一只狗的收养、遗弃、再收养，折射出许多让人思考的社会现象和社会问题。

每一篇小说，都让人思考，给人启迪，值得一读。

写作是一件很辛苦的事情。它需要学习，需要知识的积累，需要对生活的观察，需要思考。写几篇可能很容易，写十年则很难。吴静在十年间完成100多万字的著作，这种执着、锲而不舍的精神值得我们学习。

吴静说，她喜欢文学，喜欢写作。文学丰富了她的生活，完美了她的人生。我觉得很有道理。正如她的后记《我的作家梦》所写，她的梦是撸起袖子干出来的，是脚踏实地走出来的。每个人都应该有梦。有理想的梦。

因为，无限的“过去”都以“现在”为归宿，无限的“未来”都以“现在”为渊源。“过去”“未来”的中间全仗有“现在”以成其连续，以成其永远，以成其无始无终的大实在。

每个人都应着眼现在。

文化是一个企业的灵魂。它连接着员工的工作、生活，连接着社会。文化能给企业带来无限生机和活力。工商银行是一个有文化的企业，它需要传承，文化的传承，企业精神的传承。

吴静是我行文化的优秀传承者。我希望，我们工行的每一个员工，都能珍惜现在，把握现在，做工行文化的传承者，切实担负起新时代赋予我们的伟大使命！

中国工商银行湖北孝感分行行长　易必新

目　录

第一辑　职场

第二辑　生 活

第三辑　情 感

第一辑

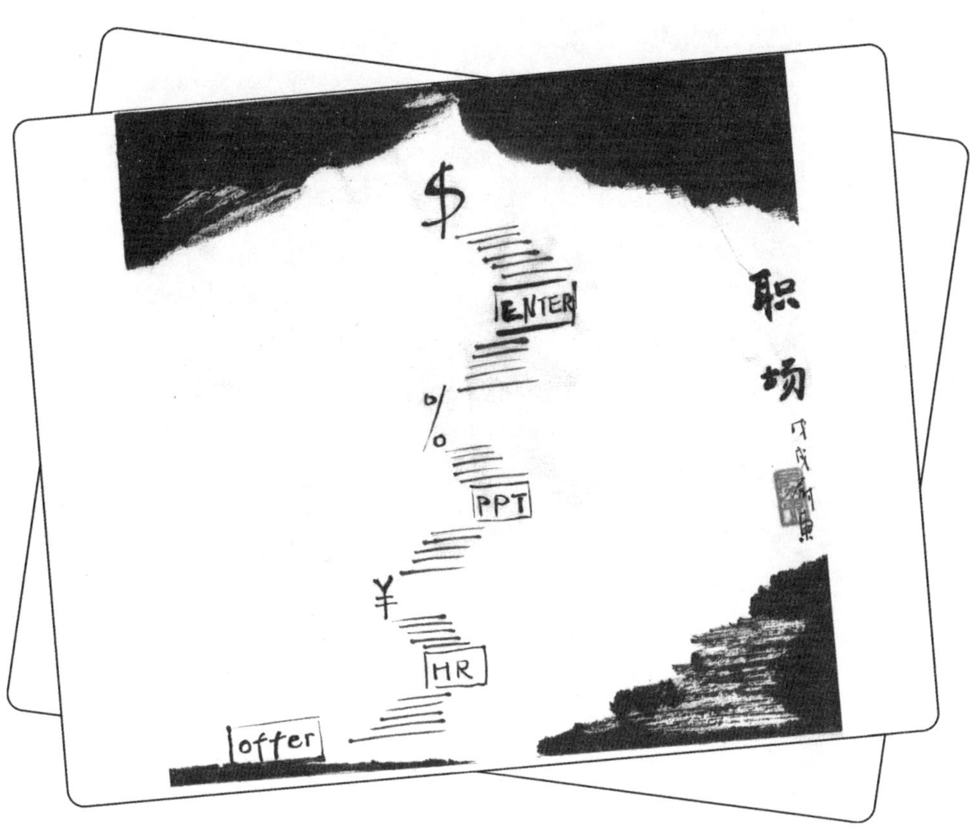

曾经的“涌”流

趁记忆还不迟缓，赶紧描摹我们有过的青春和奋斗的印记……

1

某年的秋天，门前的银杏落下了一地的金黄，我捡起地上数片的叶子，夹进书本里做书签。这一年我认识了一位叫涌的男孩子，他是七项小发明的创造者，还有一项殊荣：安陆十佳青年。

我和涌产生交集是在某个秋日的早晨，银行组织了一个团的活动，我们的进军目标是安陆白兆山。来到白兆山脚下，我们的队伍便分成了两组，A 组都是年富力强的男青年。B 组女同志多，则由一个叫涌的小伙子带队，绕山路，走缓坡。

一路上，我们随着涌走在比较远的缓路上，他很会互动，除了讲文学，还讲发明，更有意思的是他还会聊点哲学。当他得知我发表过文字的时候，他居然顺着文学的话题说到了哲学和文学分裂出的双胞兄弟：感性和理性。他还概括了女性多为感性人。我们这帮女孩子都被他的博学所吸引。那时的他比我们大不了多少，我们这群女孩子居然不知道回击他，都像孩子般认真听他夸夸其谈。当然，我也不例外，从他滔滔不绝地讲述中，我感受着他内心的桀骜不驯所散发的魅力，至少使年少的我很励志、很温暖……

2

我在储蓄科担任业务辅导员，涌在中心储蓄所当主管会计，平时我们接触不多，只有新业务和有疑问的业务才使我们有所接触。那次团活动后，我和涌都加深了彼此的印象。

我和涌第一次单独在一起，是全省储蓄业务大检查，我们俩被抽调到市分行。在市分行集中后，我和涌又被调遣到汉川支行进行为期两天的储蓄业务大检查。

我们到达汉川支行时，已是下午两点。我们凭着分行的对照细则对汉川最大的网点天桥所进行了仔细检查。

我和涌都是第一次做这样的工作，所以检查得很认真、仔细，到了下午快下班时，我和涌已在检查日志上写了满满一页整改意见。搞得被检查的单位，一直处在解释和道歉的境地中。

到了晚饭的时间，分管储蓄的领导催了几遍，我和涌才离开了营业室。

晚饭很丰盛，有满满的一大桌菜，都是以鱼为主的美味佳肴。陪客也有七八个，年龄都比我们长。汉川支行如此盛情，搞得我和涌很难为情，刚挑了别人那么多的刺，可别人还这样。

酒席间，汉川支行的领导还亲自端杯给我俩敬了酒。我不会喝酒，所以推辞了。但是好客的汉川人执意要我喝下，说是远道的客人怎么也不能辞第一杯酒。我和涌对视了一会，有求救的意思，涌领会。他端起我的酒杯对他们说："她真不会喝酒，要不我代？"

汉川人说这第一杯说什么也不能代，要不就是瞧不起我们。话说到这么严重的份上，我只好端起杯子一饮而尽，长痛不如短痛，顿时，胸前犹划过了一条火带，胃部有翻江倒海之势。

这顿饭，我不知道吃了些什么，只隐隐约约地感到他们谈话的声音，好像从很远的地方传来。

饭局完后，我和涌被他们送到了招待所休息。我迷迷糊糊地，很快进入了梦乡。

第二天，储蓄股的王股长来敲我的房门叫我起来吃饭。我的头沉得像块巨石，慌忙中答道："我头痛得厉害，不吃早饭了，让我睡一会儿。"

王股长又催道："该吃中饭了，早上来敲门，没见你们有动静，就想让你们多睡了一会儿。"一听到这话，吓得我睡意全消。

慌乱之中，我胡乱地穿了衣服，来敲涌的房门，半天才听到他窸窸窣窣地开门声。他眯着眼睛问我："几点了？"

"都吃中午饭了。"我答。涌眯着的眼睛一下子醒了："糟了，早上的检查计划全砸了。"

我和涌以迅雷之势，草草地吃了一点东西，就来到了储蓄所，粗略地检查了一番账务，写了检查意见，然后搭车匆匆回城。下午三点，要参加孝感分行碰头会。

坐在回程的车上，涌深有感触地说："精黄陂，狡孝感，又精又狡是汉川，这次我算是领教了。"

我嘿嘿地笑："是谁说的，多挑别人的毛病，别人就不会觉得我们年轻，像个外行。"

涌直抓头挠腮，半天挤出一句话来："实践出真知，见识长才干。"

3

第二次我们到大悟检查工作，我和涌的表现就成熟了许多。

大悟是革命老区，地处大山环绕的中间，这里的人民非常的善良和朴实，从坐上孝感到大悟的巴士车，我们就一路颠簸地行走在山间崎岖的小道上。我和涌一直祈盼着早点到达，但热情的大悟乡亲告诉我们："接下来还将面临六个小时的艰难车程，路上的灰尘很大，还有一段坑洼路和基建工地，一般情况下，这趟车很难准点到达。"乡亲还提醒我：要是晕车的话，尽量空腹……车到了大悟车站时，想不到大悟支行的刘股长，已等候近两个小时了。

来到大悟支行，刘股长一路陪伴着我们，我们要检查的东西，他总是积极配合。我和涌对刘股长的评价很高：这么大的年龄，什么事都亲力亲为，而且仅凭一辆破旧的自行车。

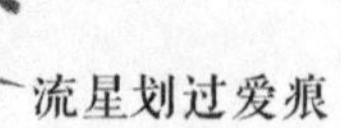

完成了检查，我们要回孝感了。在汽车站，望着拥挤的人群，我和涌持着车票都没法进站。这时刘股长骑着自行车来了，一脸的汗，后车架驮着两个布袋子。原来他给我们送来了地方特产：小米花生。

我们和刘股长拉扯了半天，坚持不肯收，搞得刘股长很恼火，和检票员打了个招呼，刘股长从车上卸下两袋花生，左右肩各扛一袋，直奔我们的回程车。我和涌感动得无地自容，一路小跑地跟上刘股长。回程的车已实实在在地坐满了人，门口也堵得没办法进去。刘股长果断地将花生袋从窗口托老乡接了进去。然后涌和刘股长把我托起，从窗口中递了进去，涌也随之爬了进来。

刘股长见我们坐下来了，一脸的憨笑写在古铜色的脸上。

汽车启动了，刘股长和我们招招手，还跟着车一路小跑，我和涌也努力地伸着手向他致意。

我和涌站在拥挤的车厢内，像独脚的风轮，左右摆动。涌对我说："要不把两个花生袋并放在一起，你坐在上面，我站着也宽松一些，我们还有很远的路要走。"我点头。一路上，涌站在我的身后，像个靠背。我俩在最艰难的环境里，总是相互帮扶，相互鼓励。

回到家里，妈妈说："小鱼，这小花生好吃，你看都碾成米了。"我笑着对妈妈说："要不是这两袋花生，你女儿可能累得要散架了。"

第二天上班，电话铃响了，是一个熟悉的男声："小鱼，你的屁股好厉害，我妈说，袋子里面上面都是壳，下面都是花生米。"接着还调侃道，"通过这件事，我准备发明一项新的专利，搓衣式剥壳机。"

我恨恨地挂了电话，这家伙拿屁股也能说事。不过几天以后，他真的将一台剥壳机放在发明展会的展台上。他介绍说，智慧的魅力是无穷的，有时一项新的发明还真的来自偶然……

4

我和涌随着业务联系的增多，交往也多了起来。因为涌特别聪明和好学，深受领导的喜爱和同事的支持。不久，他被提拔当上了中心所副主任，他的主管会计一职，则由一名新分来的女孩子接替。那个时候，涌真是一副春风得意的样子，像个脱产干部，经常跑到我的科室里坐着聊天。搞得很多人觉得我们是不是对上了。

我总是对他们解释说："涌就是我一哥们！"别人总是半信半疑。那个时候我已心有所属，涌也知道，但心照不宣。

有一天，我和涌在外面应酬回来，在支行的院子里，他神秘地把我拉到一边对我说："你觉得那个姑娘怎么样？"

我和涌说任何话题，都不用做任何铺垫，就知道对方要说什么事。他说的那个姑娘，就是接替主管会计一职的那个女孩。

我说"好哇"！这句话特真心。自从那个女孩来了过后，涌就没有担心过中心所账务的事情，她是一个细心的女孩，做着一手漂亮的手工账，像印刷的一样。更重要的是那个女孩连涌的单身狗窝，也清理得像她的手工账。

我和涌就这样大大咧咧的相处着，经常出差、经常参加业务比赛。我们的好，在相对封闭的那个年代，是一般人不可理解的。

涌没和主管会计成事，倒是我的同班同学，在外单位上班的一个漂亮的、有才华的女子，相中了涌，托另外一个女同事，向涌表白了心迹，涌跟她很有眼缘，一见钟情。经过一年多的相处，涌牵着她的手，走上了红地毯。

5

后来，他调离了支行，我们就很少见面了。先是偶尔通通电话，再后来因为家庭琐事的负累、工作繁忙，渐渐地失去了联系。

直到孝感双百人才交流会的召开，我又一次看到了涌。当时他坐在会议厅靠前，而我坐在靠后，他没看见我，我也没有上前打招呼。想想十年了，未必就有话题可以说。散会后，出口在后面，所以我随着人流，先走出了会议厅。

刚走出会议厅，就听见有人喊我的名字，而且一声追一声地，充满了关爱和迫切。我回头一看，见是涌。他正穿过了密集的人群急急地朝我走来。

走到我的身边，他欲言又止，我还以为有什么事要问。他把我拉离了流动的人群，然后在我耳边很神秘地问道：“这些年没见，想我了没？”

“去死吧！”我一把推开他，涌还是一副没正形的样子，龇着牙一脸的坏笑。

晚餐后，我和涌缓缓走在后湖公园的沿湖岸边，湖面微波粼粼的水色，我说，时间真是个可怕的东西，我们曾有的过往，已成黑白。

涌笑着说那些一路走过的曾经，像是冬日的暖阳，带着一种依恋的味道。只有记忆像一只洋葱，一层层不经意地剥开，总让人忍不住揉眼。

我望着涌想起了一句话：当那些春去秋来的大雁展翅凌空时，我们在悄然的成长。不是吗？我们是双百人才，银行的中流砥柱……

考　验

中秋可是一个不平凡的日子。劲松坐在营业大厅里，心思却一个劲地走神。刚为一位老太办完了业务，他的目光就迫不及待地向大厅扫去，还好，没客户了。他站立起来笑容灿烂地为这位老太送行，老太伸出大拇指直夸他：态度好，是个逗人喜欢的阳光青年。劲松可没心思与这位客户搭讪，连连点头应付。等客户走出了大厅，他才吐了吐舌头，心里那个得意，就像偷着油的耗子美滋滋的。

“六点差十分，还有十分钟就下班了，玲玲一定等急了吧。”他眯着眼睛盯着显示屏上的电子钟，心里打着小鼓。

说起来也许别人会笑话，劲松和玲玲可是经过了两年之久的“地下”工作，今天总算浮出了水面选定了中秋这个日子，上玲玲家认亲去！

你说此时此刻的劲松，哪有心思上班，如果能把电子屏上的数字拨快点，相信劲松会毫不犹豫地拨它一回。正当他有点心不在焉、浮想联翩的时候，窗台前来了一位客户。

“小青年，帮我看看，这张存单到了期，该怎么算?”劲松一下子回过神来，只见一个五十多岁的男客户正问他的话呢！他歉意地对来客笑了笑，便接过了客户手中的存单一看：是一张十万元的三年债券，已到期十多天了。

劲松回过头来望了望电子屏，还有三分钟，办完这笔业务就差不多要下班了。他对客户点了点头，说了一句稍候，便坐在电脑前快速操作起来。只一会工夫，他便把利息清单递给了客户，并指定了客户签收的位置。为了节约时间，他边做着账务处理边询问了是取现还是转存?

半晌都没有反应，劲松抬起头来，只见这位客户拿着利息清单并不急于签字，而是对着光线左右地看，劲松又急忙拿出老花镜递给了他签字。正在这时，六点钟到了，保安已放下了铁栅门。劲松望着这位不急不慢的客户，心里是又着急又发毛。

“大叔，能不能?”后面的几个字还没有说出口，这位客户开了腔：“哦！是这样的，这十万元钱是三家亲戚合存的，你帮我分开算息，给每家一张明细，我好回家和亲戚们算，麻烦你了，另外，按各家的金额存一年的定期，利息单和息钱配好……”

劲松一听，头都大了。心想：这位大叔迟不来，早不来，偏在这个特殊的日子里凑热闹。劲松稳了稳情绪，心里安抚自己说别急别急。他拿出好久不用的备用算盘逐笔按照客户的意思核算起来。当劲松把钱、利息清单和存单配好一并交给客户时，时针毫不留情地指向六点二十分。

“小青年，你是1097柜员吧，我可认识你，你的态度真好，我没耽搁你的时间吧?”劲松哪有心思听他的赞美和唠叨，随口应着。

把客户前脚送离了柜台，他便开始紧张地轧账，给凭证打号。然后“飞”似的提着备好的礼品直奔玲玲家。

玲玲果然在家门口焦急地探望，一见到他便有几分嗔怪。劲松也不知道说什么好，搓着手直说：“对不起，对不起。”

进了屋，呀！人真的不少，七姑八姨都到齐了。劲松第一次见到这等场面，又迟了到，脸烧得通红，只不停地说“对不起，让大家久等了。”

“小青年，不怪你，是我耽搁了你的时间。”劲松一听声音好熟悉，循声望去，这不是那个客户吗?!“快叫舅伯。”玲玲小声示意着。劲松茫然地喊道：“舅伯?!”

“好，好，好，舅伯这一关算是通过了，上次我们家的玲玲说劲松在工商银行上班，还是个先进，工号牌是1097号，我可是实地考察过好几次，认准了目标。为了当好这个考官，我可是学习了半个月的银行业务。”

哈哈哈……一桌人被舅伯的演讲都逗乐了。

呵，原来如此，劲松深深地吸了一口气，有惊无险。以后可要经得起考验啊，他暗暗地告诫自己。

心　结

在那个美丽的董永故里，居住着一位朋友，他供职于某工商银行，在《董园工行人》担任编辑，他的名字叫寨。而我只是下属县市同一系统的职员。

我与寨相识两年有余，却从未谋面，更谈不上认识。我经常在经济报、孝感报、内参等刊物上读他的文章，读着读着，就有一种共鸣感和清爽感。偶尔也能读到他写的一些人生沧桑的文字，心里久久难以平复，我想：会写真好。

日子一天天、一年年的流逝，我在淡泊的生活中，品味着静的联想：其实我也有很多东西可以写的，只是我写的东西寄到哪里去呢？寄给他吧！我的第一个念头。于是在我的笔下流淌着杂文、随笔、小说或理论探讨性文章。

他给我的“回信”，总是令我感动和惊异。那是我见刊后的文章，已被他整理、修剪过了，显得花繁叶茂、多姿多彩。我的感动也就心境明朗，好像所有的日子都如同清洗过一般爽洁、透亮；好像每一行文字都充溢着情谊和关怀。

推开春的窗户，我仿佛嗅到了董永故里的仙气。我对自己说：去看看寨吧！

我曾无数次到分行办事时经过他的办公楼，也无数次想象着和他相遇或相识。但总恐花香中的幻想，是冰晶堆砌的……一碰就碎了。毕竟不同的性别，不同的生活圈，除了见面后问候“你好”之外，我们还有续篇的

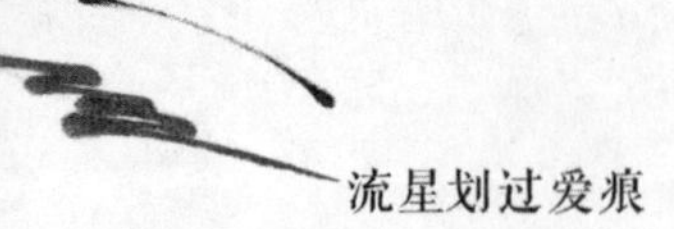

话题吗？那个文字的“知己”会不会因为相见的尴尬而走到了世界末日。

择机不如撞。终于，上天给了我一次机会。孝感分行“双百工程”人才交流会在董永的故里拉开了帷幕。走进偌大的会议厅，我的眼光四处寻觅，我相信那个未曾谋面的“朋友”早已在我的心中定格，一眼就能认定出。果然不出我的所料——有一个戴着眼镜的青年，他穿着白色的西服，一定是他，我坚信。更让我眼睛为之一亮的是，他佩戴了工号牌，在鲜红党旗的下面刻着他的名字，这更坚定了我的猜测。

我装着若无其事的样子，从离他很近的过道走去，我想确切地认定是他。离他很近很近了，我心里打着鼓，仿佛要跳出来般。我的脸竟然绯红得让眼睛都有些迷糊，然而他不经意地一动，工号牌还是偏离了我的视线。

短暂的会议终于结束了，望着他的背影匆匆地消失在人群中，我竟有一种说不出的淡淡忧伤。回到家中，我打开电脑，邮件跳出了一段话，题名：感谢你的投稿！署名：寨。我沉重的心情一下子释放开来，我不知道他认不认识我，但这并不重要，重要的是我们依然是陌生又熟悉的朋友，依然有共同探讨和关注的文学和工作话题。

如今，他换到另一个刊物从事编辑工作，我依旧向他投稿，依然读他的文章，但我不再企盼相识或者相见。因为有了距离，我对他的认识和关注，才显得清新和纯粹。因为有了距离，我对他的视觉总有一种全新的美感和解读，虽然我一直想亲口对他说声谢谢，感谢他多年来对我的支持和帮助，终没能实现，但心存感激的心更加激励着我写出更好更多的作品来。

前些时，我和几位文学朋友坐在一起喝茶，我说出了这个藏在我心中的想法，他们都笑了，告诉我：其实生活中像这样甘作嫁衣的编辑还有很多很多，不必要有心结，正是因为有了他们的付出，我们才能享受到文字带给我们的精神盛宴。

那一刻，我释然了。

我的工行媳妇

湖北人把爱人叫媳妇，是种习称。它带有亲近、喜庆的意思！

我的媳妇是湖北人，在工商银行工作，是名大堂经理。工作三十多年，从未听她说声苦，叫声累。

媳妇个子不高，人长得壮实。走起路来像阵风。一会在大堂的东边，转眼到了大堂的西头。我时常说她，像个滚动的地球。

我问她："工作三十多年，你在大堂都走了几个二万五千里了！你还准备走多久？"

她调侃道："革命尚未成功，同志仍需努力！为了工行事业，我要永远走下去！"

媳妇人缘很好。许多爹爹婆婆不只是她的客户，更像她的亲人。不时有人过来，会带给她一把瓜子，有人会给她一捧花生，从农村来的婆婆，还会给她捎来一捆新鲜的青菜。

如果不穿制服，她是典型的邻家热心姐姐，东家长西家短的，忙得不亦乐乎。我常常羡慕她说："你的亲戚真多啊！"她总是笑哈哈地回应："羡慕吧！客户都是我的亲人！谁像你孤家寡人一个。"

媳妇很少有在家休息的时候。休息日，不是拜访客户，就是参加公益活动。

有一次，一个客户在家扭伤了脚，第一时间给她打电话。她及时给领导请假，赶到这个客户家里，将她送进医院。客户家里有什么红白喜事，总能见到她的身影。我说："你是不是爱管闲事？"她说闲事里夹杂着许多正事，关键时候不互动，谁会把你记在心里。看我的媳妇工作起来一套一套的，难怪有的客户铁定跟她，她调哪，客户跟她到哪。

我问她：“你整天忙工作，要不要我们这个家?!”她总是一本正经地说：“没有大家，哪来小家!”

有一次，一个客户在大堂吵闹，坚持说在自助存取款机上取出了一张假币。媳妇把这位客户请进办公室，给他倒上一杯开水，轻言细语地说：“您别急！慢慢说!”

客户重复着在自助存取款机上取出了假币的说法。媳妇没有对他进行反驳！只是要客户喝茶，别急！客户的情绪慢慢稳定下来，声音低了八度!

媳妇对客户说：“您方不方便同我到这边来下?”将客户带到自助存取款机旁，媳妇拿着假币对客户说：“我现在把您这张钱存进去!”

她将假币放进自助存取款机，自助存取款机发出了蜂鸣的声音。反复几次钱没有存进去。她望着客户，客户望着机器，张了张嘴还想说什么，但没有说出声!

她将客户送到门外，轻轻地说：“如果我们工作没有做好的地方，还希望得到您的批评指正!”客户脸一下子红得像猪肝，迅速地消失在人群中!

媳妇每天会提前来到大厅，整理宣传资料、凭证。特别是参与晨会时，她总会制造一些和谐的气氛。

她会与同事交流前一天的工作心得，与同事谈家事，开玩笑，讲笑话，用爽朗的笑声，感染大家的心情。她还很谦虚，不懂的业务就问大学生，亲切地称呼他们为宝贝，他们也喜欢我的媳妇，没大没小地称她为：姐姐阿姨。

碰到同事有心事，她会主动与他们谈心。有个大龄男青年，谈了几个女朋友都没有成功，思想包袱很重，情绪低落。媳妇看在眼里，急在心里。她一方面与男青年谈心，引导他正确对待工作和生活，另一方面利用自己人脉广的优势，积极帮他牵线搭桥。同事称我家媳妇是单位的“万金油”。既治虫叮蚊咬，又治头疼脑热。

她是领导的好帮手、好参谋。她是同事的好大姐、好老师。她是客户的好朋友、好闺女。她那五尺身材行走在大堂，是那样动人、美丽，有如一幅七仙女下凡的画面，深深印在我心中！

我时常想，是一种什么东西，让一个女人三十年如一日的拼命工作，没有怨言？是一种什么情结，让她把所有的客户都当成自己的亲人？

“工于至诚，行以致远。”也许正是这种工行人的品德和精神吧！

媳妇却连连摆手。她说哪有那么高的境界，只是觉得职业生涯不多了，要站好最后一班岗。

二　憨

二憨今年二十一，先天兔唇，见人总爱笑着打招呼，大人见了有几分寒意，小孩子见了比兔子跑得还快。后来二憨对着镜子看了很久，他觉得以后还是少和别人打招呼，在他看来，自己确实和别人不一样：牙根裸露，门牙像两扇古城墙的大门，又黄又歪，像被历史遗忘了很久似的。好在憨子心地善良，做事很主动，又吃得亏，还是有不少同事挺喜欢他的。

二憨的娘原是银行烧火的，不到四十岁两腿一伸，撇下他去了。他哭得凄凄凉凉，悲悲惨惨。行长见他可怜，同年招他进了银行顶替了他娘。

和他一起进来的还有雯雯和香莲，她俩都是财校分来的，雯雯搞会计，香莲搞储蓄。和二憨一样同住银行的单身筒子楼，香莲和雯雯住二楼，二憨住底楼。

二憨很勤快，每天早晨他把雯雯和香莲的开水瓶灌得满满的，送到她俩的门口。他总是轻手轻脚地来，然后轻手轻脚地去，香莲和雯雯像两位高傲的公主，坐享其成，没有说过一句“谢谢”的话。

每次香莲和雯雯到食堂吃饭，二憨一见她俩，就显得格外地高兴，殷勤地主动和她们搭讪：“来了？今天的饭菜好吃吗？怎么下班晚了呢？”脸上堆满了自卑的笑。

雯雯和香莲有事叫他，他也是右眼梢吊着，仿佛这样就可以把耳朵拉长些，谛听着，句句入耳，生怕漏掉一个字，以致误了她们的大事。

女孩子都有虚荣心，雯雯和香莲也不例外，除了接受他的义务送水送饭外，她俩几乎没有正眼看过他。

最让雯雯恼火的是，不管雯雯有多忙，二憨一下班便到营业厅去忙乎，抹桌子扫地，清理柜台上的凭条纸张，有事没事就问雯雯："这凭条有没有用？这业务在哪办？这钱能不能兑？"雯雯眉宇之间"隐约"着烦躁，只是二憨丝毫没察觉。

香莲对他这点是一针见血的。有一次，香莲上中班，因为有事，午饭没来得及打，就匆匆忙忙地上了班。接了班后，储户站满一柜台，她竟忘了吃饭一事，这时二憨当着那多人的面给她送饭来了。

储蓄所的人都知道他俩是同事，满满的一柜台储户竟窃窃私语起来了。还有一个多舌的储户小声说道："真是鲜花插在牛粪上了。"

香莲"唰"的一下脸通红，极不耐烦地对二憨挥挥手："拿走，拿走，烦死了。"二憨双手端着饭菜一脸的茫然。

从那以后，好多天，二憨再没去营业厅，也没到香莲的储蓄专柜上去。只是送茶送水也是在雯雯和香莲的睡梦中进行的。

最近，雯雯和香莲有些淡淡地惆怅，不是因为开水瓶是空的，而是从香莲"吼"他之后，他就像失踪了一般，搞得她俩像个罪人似的。后来，门房的唐爹爹告诉她俩：二憨得了急性阑尾炎，动了手术，现在还住在医院里。

雯雯和香莲一合计，决定买点水果去医院探望他。

那天晚上，她俩吃完了晚饭，就急急忙忙地来到医院，推开病房，雯雯和香莲眼睛一亮，一个穿红衣的女孩坐在二憨的床头，正喂二憨吃稀饭。女孩一见有来人，羞怯的脸上泛起了红潮。雯雯和香莲一看就来了劲，一个劲问二憨是谁，二憨连连摇头，抓耳挠腮很是可爱。

香莲是个很外向的女孩儿，她看见那个女孩也是满脸红晕，就一定要打破砂锅"纹"到底。雯雯也一脸好奇拉着二憨的胳膊嗲嗲地说："交代嘛交代嘛。"

二憨敌不过她俩的盘问，指着红衣女孩说："让她说吧。"红衣的女孩脸更红了，小声说道："我们是娃娃亲。"

说得雯雯和香莲目瞪口呆，小嘴半天没合拢。

红衣女孩子告诉她俩：她长他半岁，两家原本关系很好，他们是父母指腹定的婚。二憨出生后，因为先天兔唇，父亲接受不了事实，半岁那

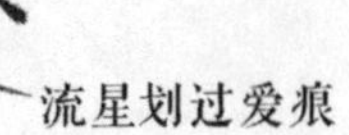

年，他父亲跑了就再也没有回来，随后女孩的家里便毁了婚约。

没想到女孩倒是蛮钟情他的，只认死理，不肯毁约，这一等就到了婚嫁的年龄。只是二憨死活不愿意，说是配不上她，更怕连累她。

雯雯和香莲第一次觉得二憨不但不丑，而且有点男子汉的高大，她们觉得以前的行为有些幼稚，读了多年的书，外在的美和内在的美此时才有明显的概念。她们决定从今天起，和那个女孩组成统一战线，让二憨的生活美起来……

门　神

唐老头今年六十有八，在工行守门已有二十余年的历史，别看他年龄长，却眼不花、身板硬、嗓门大、耳特尖。心虚的人，见了也寒三分。

当今什么都讲求年轻化、知识化，可他总共识字不足五十个，年轻更是跟他沾不上边。

工行前年并所，辞退了一批临时工，去年又解聘了一批合同工，也有人拿他作比的。六十多岁的人了，还挤端着青年人的饭碗，怪行长不识时务，可全行职工没一个嫌他的，摩托车、汽车，自家的院子不放，都塞满了支行的院子，图的就是放心。

这天，副行长走到了支行门口，远远地听见有人在议论：门神又在发威了。

副行长是了解唐老头的脾气的，可今天堵着自己行的职工就是不让进呢！他刚要上前质问，猛地看见墙上醒目地写着八个大字：行兴我荣，行衰我耻。哦！昨天开会不是规定：凡是不佩戴工号牌者，一律不得入内吗？他捶了捶自己的后脑勺，然后对职工说："大家按规定办吧，戴了工号牌再进行。"

副行长见大伙走了，回过头来拍了拍唐老头的左臂，动情地说："真不愧是一座门神。"

"是吗？行长同志，"唐老头板着脸，一伸手拦住他说，"你的工号牌呢？"

副行长一摸前胸，糟糕，衣服换了，副行长用商量的口气对唐老头说：“这样吧，现在我还要主持一个会，下午一定佩戴。”

唐老头像没听见似的，将大铁门“哐当”一声关上了，只留下一小扇门，接着丢下一句话：“你们行长只知道定制度，定了制度又不执行，这次就从自己做起吧!”

副行长一听愣了，随即又自嘲地笑了：“这老头真有意思。”说完就打道回府，取工号牌去了。

冤家父子

吴迪从工行电大毕业回来了，当他走进人事科等待分配时，他脸上的喜悦是从内心涌出来的。不是吗？想当初为了离开这个“储窝窝”，他可是绞尽了脑汁，如今怀里揣着红本本，他底气十足，豪气满满暗暗地说道：看你们还有什么话要说。他调整了一下自己得意的情绪，装出一副很平静的样子，跨上了三楼的人事科。

想起了三年前，他在下面的小储蓄所当会计时候，自己不是企盼有一天离开那个鬼地方吗？他拼命地读书，如今三年的学业已经完成，而且各门功课全优，想到自己跻身于知识分子阶层的理想已成为现实，一切都在自己的掌控之中，他的脚步变得轻松起来。

“小吴，你早哇！”人事科长满脸春风地走过来。

“很早吗？”吴迪不由自主地笑了，“我等你分配工作呢！”

“哦，回行就要求工作，真是好样的，前天总支开了会，商讨了你的分配方案，决定……哎？小吴啊，你爸没跟你说？”人事科长突然打住了话题，转了个弯。

吴迪紧张地问了一声：“分配到哪？我爸才不跟我说这些呢！”

“分配你到原来的储蓄所上班。”人事科长只好实话实说。

“什么？什么？”吴迪傻了眼，几乎用吼的声音代替了问话：“凭什么，我们回来的大专生，有的搞信贷，有的搞统计，有的坐办公室，是我的成绩差，还是表现不好？”

“都不是，小吴，你的档案我已经看过了，成绩优异，表现很好，叫你到原来的储蓄所上班，是你父亲吴总提出的建议，总支一致通过。”

“凭什么他提建议，我不同意。”吴迪一屁股坐在凳上，有点垂头丧气的样子。

“这是组织已经决定了的事，我无能为力。”

“好吧，我回去找我父亲问个明白！”吴迪气呼呼地起身离开了人事科。

回到家里，静悄悄地没有一个人，吴迪无力地躺在沙发上胡思乱想，他不明白，父亲为什么总要这样为难他，明知道他早就嫌弃这份工作，为什么到了关键时刻，父亲不但不帮他，还要这样为难他……

从楼上下来，吴迪和父亲坐在餐桌前，面对面地吃着晚饭，吴迪一句话都没有说，阴沉着脸，发泄着内心的不满，父亲好像根本没那回事似的，和他母亲谈论着别的话题：什么中师进高师呀，高师当教师……吴迪一句话都没听进去，他多么想父亲能够注意到他，过问一下他，哪怕是安慰他一句，他心里也许会好受些，但父亲没有。

迫于父亲的威严，吴迪也不便打断他同母亲的话题。

好半天，吴迪偷偷地瞄了一眼父亲，夕阳从窗外斜射进来，正照在父亲那张古铜色的脸上。那一道一道的皱纹是那样的深，仿佛像一簇簇细条的菊花。是的，父亲已经很老了，吴迪第一次感到那脸不应该是父亲的，而一旦真实地感到确实是他父亲时，他不禁倒吸了一口凉气。

“你这么傻乎乎地看着我干什么？”父亲突然开腔问道。吴迪“啊，啊”地应着，“没有哇。” “还没有呢，明天就要上班了，还不去准备准备？”

“爸爸，我有事要和您谈。”吴迪的声音小得连自己都吃惊。“谈什么？晚上回来再谈，我还有一个会。”父亲的话没有一丝商量地余地。

吴迪含糊地应了一声，放下碗筷就走了出去。路上没有阳光，没有小鸟，没有一丝生机，吴迪就这么懊丧地走着走着，不知不觉地在路上徘徊了一个多小时。

来到银行门口，吴迪有说不出的难受，读了三年的书，上了三年的大学，本想绕个道，来个“曲线救国”，离开储蓄岗位，岂料三年大学白读了，还是回到了从前，别人不会笑我吗？他呆滞地站了好一会儿。这时门卫唐师傅叫醒了他："小吴哇，是来听你父亲上课的吧，还不快上去，已经讲了好半天了。"

吴迪有些好笑，他能讲什么课，父亲是20世纪50年代的高小生，能和这些高智商的青年讲课?

门房的唐师傅是个热心的老人，看见还呆立在门口的吴迪，便大声地说道："小吴哇，快上去，今天迟到要扣钱的，门口在打考勤呢?"

他悄悄地来到会议室的最后一排坐下，他父亲正挥动着粉笔在黑板上写着跨年度的错账更正法，若不是吴迪亲耳所听，吴迪绝不会相信他父亲会把理论和实践讲得如此透彻明了。

"今天，课就讲到这，有什么不懂的，可以到总办找我，也可以到我的家找我。"一阵热烈掌声，父亲像个慈祥的老教授。

"最后，我想说一句题外话，现在有些年轻人，自以为念了几年大学就不得了，想换个好工种，说干储蓄工作没出息，搞信贷工作才带劲，我想问，都搞信贷，没人干储蓄，钱从哪儿来?钱从哪儿贷?银行工作怎么做?"

父亲顿了顿，改变了话题，指了指后面："最后一排的那位，请你站起来。"父亲的目光直射到吴迪的身上，吴迪弯着腰刚想溜，父亲又喊道："就是那个猫着腰的小伙子，不用跑了。"

吴迪像中了定身法似的，呆呆地动也没动。"就是他，说干储蓄工作没出息，是人下人，今天，当着这么多储蓄员的面，你说说做储蓄员有什么不好?为什么不好?怎么做才能做得更好。既然是大学生，就有义务多给我们提出更好的意见和建议，搞好我们的银行工作。"

吴迪低着头，像喝了酒似的，耳根烧得通红。这时，有许多认识他们父子俩的同事，觉得这场面真有趣，望着父子俩站在教室一前一后，怪有趣的，都"哈哈"地大笑起来，吴迪不禁愕然，一时语塞，愣在那里，连想法都没有了。

投 票

深秋的江边，野草枯黄，不知名的野花，早已凋谢，只剩枯干，在微风中摇晃。

江水平缓地流向下游，霞光照在水面上，折射出一串串金色涟漪，炫眼。

江滩上，几头水牛悠闲地吃着野草，偶尔抬头，看着不远处的小牛嬉闹。

江堤上没有行人。张志国坐在堤边的树下，双眼平静地望着远方，陷入沉思之中。

他的身旁堆着10多个烟蒂。拿在手中的香烟，眼看就要烧上他的手指，他全然没有察觉。

叮叮……叮叮，一阵电话铃声，将他从沉思中惊醒。

“哪位？”

“是张志国吗？我是人民医院的，你父亲的住院费已经拖欠一个多星期了，我们已经通知你几次了，欠的费什么时候交？不然我们只能停药了！”

“哦，对不起，对不起，我这几天太忙，忘记了！马上去交，马上去交！”

放下电话，志国又点上了一支烟。

“张总吗？明天开企业审贷会，有些资料要送给您！您在办公室吗？”

“好！放我办公室吧！”

张志国，地方商业银行信贷部总经理，年近不惑，在金融部门工作20多年，从柜员到信贷员，到科长，到总经理。目前在银行最核心的岗位，是最有实权的人物。

此刻，深秋的原野，流动的江河，嬉闹的牛群，在诗人眼里，是诗，是画。而在他眼里，是一片混乱和荒凉。

钱！钱！父亲欠的住院费用什么交?!

思绪游弋在童年的岁月。志国出生在一个偏远的乡村，上有两个姐姐，他从小学习刻苦，每天走一个多小时山路上学，不管春夏秋冬，不管刮风下雨，从未迟到过。为了供他上学，两个姐姐很早就辍学了。

他是那个乡村方圆几十里，第一个考取大学的学生。是全村人的骄傲。

大学毕业后分到了银行。他牢记父亲的话，不要怕吃苦，多做点事，不要贪小便宜，踏踏实实做人。从一个柜员，一路升任，成为今天的部门总经理。

不怕吃苦，多做点事的人生，伴随他的是一个又一个的荣誉，一张又一张的奖状，一个又一个敬佩赞美的眼光。

爱人从企业下岗，靠摆地摊为生。因为父母多病，前几年没有合作医疗，他们的收入很大一部分用在了给父母看病上。至今住在单位分的筒子楼里。

微薄的家庭收入，只能满足日常生活需求，完全没有积蓄。久病的父母这几年虽然有了合作医疗，能报销一部分药费，但很多非报销类药品，还是需要自己付费。

为给父母看病，他借过多个同事的钱。有些还欠着没还。

他实在不好意思再向同事开口。

“是张总吧？我是丰盛公司的小刘，您在办公室吗?”

“哦！刘总！我不在办公室。”

“您在哪？我过来!”

“有什么事吗?”

“没有！没有！好久不见，想看看您!”

“谢谢！谢谢！我很好!”

“那……那就不打扰您了！再见！”

“再见！”

放下电话，张志国想起明天的审贷会还有些资料要看，骑上自行车，朝行里走去。

离江堤不远处，是这个城市里新开发的小区，人们称之为“望江楼”。有几个同事在小区买了房，乔迁时，他和爱人来过，让爱人羡慕不已。爱人多次自言自语，也许这辈子，住不上这样的房子。

志国觉得亏欠妻子很多，很多。他没有能力让她住上像样的房子，一家5口只能窝住在50平方米的筒子楼中。

他没有能力帮妻子找一份好的工作，只能让妻子早起晚归，风吹日晒地摆摊。

他对不起儿子，从小学想到高中的山地自行车，也没能想到。

他觉得更对不起父亲，父亲躺在医院里，儿子连住院费都交不起……面临停药。

“张总！”一辆小车停在张志国身边，从车中伸出一个脑袋。

“哦！小李！你买的新车？”

“是啊！是啊！这款式好看吧！”

“好看！好看！”

同张志国说话的，是他手下的一个信贷员，参加工作不到2年。

“您要用车尽管开口！”

“好！好！”

办公楼上楼的过道上，张志国碰到了他的副总，王小明。

“张总！刚才丰盛公司的刘总来过，你不在！”

“有什么事吗？”

“明天就要开审贷会了，他希望你关照关照！”说这句话时，王小明压低了声音。

“哦！”

张志国打开办公室，坐在桌子上，认真看起了资料。他忘记了无钱支付父亲住院费的烦恼。

秋天的夜，黑得很早，不到6点，天已漆黑。

张志国推开窗子，长长地舒了一口气！

他想起还要给父亲送饭，急忙关上门，向家中走去！

推开家门，妻子已经在做饭了。收摊的拉车，放在只够坐人的客厅里。客厅的桌上，放着一个信封。

见丈夫进门，妻子说道：

“回了！刚有个人来找过你，给你留了一封信，在桌上！”

“哦！我不是叮嘱过你什么人都不准进家门的吗！什么东西都不能留吗！今天怎么犯规了?!”

“自从那次你把别人送的礼品拿到办公室示众后，再没有人来过家里啊！今天别人说是一份资料我才收下，看这信封这么薄也不像装了钱啊!”妻子边炒菜，边笑着说。

张志国打开信封，里面是一张白纸包着的银行卡。信封里没留任何信息。

张志国提着饭来到医院。只见一个人背对着门，坐在父亲床边。

走近一看，是丰盛公司刘总。

“刘总!”

“张总!”

“父亲大人病了，都不告诉我们一声，我们也好来看一下!”刘总见到张志国，站起来说道。

“坐！坐！坐！父亲老毛病了!”

张志国边说，边打开饭盒，给父亲喂饭！

“您这么忙，还要给父亲送饭，我明天派个人过来!”

“谢谢！不用！我应付得了!”

“您就别客气了！我安排个勤杂工，容易得很!”

“不用！不用！刘总有什么事吗?”

“没有！没有！放在您家里的资料您看了吧！我也给王总、小李他们介绍了公司的情况，贷款的事还需要您的支持！您老总的一票抵别人几票啊!”

“哦！知道了！你们企业发展不错，应该支持!”

“那我就放心了！放心了！那我不打扰您了!”

“这东西你拿走！”张志国拿起放在父亲病床边的礼品盒。

“这……这又不值钱！”

“拿走吧！”

“这……好！好！”

“那张卡你明天派人到我办公室来拿走！不然会影响你们的贷款！”

“张总！张总！”

“就这样吧！希望你能理解！”

第二天，审贷会如期召开，只是丰盛公司实际得到的贷款，比申请的额度少了8万元。

没有人觉得不正常，因为在张志国任信贷老总的这几年，经常出现这种情况。申请的100万，只贷95万。申请的200万，只贷190万。有人觉得这是张志国的嗜好。

贷款的结果皆大欢喜，没人去问为什么！

秋去春来，张志国的生活周而复始。住在筒子楼，骑着破旧的自行车，穿着360天都一样的行服。

有人说，张总深沉。

有一天，行里来了两位检察院的工作人员，将王副总和信贷员小李带走了。半个月后，一位行长也被关进了监狱。

人们猜测，下一个就是张志国了。

半年过去了，进去的那位行长、王副总、小李都被判刑送到了劳改农场，而张志国仍然骑着那辆破自行车在上班。

管财务的员工注意到，张志国的工资卡上，每月等额地支付着一笔信用卡分期还款。

休息时，人们仍然能在他老婆的地摊上，看到他的身影，听到他的吆喝：

“走过路过，不要错过！挥泪抛卖！”

那声音透出一股豪气！

握　手

难忘的记忆大都是美好的，而有些不那么美好，甚至想起来就有令人愧疚不安的记忆，却更令人难忘。在我的记忆里，最叫我不安的却是一双“手”，一双萎缩得像鸡爪的手。

那是三年前，我刚参加银行工作时发生的一件事。那时愿望和理想的升华，加之对工作的新鲜感，我非常热爱自己的工作，我决心把自己的青春献给这平凡而又光荣的储蓄事业，然而理想跟现实总是有些距离的，天长日久，平凡的收付，使我最初的热情和好奇慢慢地消失了，我越来越感到干储蓄工作是很低下的。

一天早晨，我刚上班，储蓄所就走进一位佝偻的老人。我抬头望去，在斜射进来的阳光照耀下，这位老人如同一叶小舟颤巍巍地向储蓄窗口走来，我习惯地撇了撇嘴，意思是叫他填写凭条，而后我埋头翻打起账卡来，当老人站立在窗口，将一包东西递过来时，我放下账卡抬起头，天哪！伸在我面前的是手吗？那握在掌窝的全是皱巴巴的钱。

我感到一阵抑制不了的恶心，而从他手上散发出来的一股难闻的气味更是大伤我的脾胃，我厌恶地皱了皱眉头，好在我业务比较熟，顾不上教他填写凭条，更顾不上和他讲话，迅速地为他办理了存款手续，然后将他的存折“扔”了出去，他终于走了，我长长地吁了一口气。

“上帝，但愿别再见到他。”我默默地祈祷着，余悸未消，那老人一上午接连来了三次，他那黑白分明的花脸和眼皮上的肉疖，叫我看得清清楚楚，我暗暗叫苦不迭。

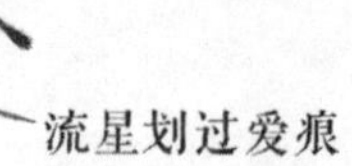

一个月过去了，老头四存三取，几乎没有一天漏过，他那存零钱、取整钱的习惯是不必预言的，已是惯例了，稍不能满足他的要求，就只得听他唠唠叨叨地没完。

有一天，我终于烦躁地说："瞧你这把年纪，多少要为你的儿孙积点德，没事别到这里穷磨牙。"几句尖刻的话，把他气坏了，他愤怒地望着我，眼皮上的肉疖直抖动，手也颤抖得更厉害了，他的脸色一时间变得灰暗可怕，我心里有些胆怯，但还是好强地扭了扭头。

一天、二天……一个月过去了，半年过去了，我再也没见他来过，那张写得密密麻麻的账页更换成新的，却再也没填写一个字，我感到有些意外，也感到一种淡淡的歉疚，我想：大概他病了吧，或许去了别的储蓄所，或许他年岁大了死了呢……随着时间的流逝，我也渐渐地淡忘了这件事。

如果不是后来发生的一件事，也许他就这样从我记忆中悄无声息地消逝了。

那年夏天，我穿着一件连衣裙上班，一身摩登式的亮相，在大家赞誉声中，我好开心、好愉快。正值这时，电壶发出了"嘟嘟"的信号，我跑了过去拔下电插，正准备将开水倒入热水瓶中，一股沸水的热气，烫痛了我的手，我惊呼地丢下了水壶，惨了！开水从我的膝盖上淋了下来，顿时，一阵灼痛，亮晶晶的水泡挂满了双腿，我吓蒙了。

医生说："就是治好了，也会留下疤痕。"我暗暗哭了，再也不能像别的姑娘那样骄傲地炫耀小腿的白皙和丰满了。

生性活泼的我，从来没想到自己还会有今天，这条腿将留下疤痕伴随我度过漫长的一生，多么难受啊，每天，我都在悲愁、遗憾和叹息中度过。

一天早晨，爸爸带我去看一位"土方"医生，路上爸爸告诉我："这位医生是从朝鲜战场上转业回来的军人，他的全身被火药灼伤过，特别是手几乎被烧焦，因为毁伤的面积大，经多方面医治，还是留下了许多的伤痕，本来，他完全可以由国家赡养的，但他不愿做国家的累赘，转业回来后，他自筹资金，组织起残疾人，开办了鞭炮厂，他因为受过严重的烧伤，所以非常体谅烧伤的痛苦，他根据硝土和硫黄的性能，经过多次的摸索，制造出一种治烫伤很灵的土方。许多患者找他看过，因此烫伤是有希望治好的。”听到这里，自烫伤以来，我第一次开颜地笑了，感到自己是大有希望治好的。

拐过好几个胡同，爸爸和我在“陨城福利鞭炮厂”门前停住了，按了门铃，我们由门卫引了进去。

等待中，在那狭窄的走道口，终于出现了一位佝偻的老人，我愣住了：“是……他？难道有这么巧？”我努力地眨了眨眼睛，不敢相信这一切是真的。

“这是我烫伤的女儿，在银行工作。”爸爸的话像根钢针刺着我的心。

我呆了，尴尬、窘迫，也忘了打招呼，他并没有介意我的失态，望着我笑了笑，我侥幸地想：也许他年岁大，早已忘了那个给他不愉快的女孩子吧！

第一个疗程开始了，我望着他时进时出、时起时蹲的背影，突然萌动了要帮助他的强烈愿望。一会儿，他手捧一只碗从屋里走了出来，一股难闻的气味扑鼻而来，我顿时想吐，这不正是他第一次进储蓄所带去的气味吗？

“很难闻吧？”他看到我脸上的表情，依然温和地笑了笑，对我解释道：“这种药膏气味不大好闻，治烫伤却特别灵，如果患者配合得好，还不会留疤痕哩！”我被他的真诚和厚道感动了，不知什么时候，两行泪珠潸然而下。

他那只因萎缩而变形的手在我的伤患处来回地按摩着，是那样地轻，是那样地自如，我突然感到这双手分外可亲，并不是我曾想象的那样可怕和厌恶。透过这双手，我仿佛看清了自己心底的虚荣和庸俗，也看到了他那颗火热的心。

在他精心的治疗下，我的腿终于治好了，正值春天，我特意穿上半长的骑士裤去拜访了他。我握着他的手说：“您怎么没到我那儿去存款了呢？来吧，我再也不那样待您了。”他笑了，连那垂着的肉疖也在抖动，好慈祥！

他说：“是挺麻烦你们的，每天到我这儿来订货的都是个体户，所以零钱多，而我去购原材料，售货单位要我们付整钱，没办法……”

我看着他的手，这双劳动者粗糙的手，这双因萎缩而像鸡爪的手，再看看自己的手，柔滑细润，相比之下，他用这双并不美观的手，不断地为社会创造着财富和幸福，而我这双手却做了些什么呢？我想到了责任。

岁月易逝，这双手却经常浮现在我的脑海里，总是那么清晰触目，令我愧疚，令我不安，令我时时自省，令我不敢懈怠自己的责任！

美从中来忆女孩

她从学校分到银行工作时，两个机关科室就争着要，一个是人事科，一个是办公室。这两号科室，要是遇上别人，削尖了脑袋也是没用的，关键是她——这个叫雯雯的女孩，不仅是个大学本科生、党员，还是个绝对的美人儿。

老赵是办公室的主任，刚跨五十岁这道坎，而小王则是副主任，说小也有三十多岁了，可能是操心的缘故，头发脱落得厉害，看起来和老赵也就是一个层面的人物。

说出来也不怕见笑，一个堂堂的办公室，就两个“光杆司令”，连一个兵也没有。老赵向行长要了几次员，都因机关精减弄得没有结果。

这次老赵一见到雯雯，就有点喜欢了，他无论如何都要争取，办公室有个女孩子，一是对外有个形象展出，对内呢，就是令他最头痛的事——办公室的“家务”活。

平时都是小王画几个大字，但更多的时候小王在跑外勤，老赵像个守门的和尚，把偌大的办公室，涂得像个花脸似的，每次卫生检查团的人一查，就让老赵面露羞色。

再一个就是人事科，领导看过她的档案，认为她符合人事干部的条件：大学期间入党，做过宣传部部长，为人正派，原则性、政策性强。

那天，到人事科报道，雯雯早早就来了，坐在人事科的沙发上，像个中学生似的，小脸绯红。人事科长和她谈了话，她一直低头不语，也没主动说点要求什么的。

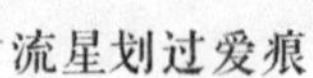

人事科长一见她这模样，留下的决心更加坚决了，这样刚从学校走入社会的大学生单纯，好管理，培养起来也有成就感。

不过搞过人事的总是喜欢要个噱头，说着一般人听不懂的“人事”，还有说着很世故的“告诫”，让雯雯云雾一般点着头。最后人事科长绕了一大圈子，说了半天，雯雯倒是没有什么感觉，大眼睛看着他，一脸的迷惑。

人事科长很是无趣，问她有何想法、有何意见时，她竟很平静地说了一句：让我到基层学业务。这句回答，让人事科长很是不高兴，甚至让人事科长有些恼怒，不说别的，有几多当领导的孩子不是削尖了脑袋往机关里钻呢。这倒好，自以为大学生有多了不起，好端端的机关科室不坐，偏要到基层学业务。

人事科长露出了一丝不易察觉的冷笑：爱出风头的小丫头，到底年轻，不懂“人事”，就让她到基层锻炼锻炼吧！

号称“西伯利亚”办事处的董大胡子接到通知，他的办事处分来一名女大学生。这好消息让董大胡子兴奋得一巴掌拍碎了一块玻璃板，“好哇，要了两年的女孩子，今天总算是老天爷开了眼！”

董大胡子对着正在烧饭的董嫂喊道：“婆子，杀鸡杀鸡，今天要来贵客了。”说完，吉普车冲出院子，身后留下了一长串扬尘……

话说这里的“西伯利亚”，是一个离城区较远的办事处，工作人员是清一色的“童子军”，是个出了名的懒散单位。

特别是那些小伙子最叫人头痛，天气热的时候，坐在柜台里的全是赤膊队，从柜台外看去，活像个洗澡堂。

上次省文明办来突击检查，一进办事处吓得一大跳，里面坐着的全是裸着上身的小伙子，一女检查人员以来走错了地方，退了出去看了招牌，确信就是工商银行……

为此事，“西伯利亚”办事处的董大胡子受了记过处分，董大胡子欣然接受，他是个从不扯客观的人，甚至还把像蒸笼的办公环境，都说成是自己的过错，可笑不？

那天散会后，他坐在刘行长办公室赖着不走，还提了一个过分的要求：要我继续当主任，要我改善现状，就要调一个女孩子过来。刘行长当时还发了董大胡子的脾气："这是工作吗？有这样提要求的吗？简直是乱弹琴！"

你说今天董大胡子接到上级通知，他能不激动吗！

这天一大早，办事处的门前照例停下董大胡子的吉普车，八双眼睛就齐刷刷地往里瞧，像个掉价的仪仗队，口水都流得老长，这一瞧不要紧，哎呀！行领导给我们送天仙来了。

雯雯径直地走到了办事处，环顾四周，眉心间立即打了个结。她回过头来，笑问道："你们这里的男孩子，最高的是不是一米七五对不对？"

八个男孩愣了："你怎么知道的？问这些是啥意思？是不是嫌我们太矮了？"女孩儿笑了，露出了两颗可爱的小虎牙，男孩子都觉得这女孩真有意思，怪大方的，女孩儿一指，"喏，蜘蛛网正好封了三分之一的门，中间呈弓形，我猜的。"

男孩子多数脸一红，顺手将蜘蛛网"撕"了下来，其他的男孩有的拿桶，有的拿扫帚开始了大规模的清扫，女孩子也将秀发一绾，加入其中，忙得不亦乐乎。

上班第二天，女孩到办事处一看，哟，觉得有些不对劲，可就是想不起来哪不对劲，人还是昨天的那几个人，办公地点也没变……哈，原来，张三打领带穿西服了，李四刮胡子了，王五整理了头发并涂了摩丝……一天工作下来，传票理得整整齐齐，账平表对，工作用具摆放有序，女孩对着墙偷着乐：原来这里的男孩子都是蛮不错的！

年终，"西伯利亚"办事处第一次被评为先进单位，第一次发了奖金300元。有人建议到餐馆吃一顿，也有想到到城里的舞厅潇洒，争执不下，最后都赞成由女孩定夺。女孩儿眼睛一亮，神秘地点了点头。

还是董大胡子的吉普车声，惊醒了办事处的男孩子们，他们蜂窝似的围着女孩看买了什么好东西，女孩说买了最好的最好的东西，男孩子们立即都抢了起来。于是，女孩儿咯咯地笑，告诉你们：我做主给你们报考自修大专了。

男孩子们一看：四本像枕头厚的自修大专教材，立即都像泄了气的皮球，哎，二万五千里长征又要开始了……

雯雯其实此时心情有些复杂，因为她考上了研究生，过几天就要启

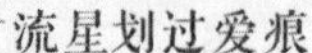

程，她希望这群可爱的男孩子生活过得充实点，未来的日子才无怨无悔。

“好有思想、好有见地的女孩儿。”董大胡子站在办事处的过道旁，侧着头、双臂交叉，一双黑而深的眼睛，好像在思考，又好像脸上写着笑意，这笑意就像蒙娜丽莎的表情，耐人寻味，又充满了诗意……

痴女有梦

从支行调到储蓄所工作好几个月了，我发现，每天储蓄所一开门，就有一位看上去约有六十多岁的女人，率先走了进来。她的装扮很怪，银灰色的头发盘得很高，后面扎着两条很细很长的小辫，辫子是用桃红色的毛线绞着，衣着很古朴，像“五四”时的学生装束，洗得泛白，却很清洁。

“她是干什么的?”这一想法，我越来越想弄个明白。

一天早晨八时整，我一开门，她又走了进来，“你有事吗?”我轻轻地问。“取钱。”“折子呢?”“我要留着它”。她答非所问地扬了扬手中泛黄的旧纸。

我不禁哑然失笑，怪不得同事说她脑瓜子有点神经，果然。

那天，我已关好储蓄所的铁栅门，正准备放下窗帘时，在柜台的角落，她正凝神地玩弄着一张发黄的纸，也许是纸的颜色太陈旧的缘故，也许是她太专注的神情，我竟有几分好奇，站在她的身边，我清楚地看到是一张我国五五年发行的公债券。四十多年过去了，她将泛黄的公债券保存得完好无损，我心一惊，都说痴女总为情，难道她为这张券。

“给我看看行吗?”她抬头看着我，一双空洞恐慌的眼睛迅速变化着，仿佛我的问话，惊醒了她的梦，她像孩子般的摆了摆头。刹那间，她回眸地嘿嘿一笑，将那份恬静驱逐得无影无踪，然后将发黄的公债券藏进怀中。

奇怪、可怕的女人。

一连几天，她没来过，半个月过去了，还是没有再来。

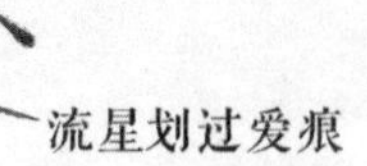

一天，我随办事处主任到市医院联系代发工资，当院长将几百名职工名单交给我时，我的视线一下子落到梁慧君的名字上，这个名字正好和那个痴女同名，我忍不住好奇，问了院长。

院长叹了一口气，告诉我：五十年代初，梁慧君是医学院毕业生，在一次舞会上，她认识了部队的一位年轻的中尉，后来他们相爱了，很快，抗美援朝战争又让他们天各一方。

她等呀等，一年又一年过去了。一天她正在给病人看病，邮递员递了一封信，她激动地拆开信，一封阵亡通知书滑落下来，随后附有部队组织的一段话……在清理他的遗物中，我们发现了这张公债券，他全部的积蓄都支援了祖国的建设和抗美援朝事业……从那以后，她的话少了，笑也没有了，常常打扮成那次舞会上的模样，人们这才知道，她的精神有些失常。

回到家里，我竟对她有所牵挂，在发工资的那几天，仍不见她来，我便抽出时间到她家去了一趟。

开门的是她的侄女，而她正静静地躺在床上。听她侄女说，她一连几天高烧不退，胡乱说话，恐怕快到了生命的尽头。

我环顾四周，在斑驳的墙壁上，挂着一个老式相框，相框里有一个俊俏的少女正甜甜地微笑，梳得很整齐的头发上有两只用红毛线扎成的蝴蝶结，她很美。而她身边有一张泛黄的英俊军人的照片——那是她心仪之人。

她的侄女告诉我，今早她一度清醒过，她说她要去见他了，她一定要装扮成原来的模样去见他，要不这些年，他不认得她了……

我望着这个面目全非的女人，心里一阵阵作痛。

牡丹——花开

1

米色沙发三座，加上半卧沙发，把洁净的客厅点缀得温馨而浪漫。

女主人身着彩条开领毛衣，与灯笼式毛呢短裤搭配。透出一种明亮简单的生活，她叫艾凝。

此时艾凝半躺在沙发上，胳膊衬在抱枕上，右手拿着一本《职场必读》的书，透出一丝安定和宽松的姿态。

许多人都不敢相信，艾凝已经三十二岁了，无论从容貌上，还是衣着气质，活脱一个单纯女孩的形象，可事实上，她就是一个三十二岁的大龄魅力女人。更让人惊讶的是，她至今还是单身。

许多人不解，也有许多人感叹："这真是一个女人越来越自我的年代，三十多岁的女人还坚守着那份从容和淡定。"

艾凝二十一岁大学毕业，十年打拼，她从一个简单的包装工做起，如今的她，已是某某合资企业营销部的主管了。

按理说到了这个年纪，而且是这么优秀的女子，该是到了谈婚论嫁的时候了，艾凝没有这种想法，她觉得年龄和婚姻无关，两个人的世界不是谈和论就能解决的，首先是要有眼缘，再就是心与心的撞碰。

身边的女孩纷纷地披起了婚纱，婚后的新娘却越来越多的抱怨，以至于她单身的小窝里时不时来些不速之客，当然还有滔滔不绝的倾诉，不得已，艾凝只能腾出沙发，做一个安静的倾听者，最后说一些不咸不淡的安慰话，成为她们临时逃避的解放区。

不幸的生活源于各种版本，艾凝仿佛从生活中学到了哲学，因果的辩证关系，就是这么简单。她觉得生活是实实在在的，没有什么捷径可走，她想找一个能够共同创造生活的另一半，如果没有找到，她宁缺毋滥，更没有必要为了把自己打折或者做个时令处理而违背结婚的初衷。

今天艾凝休息，把自己装扮得很新潮，背着橙色的双肩休闲皮包，来到了都市最繁华、景色最宜人的长湖边驻足凝视，清澈的湖水与下垂的杨柳，把她衬得像幅风景画。

2

早就有一个决定，她要在这个黄金地带，在城市的中央给自己安一个温暖的“窝”。

在这里安家，一般人想都不敢想。这里是什么地方？没有雄厚经济来源的人，是不敢奢望做这个梦的。当然艾凝没有百万资产，她只是一个所谓的白领，大学毕业后，她谢绝分配，独自一人来到这个城市追梦，是乐不思蜀的外来妹。

艾凝一个人走进豪华的售楼厅，立即成了视线的焦点。这里是夫妻双双和情人云集的地方，艾凝的到来，无疑增加了人们的想象。

也许是高品质的楼盘，商家聘请的售楼先生是清一色的年轻的、高挑的、帅气的男子。所以售楼中心仿佛是精心策划的“私人派对”，高脚酒杯放射着耀眼的“玫瑰红。”

艾凝和她的导购走在一起，像一对很般配的恋人，但是艾凝不想给人这样的错觉，她总是矜持地走在前面，像个骄傲的公主。

每到一处，训练有素的导购，很自觉地紧跟在艾凝的左后侧。介绍、引导、分析、评价，还有细节的部分，例如阳光、花园、交通等等都一一述展开来，让艾凝多了一份购买的欲望。

对比、参考、分析、选择，艾凝一锤定音，最后成功的签约。人们投来异样的眼光。

“好有主见的小姑娘。”嫉妒？欣赏？赞美？各种不同的眼光，关注着这个独行的女人。

在收银台前，各个服务台忙得不亦乐乎，摆放在柜台前的现金围着不少的保安人员，唯有艾凝最从容、最淡定，在谈定合约后，她从皮夹子里拿出一张卡，亮晶晶的发射着金黄色光的卡，那个高挑的导购立即做出引导的手势，把她让进了财务室。

3

“这是什么卡？这么 VIP？”身边一个正在交现金的艳丽女人追过来问道。

“工商银行的牡丹卡。”艾凝笑着说道。

正在说话的工夫，刷卡的工作人员已双手递出了一支笔和一张凭证：“小姐，请在这儿签字。”

艾凝笑着和她点了点头，接过笔，很快签上了自己的名字。

导购双手递过合同书。不到五分钟，这个让许多都市人望而却步的楼盘，艾凝已经拥有这里的一隅。

艾凝拿着合同，放入了背包，然后将牡丹卡放入了钱夹，那一份轻松，透着女性特有的干练和潇洒。

艾凝向正在躬送自己的男子点了点头，然后轻盈地走出了营销大厅。

刚出大厅，一个女孩子追了上来，艾凝一看，正是刚才交定金的艳丽女人。

“有事吗？”

“我想办一张和你一样的卡，需要什么条件和手续。”

“很简单，只要在工商银行填一张表格，在你所在的单位盖上公章，那么，很快你也会拥有一张牡丹信用卡。”

那个女人笑着点了点头：“好，明天我就去咨询，你不知道，刚才为了交首付，跑银行取钱到这里交定金，一个上午就过去了。”

“要是办了牡丹信用透支卡，你就不用这样麻烦了。刷一刷，就这么简单。”

“是的，对了，我叫莫心，在一家报社工作，你呢？愿意和我交朋友吗？”

“我叫艾凝，在某某企业营销处供职。”艾凝觉得这个女子这么不认生。

“你选的东区，还是南区？”那个叫莫心的女人还是那么兴奋地挑动着话题。

“东区，你呢？”

“太好了，我也是东区，东区的房屋结构更适合我一些。”

“是的，售楼先生也是这么说的。”艾凝笑了笑，笑得有些寓意，酒窝透着一丝甜蜜。

“怎么一个人来选？他没来？”莫心带着疑问。

“他，他是谁？奇怪，你不也是一个人？”艾凝反问道。

“我离婚了。”莫心摊开双手，一副无可奈何的表情。

两个人都沉默了，有一丝尴尬。还是那个叫莫心的女人打破了沉默。“不好吗？我自由了。”

艾凝笑了笑，笑得很轻松。心想：“还好，我不用离婚，因为自己一直是自由的。”

“你是怎么过来的，今天真高兴认识你，要不坐我的车，我送你？”

艾凝点了点头，她们一起坐进了红色的奥迪。

两个女人就这样邂逅了，在无数次的通话后，艾凝还亲自带她来到工商银行卡部办理了和自己一样的“牡丹花开，富贵一生。”

4

坐在茗品茶艺，两个优雅的女人对牡丹卡有了共同的话题。

艾凝说：“刚参加工作不久，有一次老爸老妈从老家来这个城市看我，不料老爸半夜心脏病突发，必须马上住院，可手头没有那么多钱交住院押金，又是半夜三更的，到哪儿能弄到这么多钱啊？在急诊室急得直打转儿的我，突然摸到了手中的一张金黄色的卡片，那是一张工商银行为我们公务员配发的工资卡。”

“平时我并不注重它的存在，而此时它发出的光芒一下子把我灰暗的心情照亮，我如同抓住了救命稻草一般飞奔过去……

爸爸转危为安了，妈妈望着这张卡喜极而泣，她说：“如果没有这张卡，你爸要是有个三长两短，我可怎么办啊？”

“从此，我更加珍爱我的牡丹卡，每天把它放在钱夹的正中央，就像我的生活多了一位守护神。”

莫心说：“自从办理了牡丹信用卡，用牡丹卡支付购物便成了我的首选。”

“说出来你也许不相信，结婚后，我辞去了工作，在家做了全职太太，家里的一切物品，基本上是钟点工定时定点采购回来的。而自己的衣饰也是丈夫一手搞定的。要不是一年前，丈夫的外遇找上门来，说是已有七个月的身孕，我怎么也不会相信，这个信誓旦旦的丈夫会出轨。”

“思想斗争了很久，我还是提出了离婚。想想以前在大学相爱的日子，我俩都有自己的世界，都有自己的世界观。后来结婚了，他发展事业，我操持家务，照顾孩子，自己偶尔在专栏上写随笔，还觉得是夫唱妇随的最好典范。”

“一旦有了离婚这个想法，就遭到了太多人的反对，首先是父母，再就是兄妹。丈夫也对我来了个经济封锁，那段时间，我整夜整夜地无法入睡，大把大把的头发像秋叶一样纷纷掉落，人一下子清瘦了许多。”

“去年我一纸诉讼递交法院，了结了这场纠结的婚姻。”品着红茶的莫心深深地吐了一口气。接着说道：“我们身为女人。为什么要忍，觉得不幸福，完全可以主动提出离婚，这不，我自由了，还有再追求幸福的砝码，而丈夫也要为自己的轻浮付出代价。”

艾凝赞许地点了点头：“是啊，真是遇到好时候了，想想看，如果在以前，一个没有经济来源的女人提出离婚，那真是大逆不道的事情。而像我这般年龄不结婚，也会被人口水淹死。”

5

两位女性也开始忙碌起来了，规划房子结构、谋计装修风格，要说

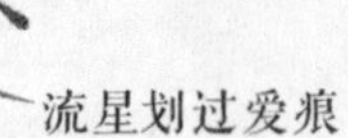

忙，真可谓忙得不亦乐乎。莫心说，要是在以前，这种事我们想都不敢想，而今天我们却做得一点也不比别人逊色。

艾凝捶了捶发胀的腰：“其实辛苦一点不要紧，更重要的是自己喜欢。”

来到银行办理还款规划的时候，银行的客户经理介绍说，一切都已帮她们俩计划好了，也帮他们做了还款链接，每月分期还款，银行自动扣除。如果消费，也不用急还款，还有56天的免息期。

如今她俩闲暇时，相邀来到超市里购购物，知道最新各种生活用品市场价位；到专卖店里转转，了解自己对时尚物品的适应度。

以前外出前都要计划一番，甚至罗列出长长的明细单，生怕算计不周或者算计不到，付现时出现狼狈的样子，现在那些担心都是多余的，身上只带牡丹信用卡，一切购物都会变成轻松之旅。

收银台前不用担心因现金不够而尴尬万千，只需在POS机上轻松一划，就会把所购物品全部结清。

对了，莫心还有一次小小的消费惊喜，工商银行有奖消费她中了一个电动按摩器，她说：“写作累了，揉揉发胀的肩胛很舒服。”

每次一起刷卡购物，拿出这张以深铜色为底案，烫金的牡丹卡，艾凝和莫心都会相视而笑。

因卡结缘，她们很珍惜这段友情；因卡显得身份尊贵，她们拥有一处名宅；因卡方便、安全携带，她们总是从容的穿越在热闹的商场和集市，总之，牡丹信用卡已经融入了她们生活的每一个细节。

今年，95588还友情提示了许多的功能，她们说：“悉心维护和长期使用，已定为她们的目标。”她们要将高品位的消费和高品质的生活，长久地坚持下去。

盼

唉，老了。她，白发如霜的老人从“银坛”退下来，每次听说分来了小青年，她就激动地遥望通向那云雾遮障的山路山道，一站就是几小时，凭山风拂起她的白发，任落叶抽打她颤动的身子，盼了一年又一年，等了一次又一次，就是没人愿意来哟。

一位颇有才气的青年见此触情，绘了一幅油画《盼子归》，一炮走红，为了表示谢意，特地拜访了她。她苦笑地摇了摇头：要有儿子就不用这么操心了。

山道依然是风风雨雨，小镇依然是熙熙攘攘。她为什么如此留念这山这水这小镇呢？她来到窗前，轻轻地、缓缓地、柔柔地……二十年前，她被落实政策，来到这座大山深处的小镇，那时她好奇，凝视着山里的云雾、小树和如镜的溪水，她第一次神秘地笑了：她要把储蓄之花撒遍这座大山、这个小镇，她幼稚吗？不，她想起了她下放的生活，山里人的勤劳和智慧在她的血液里早已渗透了养分。她是一个好强的女性，她坚信自己的信念和理想。

她依然记得那个雨天，那个和她有着同样经历的知识分子垂下了头，缓缓地消失在那条小道。她哭了一夜……清晨，她立在溪边，溪水映出她红山桃般的双眼，她聆听溪水叮咚，远方传来了小镇的晨曲，为她的新生唱一首动听的歌。

如今，她退休了，她依然放不下自己的工作，可自己越来越感到有些力不从心，当她走家串户吸收存款时，那撑起的拐杖再也没能代替往日的劲头。哎，老了就是老了，没法子哟……

终于有一天，听到一个小伙子的喊声：“老师傅，我是来这儿工作的。”她惊喜万分，她拂下小伙子满身的尘土，拭去小伙子满脸的汗珠，然后对他细细地打量：如山石般的脸庞，如溪水般的明眸，微笑中带着几分自信。只是身体清瘦了点。他是大山的孩子吗？是的，他一定能够成为大山的孩子！

她一看他就觉得有几分亲切感，“叫什么来着？从哪儿来？”“我叫赵小龙，财经学校毕业的。”他憨憨一笑：“您知道吗？我为什么要到这里来？爸爸常常和我提到一个下放的干校农场的女干部，放弃了回城的工作，在一个小镇工作了二十年，为金融事业献出了余生，我好钦佩她，爸爸也很钦佩她，我到这里来就是他支持的。”他像放机关枪似的，说话的声音很磁性。她突然问道：“你爸爸叫什么？”“赵志楠”。“哦”她眼睛有些湿润了，难怪好眼熟，小龙简直就是他的翻版，她动情地把他搂入怀抱：“好孩子，你真是个好孩子。”

在长长的集镇上，走东家串西家，不再是她的蹒跚，而是他的利落，她满意地笑了。她指着云涌雾绕的羊肠小道，告诉他哪儿弯曲，哪儿险陡，路该怎样走……

流星划过爱痕

1

夜很深，有些凉意。

桑坐在电脑前，整屏只有一张男人的工作照，这是单位为他刚拍下的新照……桑取回后，便用 U 盘备了份。

桑足足地注视了一个夜晚，一动不动，真的，桑怎么都看不够，尽管她的眼睛很疼，想落泪……

他叫默然，沉默的默，泰然的然。是省分行下派的一个副总，有小道消息说，他是来基层锻炼的，时间只有一年。

默然并不沉默，却很泰然。前面的一句话指他做事，后面的指他为人。

2

很多年了，桑一直是形单影只，去年大学毕业后，她被分到银行市场部。

市场部是一个纤尘纷争的地方，谁能争取到一个大的项目，就意味着谁的工资会旱涝保收，领导也会因之刮目相看，这是一个论业绩造英雄的时代，无可厚非。

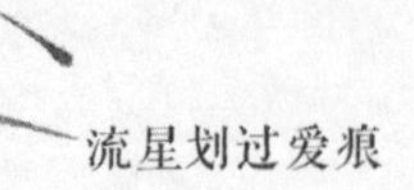

桑只是一个刚走上社会的女孩子，没有资源，没有社会背景，唯一能做的就是不断努力。她也幻想着发生奇迹，无论是事业还是爱情。

但生活就是生活，梦醒了，她还得早早地起床，赶六点钟的早班车去上班，然后在天黑之前，赶末班车回自己的“窝”。

她应该说是个人才，有着双学位的学历。但是当今社会，或者说是进了世界500强企业，这一点不是很占优势。

桑只能在这个环境中匍匐着前行，在前行的过程中，用眼睛和心灵解读理想与现实的残忍。

3

那天上班，桑接到一个电话，是一个融兴老总打来的电话，他称他与部门负责人秦总有个约定：在金狮商务会所要商讨一个融资项目，一定要按时到会。

桑看了手表上的时间是上午11：40时，离下班只有二十分钟。秦总不在办公室，便拨了秦总的手机。

但对方的手机占线，打了三次，一直占线。

她只好推开了秦总办公室：还好他的外衣还在椅子上，她断定秦总没有走远。

在走道上，桑找到了秦总，汇报了融兴老总的来电及相关内容，秦总点头，说：“知道。”便走进办公室，穿了外衣出了门。

4

下午五时，桑被叫到分管行长办公室。这是桑进银行一年多来第一次走进分管行长的办公室，怀中像揣着小兔，心扑通扑通地乱跳。

接下来，便是分管行长严厉的责问，桑愣头愣脑地低着头，一直不敢辩解。

原来是秦总失了约，导致了一单大业务丢失。桑因履职不到位，这么重要的事没有及时上报。

秦总称自己不知情，他理所当然没有参加下午三点钟的会。

分管行长对桑说：明天你可以到营业室去报到了！没容她辩解，他烦躁地挥了挥手。

桑的泪潸然而下，半晌，她只能擦泪离开。

5

正当桑卷着自己的办公用品准备下去时，秦总阴着脸回来了。他说："你可以不走了。"桑诧异不已。

原来，是信管部的默然向分管行长证实了桑对秦总有汇报的经过——

那天，默然正好要去市场部办事，恰好听到桑给秦总在谈融兴公司的事……

默然本可以沉默，他和秦总都是高管，利益相关，官官相护。而桑只是一介新人，无权无势无后台……而且默然是来基层锻炼的，没必要弄些小插曲。

但默然鄙视谎言和虚伪，他不能坐视不管……作为一个男人，本应勇于担当，要一个小女子背黑锅算什么男人。

6

桑暗恋默然已有一个多月了。

从这件小事开始，桑便有心思了，一个少女的情怀，美好得像等待绽放的花蕾。

那天，桑打资料，竟然不自觉地打了一连串的"默然"。桑笑了，又一个字一个字地删去。

桑知道删去的这些字，早已占据了自己的内心。二十四年的人生，一如灰尘般，层层叠加封面，唯有这次内心世界幡然觉醒。

此刻，爱的种子越过了最初的土壤，绽放成花，散发出阵阵醉人的芳香，让她温暖，让她惊喜。

7

单位出台了劳动组合方案，让桑有一丝心动，她提交了申请报告，有一个最亮的理由：桑的双学历中有一个是律师专业并获得了资格证，信管部正好需要法律人才。

桑的小阴谋终于得逞了，顺利地成了默然的部下。

和默然同坐一间办公室，默然在里间，桑在外间。每天，桑都能看到默然进出的身影。

从此，他俩的办公室明窗净几。在共用的窗台上，桑购了一盆茉莉、一盆含笑，办公室四季飘香……

其实，默然早已忘了那件事，他觉得自己只是做了一件该做的事。若说真话也能帮到别人，那太简单了，他会天天去做！

桑纯真的笑颜就此绽放，每天走进办公室，入眼都是星光灿烂。

8

送资料到默然的办公室，他的桌上满是资料，铺天盖地。近段时间新业务猛增，大家都忙得晕头转向，默然也不例外，三天两头地去省分行跑指标。

趁着中午午休的时间，桑在食堂用了餐。来到了办公室后，一点一点地帮默然整理资料。

突然，一张照片滑落下来，是一张两人的合影，标准的男才女貌，相视而笑，好温暖。

男的是默然，女的是想必是默然的妻子或者是女友吧，她有一张年轻漂亮的脸，连同发自内心的微笑。

桑的心里“咯噔”地痛了一下，她轻轻地试去了灰尘，将照片放归原处，萌动的心有了尘封的意念。

这个结局桑早应该预料得到：这么优秀的男人，不可能没人示爱！

此时，她架不住思绪的来潮，控制不了情感的蔓延。桑揉了揉发胀的眼睛，不悲不喜。

阳光从树隙中透了过来，一切都变成如梦的思念，如诗的记忆。

9

默然要回省城了，他的任期只有短短的一年。

在走的前一天，默然召集了一次私人聚会，在一家小型的 KVT 包间，这次意外地请了桑。

到会的人不多，除了几个领导，还有默然几个知心朋友，男女均等，桑算得上是最平凡最不起眼的客人。

桑帮忙招呼着来宾，端茶倒水，没人觉得奇怪，仿佛上班一样，默然做主事，桑配合着他做好日常工作的杂事、细事。

晚十时，小型集会到了高潮。

灯暗了下来，然后是一曲《漫漫人生路》，个中温婉、动情、悲伤之感如潮水涌来，这是邓丽君唱的。

10

默然站了起来，微笑着说：人生没有不散的筵席，谢谢大家对我的关心和支持，现在我们共舞一曲吧！

说完，默然的手伸向了桑，有人觉得奇怪，但没有人发出疑问，因为要离别了，大家都想快乐地记住今宵。

桑犹豫了片刻，然后把手放进了他的手心，默然握着桑的手，桑平生第一次感到了心颤抖得厉害。

默然很高，桑的头正贴在他的心脏部位。不知为什么，她听着他的心跳，却十分的幸福与安稳……

……尽管是第一次，也许是最后一次。

因为紧张，这一曲显得很长很长，桑却害怕结束。趁着迷雾一般的光，桑偷偷地望了他一眼：默然有坚毅的下巴，高挺的鼻梁，像一幅至尊王者的雕像。

这一眼，桑却成了凝视。默然低下头朝桑微笑，眼睛分外柔和，像一汪清水，让她安静，然后抱紧了桑……

那一刻，桑成了一个无骨的女子。

11

曲终人散，桑逃也似的回到了原座。

默然站在台的中央说着什么，所有灯光照在默然的身上，桑一句都没听见。

此刻，在桑的眼里，默然是座金尊，而自己只不过是金尊旁一朵石榴，光和亮都是为默然而发的。

桑在暗处，泪流如注，脸却是笑着的，她知道默然回去后一定有一个锦绣前程，因为他的灵魂一直在高处……

而她只有祝福!

12

“负担不起你如此的情深，只能在远离之后送去祝福!”短信亮起，还是那个熟悉的号。

原来他一直是明白着的。

但他是另一个女人的大树，他要为那个幸运的女人悍然挺拔、枝繁叶茂，为她挡风避雨。

桑想，默然也许最后一次用这个号了。

13

静坐在黑夜里，桑端起那杯南山的苦咖啡，放了方块糖，调到微苦与清香交融。

桑没有悲伤，却无法遗忘。

在镜中对视自己，素白青春，有过时光碾过的痕迹。经年弥散，美好的时光已渐行渐远。

泪，让镜中的自己变得模糊。人与人多么的奇怪，有时天天见面，却不曾相识，而他却这般地占据了自己的心灵！

一年，多么美好的一年，多么神奇的一年，默然就这样穿越了桑的生命旅程，让她痛并爱着。

14

此情可待成追忆，只是当时已惘然。

夜色苍茫，思念未央。

人生的路上，前行与回首，终伴桑一路浅唱！

想流汗的财务总监

（一）

“唐行长，隆兴公司要来孝感开立验资账户，财务总监朱意军现在还没有决定在哪家银行开户？”市场部经理郝刚向支行唐行长汇报说。

“隆兴公司主要经营什么？你对市场前景，产品用途等有过多少了解？”

“主要经营房地产和餐饮行业，也介入了药品和服装等，是大学同学给我透露的消息，目前了解情况不多，听说三家银行已着手竞争。”

“好，既然有竞争对手，这个信息错不了，我先派一名客户经理协助你上门详细了解该公司的基本情况，把要收集的资料梳理一下，时时跟进，有事及时反馈。”

“好！我马上去办！”郝刚快速走出行长办公室。

（二）

“唐行长，隆兴公司是即将上市的公司，开立验资户后，马上有五千万的验资款打过来。”郝刚在宾馆的过道压低声音打电话。

“好，你先和你的同学将大客户稳住，我马上过来。”

“快过来吧，要不是有同学这层关系，恐怕朱总早就要下逐客令了，现在朱总手机响个不停，请吃请喝的人排上了长队，出手都很重啊。”

“不要自乱阵脚，多听听别人怎么说？更要关注朱总有哪些要求？”

“嗯，听别人议论过朱总，说他患有糖尿病，讨厌别人请吃请喝，现在请吃的银行，他一个都没松口。”

“好，我马上过来！”

（三）

“朱总，您好，我是孝感某支行的行长，我行是孝感工行最古老的支行，很有企业文化底蕴，我想请您在百忙中抽时间来参观一下我行的工作环境，了解一下我行的工作内容，看我行的软件和硬件能不能满足贵公司的要求和企业的发展？”

“好的，开户一事，我还要和我的团队商量一下，过几天给你们答复好吗？”朱总显得很疲惫，各路的拉锯战，让他不想纠缠，给上门的银行都是统一口径的答复。

“行，那就不打扰您了，这是我的名片，还有我行的企业文化巡礼，有时间翻翻。”唐行长将册子放在茶几上，然后一行三人告辞了。

（四）

晚上，小郝来到酒店，敲开了朱总的门。

“怎么回事？白天打扰还不够吗？不让人休息吗？”

“朱总，是这样的，我行行长得知您患有糖尿病，特地叮嘱家人为您炖了无糖的燕麦粥，如不嫌弃，请您先尝尝。”

“哦?！谢谢，恐怕你们醉翁之意不在酒吧？为隆兴开户的事，他做了大量的功课啊。”朱总有些意外，一语双关地说。

“是的，朱总，为客户提供量体裁衣服务是我们的本职工作，我们行长知道您晚餐在节食，觉得不妥，觉得不妥的地方指出来，您也不会见怪，对吧，少吃比不吃要合适，您不远千里来到这里，身体可是革命的本钱。”

“你们善意的关心，让我十分感动，关于开户一事，下午几人已做了商定，不隐瞒你说，我们总部的基本户开在建设银行，为便于快捷直通，我们的结算户还是觉得开在建行比较好。如果开在工行，以后结算有诸多的不方便！对不起。”

“没有什么不方便的，银银合作平台早就开通，以前有人说同业是冤家，现在不一样了，我们的宗旨是：一切都要为客户的利益着想。请您放心，像您这种情况在我行不是第一家，我行和建行虽是竞争者，更是合作者，共同的目的是保证客户资金安全，为客户解忧排难。同时，我们也想让隆兴公司体验一下工行的工作作风，作为500强企业，工行肯定有过人之处。”郝经理不死心。

“你这小家伙机灵得很，都洞悉到我的想法了，体验到了你们独到的攻关方式，明天我叫张会计带资料就在你们行看看。”

“哎呀，太好了，谢谢朱总。”

“你知道我什么突然改变主意吗？因为我午睡醒来时，翻了翻你们唐行长放在桌上的企业文化小册子，我就有些喜欢了，这本小册子体现了浓厚的人文关怀。”然后，朱总指着册子里的图片说，“你们行还有活动室？”

“是啊，我们全行员工经常在活动室健身、跑步、打羽毛球、乒乓球，我们的唐行长打乒乓球还在省里得过奖呢！”

“是吗？乒乓球可是我国的国粹，像我们这个年龄的人，都喜欢抽它几拍子。后来工作忙了，没时间运动了，瞧我的大肚子是日积月累的结果啊，哎，不知何时糖尿病也悄悄上身了？麻烦啊！”

“生命在于运动，隆兴公司要在孝感扩大经营，欢迎您过来，您完全可以到我行的活动室参加各类运动，可以成为我们的一员啊！”

“呵呵，谢谢，你们都是有心人！有你这句话，就很感动了！”

（五）

“朱总，谢谢您对我行的支持与信任，能在众多的银行中选择在我行开户，是对我工作的极大支持。如您方便，我现在就邀请您到我行参观一下，到活动室看看，顺便打打乒乓球，热热身，以后多切磋切磋。”唐行长一语双关。

“好啊，听小郝说打乒乓球你得过奖，我可不是你的对手哦!”

“看您说的，我们本来就不是对手，您是我的客户，在我眼里您的健康与您的事业同样至关重要!”

“说得好，走，学习一下你们的企业文化，把你们企业文化的精髓带回去。”

“呵呵，朱总过奖了!”

（六）

走进支行五楼活动室，朱总边走边看。

“唐行长，你的这幅标语我喜欢：‘请同志们吃饭，不如请同志们流汗!’现在我们的生活几乎没有流汗机会。”朱总感慨道。

“喜欢就常来，我知道请朱总吃饭的人常有，但陪朱总流汗的人不常有，我希望自己是其中一个!”

“好，就这么说定了，我为什么选择在你行开户呢？因为你是一个知道客户要什么的人。许多人误以为高额的回报就能征服一个高管，其实，一个企业真正的高管看重的是银行的品质。服务无小事，如果一个银行无原则地满足客户的要求，那么客户会认为，小利会造成选择错误，贪欲会铸成高风险，我的钱放在这个银行安全吗？”

“朱总说得对，我们一直信奉‘至诚’，方能‘致远’，我行能在三年里实现利润翻三番，靠的就是在服务中用心多一点。”

“诚信取向，贵在细节，我赞赏这一点，希望隆兴企业快速驶入‘工行路’，有更好的发展前景!”

“会的，朱总。我们现在不谈工作，先打三局热热身，然后把其他的运动器材也体验一下。”

“好，那我就不客气了，开始吧!”

秀秀的一串钥匙

秀秀姓耿，湖大经济系毕业。

来银行上班已经五年了。

今年而立之年的她年头结婚，年尾就当上妈妈了。

她是一位干练果断的女孩，想干什么，要干什么立马付出行动，很有主见。

在当妈妈之前，她是南大城支行的营业经理，这个支行是老城最大的支行，基本账户过亿。领导千挑万选选定她为南大城支行的营业经理，相当把重要的城门让她掌控。

做了三年的营业经理，南大城的业务风险为零，她被连续评为风控员，南大城支行也被连续评为零差错网点。

有小道消息说：秀秀要提拔副行长，分管风控业务。

就在这个节骨眼上，秀秀决定要结婚了，还决定在同一年要个龙宝宝。

计划永远没有变化快。

有人为她可惜，也有朋友怪她不识时务。

秀秀不以为然。她觉得一切顺其自然为好。

当秀秀的计划变成现实的时候，行领导也为她出台了相应的岗位置换。

现在她是 59 钱箱的管库员。领导照顾她方便给孩子喂奶。

秀秀一天有两次喂奶的时间。上午下午各一次，时间一小时。

秀秀是个招人喜欢的姑娘，快言快语，做事风风火火，大家都很喜欢她。

相处久了，大家还知道秀秀是个大大咧咧，马马虎虎的姑娘。

以前做授权经理，她的业务能力超强，而且很有创新精神，她马虎的缺点被弱化。

秀秀管 59 钱箱一月有余，她的马虎毛病就一览无余。

那天，保姆把孩子一抱来，秀秀就锁上钱箱，把连同自家的一大串钥匙放在键盘旁奔了出去。

大家看在眼里急在心里，四位同事几乎异口同声地喊道：秀秀，你的钥匙……

秀秀吐了吐舌头，笑着一把抓起钥匙，冲了出去。

赵瑞丽不喜欢秀秀，倒不是不喜欢她这个人，而是秀秀来后，准备提拔副科的她，好像没戏了。

这就意味着秀秀有可能占她的指标。而她还有五年就要退休了。

果然，不久就传来上级行对秀秀的暗访。

那天，分管行长带着一位中年男人来到营业室查库。恰好秀秀又去奶孩子了。

分管行长派人去叫秀秀。中年男人踱着步，环顾四周很随意地问赵瑞丽：耿秀秀这人怎么样？

正在做事的赵瑞丽思忖了片刻说：这孩子什么都好，就是老改不了钥匙乱丢的毛病……

一年之后，赵瑞丽提拔成副科级。

秀秀则调离了 59 钱箱，提拔一事也搁浅了。

第二辑

木子购房

木子请朋友在夜市吃烧烤，认识了棉棉。

请客的那天，是七月二号。木子七月一日入了党，他想和朋友一起分享他的幸福。

是木子的哥们敲定的七月二号的饭局。敲的人开心，被敲的人也很开心。当时木子夸下海口，满接。带朋友来也行，来一个算一个。

棉棉是柱子带来的，一双大眼，很漂亮，很大方。木子很喜欢这样的女孩，他说，眼睛大的女孩，给人充满智慧的感觉。

那天木子特别高兴，不停地敬桌上的人，给他敬酒的，也来者不拒。

棉棉的表现也十分出众。不仅自己喝，还帮着木子敬朋友。喝着喝着，棉棉和木子喝成了统一战线，大战群雄。让喝酒掀起一个又一个高潮。

木子倒下的时候，是棉棉扶着的。木子推开棉棉说，一个大男人，哪要一个女人扶着，话没说完，人就溜到桌子下面去了。

第二天，木子被手机的铃声震醒，他躺在床上，滑动手机，屏上显示的是棉棉。他一下子从床上坐了起来。

棉棉关心地问："今天好些了吧?!"木子支支吾吾说："没事!"

他很感动，眼前浮现着棉棉那双扑闪扑闪的大眼睛。

星期六，单位组织团的活动，规定可以带一人。他首先想到了棉棉。但他不好意思直接邀约，打电话给柱子表达了自己的想法，没想到棉棉一口就答应了。

那天的活动是登山，棉棉一改吃饭那天的淑女装束，一身蓝色带白边的运动装，脚穿一双白色的运动鞋，青春靓丽，木子的心“突突突”地跳得很快，脸不知不觉红了。

棉棉捂着嘴笑，她推了推木子说：“看我们谁先登到山顶上！”

木子心里暗想：我一个爷们还敌不过你？

大家每两人一组，挑选合作伙伴，木子和棉棉理所当然地搭成了一对。

木子想在棉棉面前表现自己，使出全身力气，大步走在前面。棉棉不紧不慢，一脸笑容地跟在后面。行程不到一半，木子感到腿有点酸，气有点喘不过来，脸色苍白。

棉棉掏出纸巾走到木子前面，替木子擦去脸上的汗，轻声说：“慢慢走！不要急！”

棉棉伸出手来拉住了木子的手，木子的全身像触电一般，瞬间来了力量。

最先登上山顶的，是棉棉和木子。单位的小青年哄笑说，这是爱情的力量。

棉棉微笑着没有解释，木子深情地望着棉棉，很是得意。

有了两次互动，木子对棉棉的情况有了基本的了解：棉棉在中都巴黎城售楼部上班，是个营销经理。

木子喜欢棉棉，明眼人都看得出来。大家有事无事就敲木子，拿棉棉作诱饵，要他请客。木子很高兴，从不拒绝这样与棉棉相见的机会。

棉棉也是逢请必到，很是豪爽，让朋友们对他们羡慕不已。

棉棉接客，也请木子作陪，木子满口答应，似乎自己就是棉棉的男朋友。

木子和棉棉在一起很开心，棉棉很有趣，说的话常常能让木子大笑不止。木子躺在床上，回味的都是棉棉一颦一笑。

有一天，棉棉说中都巴黎城正在做开盘活动，认筹 1 万抵 3 万，作为营销经理，她还能拿到九五折优惠。问木子有没有为将来打算。

木子窃喜。他理解这是棉棉的暗示。

他问棉棉：“你喜欢哪一层？”

棉棉说："十九层，十九层的空气质量是最好的，长长久久啊！"

木子从来没想过在孝感买房，他不是孝感人，大学毕业分配在孝感，过转正期，他就准备申请调回老家的城市。不过现在有了棉棉，他觉得可以改变先前的打算了。

"只是十九层比别的楼层贵哦！从五层开始，每层一平方米加100元！"

其实，父母已在他们所在的城市为木子购了房子。木子是知道的。但是面对棉棉，木子把经济能力不允许的问题都抛到了脑后。

棉棉买房的态度很坚决。她对木子说："你不用找父母要钱，先用信用透支的方式付个首付。然后申请分期付款就行了，手续我替你办！"

木子心里热乎乎的。他仿佛看到自己和棉棉躺在新房的摇椅上，唱着外婆的歌谣。

棉棉很能干，100多平方米的高层楼房一手搞定，木子只拿着笔签了几个名字。

棉棉带着木子到房产局办理房产证，黑压压的人群，闹嚷嚷的大厅，棉棉一直穿行在密集的人群中，汗流浃背，最后办好了房产证。

木子翻开房产证，却发现证上只写了自己的名字，他很感动。他对棉棉说，他愿意在房产证上写上棉棉的名字。棉棉说，自己没出一分钱，那不好。

木子心里想，棉棉不但漂亮，还是一个不物质的女孩。

拿到房产证的那天，木子在微信上发了朋友圈：以后自己是房奴了，从此要勒紧裤腰带过日子了！兄弟姐妹们有好吃的，别忘了我这个新增的房奴一族哦。下面还配了两个表情：一个是笑得流泪的表情，一个是笑着举着两个OK手势的表情。

他的朋友圈很快有了回复。棉棉第一个回应接他在钱庄顶极餐厅吃了西餐。那餐饭两人吃得很开心，棉棉还喝了半瓶西洋酒。

又到周末，木子照例约棉棉爬山。棉棉说："最近很忙。"

棉棉忙得三个月没有与木子在一起。木子看到朋友的一组QQ晒出与棉棉郊游的照片。

听朋友说他们相继买房了，都是棉棉推介的。

木子没能再约到棉棉。那几个没买房前讥笑木子没他们有魅力的朋友，买房后同样再也没能约到棉棉。

棉棉销售业绩突出，升高管了。和棉棉一起做销售的同事发了一个流口水的表情。

木子好几次打棉棉的电话，打不通。只得在微信上给棉棉留言："今天去看电影吧!?"

棉棉回说：第二期楼盘又启动了，工作压力很大，没有时间。结尾问木子在哪个电影院?

木子有些不快，回复会在乾坤商务影城。不知什么原因，出租车把木子送到了保丽影院。

木子想那就去保丽喝杯咖啡吧。上到五楼半岛咖啡厅，进门就看到棉棉坐在里面喝着咖啡。身边坐着几个和自己年龄差不多的年轻男人。

木子哑然失笑，调头出去了。

木子调回了老家。每个月的房贷，几乎扣完了他所有的工资。好在有父母，木子没有为三餐发愁。

一年后，木子接到孝感朋友的电话：结婚，请他过来喝酒!

到达孝感的当天，木子路过一家房产中介，他想将房子处理掉。一条房产信息，让他惊讶得合不拢嘴：他的房子增值了一倍。

棉棉听说木子回了，给木子打电话说房子已增值，问木子想不想处理那房子，她可以帮他代理!

木子脑壳木木地，他想起了棉棉那双会说话的眼睛!

闺　蜜

“伙计，饭熟了没有？”

人未进门，声音早已进屋。这就是我的死党闺蜜，米新！

米新声音大，脾气也大，一言不合，立马就会吹胡子瞪眼。

但好起来，她会脱下裤子给你穿！

上小学时的一天，我和她相邻跳七格房。我正单脚跳，她突然上前把我推翻在地，我不解地望着她。她叉着腰瞪着眼大声吼道：

“你跳房子过界，踩着我房子了。”

我刚站起来，拍了拍屁股上的灰，她又把我推翻在地。这就是她，米新。

有一次，她找茬想和我打架，我个大体胖，一把就把她摔倒在地。眼见自己不是我的对手，她爬起来便跑，我穷追不舍，眼见就要追上了，她灵机一动，爬上了操场上的乒乓球台。

我试了几次都爬不上去，她在上面得意扬扬地对我做怪相。我不甘心，像猫捉老鼠似的围着乒乓球台子转，最后终于抓着了她的裤管。我用力一扯，她整个人从台子上摔了下来，头上起了个大包，还渗了不少血。

事后，父母狠狠地抽了我一顿，领着我，带着一包红糖、两个小铁皮罐头上她家道歉。

此后，我们很长时间互不理睬。直到有一天，父亲单位为他配了一辆载重的自行车。我想骑，父亲不让。我天天好奇地盯着看，有时趁他不注意时，将踏板倒着转，直到铁链子转掉。

父亲心软了，允许我星期日的时候去学车。

拿到车，我首先想到的就是米新家前面的停车场。

星期六，我跟米新说，我有自行车，明天与你一起学车，米新一听，喜出望外，头点得像鸡啄米，早忘了上次的不快。

吃完早餐，我推着车子来到米新家门前的广场。米新早已等在那里。

因为车子太高，我们无法上去，最后商量，我骑时，她扶车跟着跑，她骑时，我扶车。尽管摔了不少跤，但我们很开心。

第二个星期天，我们又如约学车。我又忘了怎么上车，摇晃了半天，米新不耐烦地吼道：

“快上车，都撑不住了。”

我一急，扬起右腿，这一脚正好踢在米新的左脸上。

“哎哟！”

米新捂着脸，丢下自行车跑了。

我与自行车一起，重重地摔在地下。

望着米新，我推着自行车追了过去，我知道，这一脚踢得不轻。

米新的脸又红又肿，我心里又难过又愧疚，哄了半天，米新才肯让我为她擦药。

擦完药，我们都很累。躺在她家凉席上，我愧疚地对米新说：

“明天上学带好东西给你吃。”

米新像想起什么似的，坐了起来，跑到柜子前，取出两个铁皮盒子问我：“这是吃的吗？”

我说：“当然。”

因为，这是我上次把她摔流血，家里慰问她送的罐头。

“怎么吃？”米新问。

我拿着罐头左看右看，摇了摇头说：“不知道。”

研究半天，我问：“你家有钉子吗？”

“有！”米新回答。

我拿着钉子，对着铁皮罐头，锤了一个小眼，里面的水溢了出来。

米新对着眼吸了一口，回过头来对我说：

“好好喝，你吸下。”

我吸了一口，咂巴着嘴，真的好好喝。

一下午，我和米新费尽周折，把两瓶铁皮罐头消灭干净了。是菠萝罐头，在那时可是稀罕物。

参加工作后，我进了银行，米新进了一家公司。

有一天，米新在我所在的银行为一百元假钞大吵大闹。那天，恰巧我出差，不在单位。

上班后，同事告诉我说："你的闺蜜简直不是人。"

同事一致认为，米新骂人的水平是 AAAA 级。

后来，米新再没来我所在的银行办理对公存款业务。再后来，她所在的公司也在我行销了户，我也和她渐渐失去了联系。

2006 年，我调到另一个城市上班，在一次同学聚会上，见到了米新，她内退也来到这个城市，那个亲热劲自然不在话下。我们一连几天吃饭喝茶聊天，不亦乐乎。

有一天，我们的话题又引到那年她在银行吵架的事上。提起那件事，米新还是一脸的愤怒，激动地骂不停口。

我心平气和地对她说："没收假币，是制度规定，是柜员的职责，你不应该骂那么脏的话，那柜员还是个姑娘伢。"

没想到，我的话让她更恼怒。她依然对那件事耿耿于怀，对那个小女孩的行为依然感到愤怒，她的骂声在数落中升级，全然不顾在公众场合。我看着她，真是无语。

因为此事，分手后，我没再联系她。

7 月的一天，我的手机响了，显示是米新，我还没想好怎么与她说话，电话那头就响起了连珠炮式的声音："女人，在忙什么？"

我没好气地回答："上班呐。"

半晌，电话那头的声音低沉下来，说："你还有存款任务吗？我有定期存款到期了，给你转过来？"

"当然有，转过来吧！"我有些感动，没想到这个死党闺蜜，我们久不联系，还记得我有任务要完成。

一会工夫，米新过来了，又一副趾高气扬的样子：

"伙计，我不理你，你就下决心不理我了？我是不是有点犯贱？还想着帮你完成任务。”

我一下子笑了起来：“你的贱，我喜欢!”

一句调侃，仿佛所有的恩怨都一笔勾销。

那天，米新开着车去银行取款，因为是大额，那家银行说好话让她留下来，并请来了行长与她沟通。

她脸一黑一口回绝：“还真出稀奇了，我的钱想取就取，快点办理，别费口舌。”

我站在一旁，感到了她强大的威慑力。行长立马示意柜员快速办理了转账手续。

这就是我的死党闺蜜。缺点有多大，优点就有多大。不知哪天又会因一句话，一件小事，会和她闹翻。

但我已经认命了，因为闺蜜之间没有磕磕碰碰，成就不了长远的情谊。

小　黑

小黑是只狗。是一只不知品种的长毛黑狗。左眼上有一撮白毛，脖子圈有一个布带项圈。据我养狗的经验目测，应该是“女性”。从外观看有点脏，可能是一只被遗弃的狗或者是一只走失的狗。

第一次见它，是晚上。那天，我参加了一场考试后步行回家，这个小黑狗不知从哪儿冒了出来，跟着我走了半个多小时的路程。这小狗挺有意思的，它总是不急不慢地跟着我，正当我以为它走散了的时候，抬头却见它已走在我的前面了，我眼睛的余光一直关注着它，它一会左一会右地陪伴我，它的影子时而被路灯拉得很长，时而很短，很容易让路人误以为我在遛狗。它的样子很淡定，一直跟着走进了我住的小区。

我刚跨进小区的大门，见门卫正要关门，小黑赶快随着我的后脚跟挤了进来。门卫问我，是不是你家的狗？我说不是。

门卫便拿着警棒开始赶它，它抬起头向我汪了两声，有求助的意思。我不理会它，进了院子门，赶紧向家的方向跑去。

第二次见到它，还是晚上十点多钟，我散步回家。

在离家还有十分钟的样子，我用余光发现，我的身后一直有一个人影。而且这个人影很怪，我快他快，我慢他也慢。这让我心里有点恐惧。

走到路灯下，我壮着胆瞄了一眼，就这一眼让我吓了一大跳，他居然望着我笑，我并不认识他。

他长得很猥琐，五短身材。我的脑海里陡生一些血腥的画面，担心他在我的身后来个突然袭击，让我措手不及。我决定改变方向，避开他跟在

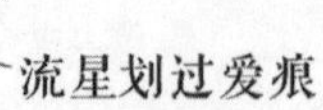

我后面的劣势。

来到十字路口，我穿到了街的对面，然后，约等了两个 58 秒的红灯后，我又返回到回家的路线。没在想到的是，这个男人站在我必经的路上，那个地方黑黢黢的。

我的汗毛竖了起来。那一刻，陡生了小跑的念头。正在这时，小黑出现了，它汪汪地叫着，此刻的我像找到了救命的稻草，立马蹲下身子抱起了它。不为别的，只为自己壮胆，这个有灵性的东西还真是善解人意，它伸出脑袋对着那个男人汪汪了两声，我抱着它加快了步伐直到拐进了院子门口。

到了大门口，我放下了小黑。小黑却紧贴着我的脚边，要跟着进去。我狠着心推开了它。我想到家里还有一条京巴狗——小欢，在我的潜意识里，不允许我再领一条狗回去。

还是那个门卫用不解的眼神看着我，打开了栅栏。我像上次一样行动敏捷地闪了进去。门卫又开始用警棍驱赶小黑，小黑东躲西藏，眼见我要消失在夜幕中。突然，它凄厉地叫了两声，穿透了黑夜，那种无助和悲伤，像把小刀划在我心尖上。

我站在院子里待了有一会儿，不知为什么，心里有些空洞。满脑子是这只小狗的样子，摇尾，乞求的眼神，还有围绕我快乐地绕着猫步的神情，足足痴呆了十分钟。

我有了恻隐之心。返回到门口，只想看看小黑走了没有？没想到小黑居然从门口的地上爬了起来，对我汪汪叫着，好像是告诉我，相信我会回来找它一般。

我长长地出了一口气，有一丝轻松的释怀感。我没有再犹豫，叫门卫开了门，小黑一下子冲了进来，我蹲下身子摸了摸它的头，它很乖巧，伸出前腿，然后脑袋就往我的胳膊上蹭，它的眼睛看着我，长长的黑毛弄得我有些痒痒，我不知道怎样安置它。

想必这个小家伙在社会上混很久了，颇会取悦人的，它的眼睛一直看着我。那一刻，我不得不承认，我的感觉像天雷勾动了地火，做不到对它视而不见。

抱着小黑走到楼下，突然，还是顾虑重重：家里还有一个宠物京巴狗小欢怎么办？还有千辰爸会不会大发雷霆？

唯一不担心的就是千辰宝贝，家里就是多十条小狗，他都会乐不可支。想当初小欢还是嗷嗷待哺时，千辰爸对小狗从始到终都是一脸的“狗不理”。如今小欢二岁了，千辰爸对小欢的摇尾献媚还是置若罔闻、冷若冰霜。

现在小欢也知道好歹了。只要听到我和千辰上楼的脚步声，它会立马在屋里“汪汪”回应，我和千辰不由得加快了步伐。而千辰爸回来了，小欢居然做到了熟视无睹，没有丝毫反应。

此刻，我抱着小黑，心里都是茫然的。我上楼的脚步越来越沉重，以至于上到三楼就完全停了下来。我低着头望着小黑，它也看着我，那种眼神是很复杂的，有胆怯、有祈求，还有无奈的成分在里面。我们就这样对视着，仿佛时间就此凝固。还有一层就到家了，我的念想就在一瞬间变幻着。

小黑也许明白，它的呼吸变得急促，它目不转睛地盯着我脸上的变化。当我长长吐了一口气，又迈出了上楼的脚步，它居然蹭在我的怀中撒娇地发出了汪汪的嗲音。

刚准备拿钥匙开门，门却自动开了，是千辰。他的小脸满是惊喜的神色，眼睛睁得很大：妈妈，又买了一条小狗？

不，是捡的！我放下了小黑。小黑一下子蹭到千辰的脚下撒欢，很巴结他的样子。

汪汪汪汪，京巴小欢一下子从楼上冲了下来，对小黑狂吠不止。

千辰抱起小欢说：以后你们两只小狗狗可以做伴一起玩了。小欢退了几步，又对着小黑汪汪汪叫个不停，用进攻的肢体表达着对小黑的不满和不喜欢。

小欢还在叫唤，强势地逼着小黑。我吼了一声，小欢才灰溜溜地钻进了他的小狗屋。

我抱起小黑，对千辰说：小贝，我们放热水给小黑洗澡去！千辰快乐地蹦跳着。

放了半池子水，小黑站在水中十分乖巧。千辰用小手把洗发液轻轻地涂在它的身上，然后我和千辰为它擦出了丰富的白泡沫，小黑顿时变成了

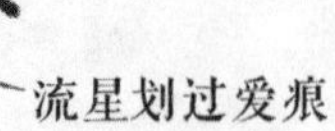

一只白绵羊。

突然，小黑抖了抖身子，把身上的泡沫全抖到了我和千辰的身上，像散落的雪花，大朵大朵的。千辰护着脸咯咯咯地笑。小黑也是十分开心的样子。

折腾了二十多分钟，我把水洒对准了小黑，它一动不动地很享受。突然，千辰对我说：妈妈，小黑真脏，水都是黑的。我看着洁白瓷缸底，一股黑色的液体向槽洞源源不断地流去。

这个时候，我已经发现小黑有问题了，他的长毛紧贴在身上，已有缕缕白丝夹杂在黑毛中。也就是说小黑其实是条杂毛狗，许是小黑太脏了，看上去才觉得通黑。

我拿起吹风机烘干了小黑，越烘越失望，小黑真是不折不扣的杂毛狗，洗过后的小黑反而更像流浪狗。

夜，已经很晚了，我和千辰把小黑送到小欢的狗屋去，小欢对它很是排斥，汪汪汪地叫个不停。小黑很识人性，仿佛从我们的眼神里读懂了失望，默默地退到狗屋的一角蜷缩起来，再也没发出任何声息。

千辰爸还没回来，我和千辰上了床。看得出千辰有些累了，我对他说：明天我把小黑送走，好吗？

千辰刚有睡意的眼却睁开了：为什么？

家里不是有小欢吗？

两条狗在一起做伴不好吗？

可是小欢并不喜欢小黑呀？

那好吧！千辰无可奈何的表情。也许是小黑太丑了，也许是千辰有了睡意，他不再争辩。只一会工夫，千辰立马熟睡了，他长长的睫毛覆盖在脸上，像静谧的森林，让我觉得恬淡。

我回想起千辰一直闹着要一个妹妹，他说没人和他一起玩，直到抱回了小欢。后来，又闹着要为小欢找个妹妹，真不知这个小脑袋里装的什么？是孤单吗？

汪汪，小欢的叫声让我早早醒来。我下了楼却看见小欢躺在柔软的狗屋里拒绝小黑进窝，小黑站在墙边上楚楚可怜地看着发飙的小欢。

见我下来，小黑迎了过来，我习惯性地蹲下身来摸着它的脑袋说：

乖，对不起，我们家有小欢就不能留你了。

叫我没想到的是，小黑把头往我手心里拱了拱，伸出舌头舔了舔我的手。

它像听懂了话似的，耷拉着头。我的心有一丝震撼，突然，我陡生了一丝不舍。

汪汪汪汪。小欢又开始吃醋了，他的叫声带着嘶吼。

千辰爸从书房传出了不耐烦的声音：一大早晨，怎么这么吵？

他昨晚几点钟回的？我在想。不过每次晚回，他都会到书房休息，他喜欢安静。

我的思绪回到了现实。如果千辰爸知道我又带回一条杂毛狗，他会不会歇斯底里？我不想惹麻烦！

我抱起了小黑推开了门走了出去。

来到昨天遇到小黑的地方，我把他放了下来。小黑很识趣地站在原地看着我，直到我离开很远很远。

刚到铁栅门口，我听了汪汪声，我回头一看又是小黑。我对他招了招手说：走吧走吧！小黑一步三回头地回过身去，跑到离我很远的地方。

刚坐在办公室，李俐就跟着进来了。她问我：门口的小黑狗是你带来的吗？

我纳闷：在哪？

她推开窗口向外指了指：喏。

一看正是小黑。我开始有点讨厌这个小东西了，它像阴魂不散的幽灵跟上我了。我赶紧关上了窗户。

李俐悄悄地给我耳语：知道吗？这可能是局长夫人遗弃的狗。

我疑惑地盯着李俐仍旧听不明白。

李俐说：这个小狗可是个有故事的狗。你记不记得王局长的家阿玛妮？

当然记得。一年前，单位组织优秀员工三日游，可带家属。那次旅游让我记忆犹新的是局长夫人怀中那漂亮的小黑狗，那可是原产苏格兰的贵宾犬。

那跟这狗有什么关系？我越听越一头雾水。

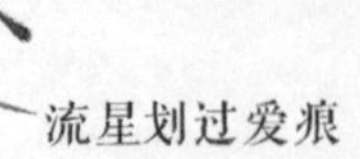

当然有关系。上月局长夫人在沿河大道遛狗，在十字路口遭遇了私家车的碾压，当场死亡。局长夫人哭得好伤心。

因为是小狗乱窜导致事故，错不在车主，眼见纠纷难以化解。突然，局长夫人看到车主的后座上探出了黑色狗头，还汪汪地叫了两声。局长夫人立马停止了哭泣，她的眼睛死死地盯着后车窗。

局长夫人对狗还是有所研究的，虽然这只狗只露点出了一只琥珀色的眼睛，局长夫人断定这是一款短脚长身梗狗。这狗身较长，四脚短，鼻头呈黑色，背毛蓬松，如果不经常修剪会盖住整张脸。这个狗的特征几乎全部符合。

局长夫人立马擦干眼泪化悲痛为力量，抱死狗放在路边，拉着车主商量赔偿一事。

车主是位三十多岁的男人，一副焦头烂额的神情，说是回头再商议此事。局长夫人哪会善罢甘休，怕他逃逸，强行要求把车内的小狗做抵押。

车主急得不耐烦，连连答应行行。最后双方达成一致意见：车内的小黑归局长夫人，地上辗死的小狗归车主安葬。

算得上皆大欢喜吧！李俐的表情透着神秘。

我问后来怎么样？她说戏剧人生呗！局长夫人当晚给小狗洗澡，你猜怎么着？

我睁大眼睛带着疑问。

那只小黑狗刚染过毛发。洗过之后严重掉色，呵呵，居然是个杂毛狗。局长夫人一气之下，丢弃了小黑狗。

我站了起来推开窗户问李俐：确定是这只狗吗？

李俐说有点像，我清楚地记得那个小狗眼睛上部有撮白毛。

我想起了给小黑洗澡时，那一顺流的黑水……

下班之后我不再步行，而是在办公大院直接坐上了同事的车。晚上，也不再出门散步，我不想再遇见小黑。

时间一晃过了三个月。那天，千辰爸回来对我说，他的哥们家有一个纯种的京巴狗，想要小欢借个种。

我说行吧，也想借此机会得个小京巴，来满足千辰的愿望。

那天，千辰爸的哥们带着夫人来了，手里牵着一条很漂亮的金黄毛小狗。

哥们那条京巴狗一现身，小欢像发现什么似的，呼地从楼上冲了下来。两条狗一接触，立即亲热得不得了，互相嗅着，吻着，缠绵着，嬉闹着。它们在客厅里互相追逐着，欢闹着，玩得非常高兴和开心。

我算了算时间不出三月估计就会有新的小京巴诞生了。到时，家里就会有父子京巴狗了，千辰一定会高兴得不得了。

我期待着，一直期待着。

一晃到了春天，我又开始散步了。但小京巴一直没有消息，我想可能是没有配对成功。

那天晚上，我又听到了狗狗的叫声。很弱，但很熟悉。

顺着叫声寻了过去，在墙的一角，我又看到了小黑。不过这次小黑长肥了许多，肚子圆鼓鼓的。本来就短的四脚显得更短了，以致肚子已挨着地面，显得笨重。

地上有一摊水。我一下子明白了：它怀着孕，而且面临着生产。

这下我不知怎么办了？是管还是不管呢？

狠了几次心，我都迈不开步子。最后，我抱起小黑，来到废弃的垃圾池旁，找了一个纸箱垫底，搭了个临时小窝，把小黑安置在内里。然后，我上楼拿了些食物、水和旧棉衣让它就此过夜。

第二天早晨我提前了一点上班，目的是先看看小黑是否生了？

我掀开纸箱，小黑立马支撑前肢跟我打招呼。它的表情看上去很痛苦，又有点矫情的神态。我用手按了按它的头，很体量它的用心，它居然又用舌头舔了舔我的手。

我又掀开了旧棉衣，我一下子惊呆了，它的身上蠕动着两坨小肉团，还有一个正在生产过程中，脐带都连着。

呵呵，想不到小黑当妈妈了！而且是三只狗狗的妈妈。我给组长打了电话说，家里有点事会晚到一会儿。请完假，又慌忙跑回到家里拿了消毒液和剪子，参照着手机上的程序为小黑接完生。

最后一道工序是用5%碘酒将母子四个主要部位进行了仔细地涂擦后，将三个小胎儿放回小黑的嘴边，让它舔干。

这时，我的身后围了好多看热闹的邻居，有的还拿出手机拍了照片传

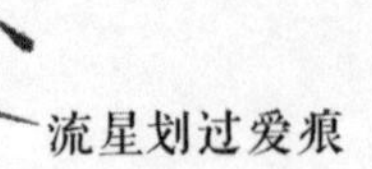

到网上。他们叽叽喳喳地说着话：什么一龙二虎三老鼠呀！什么一捡多得有旺财啊！

说到怎么养时，大家都摇头说狗狗太小，不好养。说到认领，大家又是摇头，又是摆手。

十点钟，来到单位上班，我还是心神不定、坐立不安，心里一直牵挂那四只狗狗。我在微信上发了九张图片，配了文字。没想一会工夫，竟然有百余人作了回应。

出主意的，赞助的，介绍饲养经验的，还有约定长大一点后要领养的……

几天的工夫，我的微信被狗狗刷了屏，各种建议和意见，纷纷而至。

特别是小千辰，每天楼上楼下跑得不亦乐乎。

他不下一百次地恳求我：把小狗狗带到家里养吧！我没有答应他，是怕狗狗的事影响千辰爸爸的心情，明知他不喜欢狗，自己却弄一屋狗狗来烦他。

小狗狗在小黑的照顾下，正一点一点地在长大，而且他们亦成为小区成员的一部分，它们的食物供过于求，衣食无忧，我和千辰每天的事就是补充狗粮和做卫生！

有一天是周末，我和千辰刚下楼，小黑和狗宝宝们就跟了过来。三个狗宝宝中，“小三”盖盖最可爱，是一只纯黑色的漂亮“狗公主”，它不仅有一双水汪汪的大眼睛，还有一条长长的大尾巴，走起路来摇摇摆摆的。

那天，我们来到公园的草坪上，盖盖一直调皮地追着自己的尾巴转圈圈，玩得不亦乐乎。千辰突然喊道趴下、站起来、拜拜、坐下。没想到小黑和它的三个狗宝宝一致地完成了所有动作。

我很好奇地问千辰：这群训练有素的小狗狗是你训练的吗？千辰骄傲地点了点头，又表情严肃地补充说：不过都是做完作业后才和它们玩的。

我摸了摸千辰的小脑袋，露出了赞许的笑容。

正在这时，我看到有一个衣着盛装的女人走了过来，她叫了我的名字。我眨巴着眼睛想了好久：这个女人陌生中带着熟悉感，就是想不起来在哪见过。

你不认识我了？去年我和你们一起在天紫湖旅游过。

哦，我一下子想起来了！对，她是局长夫人。

你好！有事吗？我朝她微笑着点了点头。

这都是你的小狗狗吗？

也算是吧！很有趣吧？！

嗯。如，如果不介意，我能认领一条吗？因为，我喜欢狗。而，而且，松毛曾是我家的狗。这个女人吞吞吐吐地说全了这句话。

其实，我已经很明白了其中的故事，我故意打了个疑问：松毛？

就是你家孩子叫的小黑。

你想收留哪条狗？

盖盖，盖盖，好吗？看得出来，她关注盖盖有一会了。一听我有口气，立马指着盖盖。

不，妈妈，不准，我最喜欢盖盖，一个都不能给。千辰蹲下身一下子护住了四条狗，生怕别人夺了去。

听话，千辰，知道吗？这位伯伯的小狗狗出了车祸，你不知道伯伯有多伤心，我们把盖盖送给她既可以安慰伯伯受伤的心灵，还为盖盖找到了最好的归宿，这不是两全其美的事呀。你不是说要和妈妈一样做个义工吗？安置好它们，我们就做了一件好事。

我不，不嘛。千辰一下子号啕大哭起来。

听话，千辰。妈妈一直不敢告诉你，其实，坨坨和丘丘都有爱心人士收养了。它们送走后，我答应你把小黑带到家里去和小欢一起做伴，好吗？不过，你得答应我，一起做通爸爸的思想工作，你有没有信心？

当然有。妈妈，你不会骗人吧！千辰嘟着嘴，脸上还挂着泪，眼睛还发着光。

谢谢你，我会对盖盖很好很好的。女人蹲下身子对千辰说。

我能经常看盖盖吗？千辰露出怯生生的眼睛，紧紧地搂着盖盖的头。

当然能。谢谢你，宝贝！局长夫人紧紧地抱住了千辰的头。

突然，我的鼻子一阵酸楚……

取名记

儿子刚出生那会儿，的确给大家一个意外的惊喜。

因为做完B超，医生不答话，只以“嘿嘿”作答，直到孩子到了预产期住进了医院，那些猜谜打赌的医生和朋友看了我的肚子形状后都“嘿嘿”地走了出去，最后统计的结果，打赌生男女比例为1∶9。

儿子出生后，抱在奶奶的怀中，奶奶几次忍不住掀开小包被再次确认了下，确实带着把，这才让老公去我家报喜。

外公打开门首先关切地问了句：“生了？”

“嗯，是个儿子！”

外公的回应也是：“嘿嘿！生了就好！”

“真的是个儿子！”老公补了一句。

“好好，儿女健康就好！”

洗三的那天，两家人聚在一起，一直谈论B超和生儿生女之事，气氛很和谐。

我注视着乖巧可爱的孩子，对大家倡议：给孩子取个名字吧！

外婆立马响应：“就叫福生吧，你生病这么长时间，孩子怪好的，一看就有福气！”

小姨立马否定：“土得掉渣了，还不如叫俊男！看他五官长得多精致，长大一定是个帅哥！”

“俊男？字意倒是蛮好的，我们孝感俊贱读音不分家，以后叫贱男，不妥！”舅伯瘪着嘴摇了摇头！

我灵机一动："就叫雨泽吧！生他的那天下着小雨雪，以后我家宝贝会得到的恩惠如雨泽广域。"

老公自言自语："雨泽，容易让人联想起女厕？不行不行！"

"啊！？"大家一下子傻了眼。

"取个名字还这么难？"

正在这时，外公来了。大家的目光一下子聚焦到他的身上。

"爸爸，您老有学问，您给外孙取个名字吧！"老公谦虚地讨教父亲。

父亲思考了片刻说："孩子是冬月生的属马，又跨了阳历年，是马跑千里为上马，就叫志千怎么样？"

"好名！"大家异口同声赞同。"杨志千！"就这样定了下来。

三岁半那年，我带儿子去超市购物，突然有个小女孩在不远处叫："牙签，牙签。"然后跑过来拉住了儿子的手。

我蹲下身来疑惑地问小女孩："你刚才叫他什么？"

"牙签呀！"小女孩一脸茫然。

"牙签是谁呀？"

"就是他！"小女孩调皮地指着儿子的鼻子。

我喃喃自语，一下子悟了过来。儿子的名字念快了就成了牙签。

儿子看到小女孩怯生生的样子，对我说："妈妈，我在幼儿园除了叫牙签，有的小朋友还叫了牵只羊。"

立马，我血喷："儿子的名字倒过来念——牵只羊。"

出其不意啊！防不胜防的绰号居然是小朋友给取的！

爱又要起航了

一

鱼雁，三十岁，离异，银行个金部二级经理。

鱼雁的婚姻就像鱼和雁的交汇，短暂而传奇。

20岁那年，鱼雁遇上解辉缘于一次饭局。那次鱼雁喝了一点红酒，立马过敏，从脸上到脖子上起满了红疙瘩。解辉起身离位，跑到下面的药店为她买来了息斯敏。在传递的过程中，鱼雁有种触电的感觉。

解辉22岁，出生在干部家庭，独生子，家境殷实，一副玉树临风的外形，浅笑，儒雅。完全符合鱼雁的审美要求，属一见钟情的那款。

三年后成婚，四年无子嗣。父母着急，双方做了检查，检查结果是鱼雁输卵管单边堵塞，另一边输卵管不畅通所致。一年的诊治无果，两人因难舍这段感情，于次年抱养一个女孩莲，意在连接不能轻易放手的爱情。

二

解辉的父母对莲很好，但鱼雁总能从他们的叹息中感到有不尽人意的地方，她心存愧疚，只能善解人意地从其他方面补偿对老人的好，以回避自己不孕的不足。

莲两岁的时候，家里来了一位不速之客 —— 一位怀有七月身孕的女孩找上门来，说是怀了解辉的骨肉。三人抵面，鱼雁的目光扫在了解辉的脸上，解辉惊惶失措，羞愧地低下了头。

鱼雁的目光又扫向了坐在沙发上的老人，解辉的父母的立场并没有持抵抗的态度，鱼雁心里开始往下沉。

鱼雁把那个女孩让进了家门，她没有愤怒、没有悲伤。平静的和一家人吃完了最后的晚餐。

她开始清理自己简单的行李，久久地抱紧莲，然后走出了解辉的家。

“妈妈，您不要我了吗？”莲一下子扑了过来，抱紧了鱼雁的大腿。鱼雁蹲下身来，泪已决堤：“听爷爷奶奶的话，等我安定下来，就来接你！”

三

三十岁，鱼雁来到了省城，她是交流干部。说是逃避也好，是换个环境也好，她觉得伤心地不宜久留。

在省城这个喧哗不休、浮夸奢华的都市，鱼雁诚惶诚恐。因为来自基层，她的任务重，压力大，但她自信能做好，她希望自己的时间排得满满的，来排遣自己心中的不快。

唯一有遗憾的是她目前的住宅。这是单位的筒子楼，有四居，里面住着的都是和她一样的单身女人。这些单身女人和她不一样，都是有后台有背景的女人。

上班第一天，有个女人给她咬过耳朵，说她相邻的女人是谁谁谁的情妇，她不喜欢八婆的女人，她知道每一个失败婚姻中，都有一段辛酸的过往。

鱼雁想起了那个曾经给过她温暖的家，想起了莲儿。她的泪在不经意中滑落。但她马上擦干了眼泪，丢了一把鼻涕，把状态调到了不悲不喜。她知道回忆只能加深自己的落寞，人生一旦起程，就得往前走。

四

深秋的冷胜过寒冬。那天，鱼雁回到了宿舍，门房送来了母亲为她新

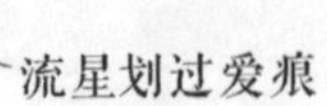

打的棉被。鱼雁将脸贴在上面，久久不忍离开。鱼雁折回到了单位打通了家里的电话，第一次煲了很长的电话粥，解慰寂寥。

没有亲人朋友的日子，鱼雁的业余生活变得空洞。

很多节假日鱼雁逃避回家探望父母，她不想看到父母的哀怨和饱含期望的眼神。

她知道父母想说什么：不该轻言放弃、不该净身出户、不该离家成全他人，毕竟自己不是错误方……有用吗？当感情不再，争来的这些恰恰是负担。

唯有莲儿是她唯一要争的，但时机不是很成熟，她还不具备给莲儿安定的条件。

五

为了逃避在寂寞的时光会不自觉地触碰了心底的柔软，鱼雁报了一个节假日模特班。从汉阳到武昌来回返转，夹在熙熙攘攘的人群中，显得孤独而忙碌。

模特班的高冷，干干脆脆地走在T型台上，每一个女人仿佛都是一个独立的个体。她们都不善于用语言说话，而是用眼神，用肢体语言，鱼雁喜欢这种感觉。

这期间，鱼雁还是收获了一位能说话的朋友，她就是省城著名的女作家方程。方程说鱼雁给她的印象就是一个有故事的女人，她对鱼雁的离婚很欣赏。当决定不爱了就抽刀断水，金盆洗手。就像钢化玻璃要么坚不可摧，要么碎得像冰碴一样流淌一地，闪着凄楚的冷光，无法复原。

六

鱼雁爱上了写作。写作让她有着丰厚的收获；写作让她增强了自信心；写作让她屡屡获奖；写作让她在单位成了文化名人。

鱼雁的内心一片安然，她静下心来开始写自己的人生《十年》，她不知道会不会有人认同自己的十年，她不管也不重要。她只想按自己的人生经历描摹，无论是模模糊糊、真真切切，还是模棱两可的路线，总有一份情怀要释放。

就像光从朦胧的树叶中折射出来，不很强烈，如果想直视，也会刺痛眼睛。

七

鱼雁和方程坐在一起品茗，这对忘年交的文艺爱好者有许多共同的话题。鱼雁告诉方程领导要调自己去企业文化部，这就意味着自己所学的专业会在日新月异的变化中变得生疏或者面临放弃。

方程说鱼和熊掌均可兼得，不去企业文化部同样可以为企业文化的传承做贡献。把专业做精，把业余做好，实现双赢。

鱼雁点了点头，她相信在未来的日子她会兼顾得很好。

来年还有许多事要去做：接父母到身边享福、接莲儿回家……

八

鱼雁还有一份隐藏心底的情怀，那个渴望的眼神已对她注目很久了，她要给他一个满意的回答。因为他无声的爱像一片草原，在她的世界慢慢展开，虽不繁华富有，但在这里能生长出能力、勇气、智慧、关怀和尊严。

是他解开了鱼雁心中的情结，说当爱只能陪一程时，要学会感恩，因为，他教会了你成熟与成长。

鱼雁终于释怀了，放下了，爱的赠予，她已懂得了如何去接纳……

爱有了接力，鱼雁变得活力四射，她坚信新的一程不久又要起航了！

——她有信心轻装上阵。

失　恋

一

唐唐躺在家里，穿着棉质的睡衣，盖着舒适的绒被，开着空调，12摄氏度，像冬天。

一天一夜，唐唐昏昏沉沉地醒了再睡，睡了再醒。

她害怕醒着，醒了她就心痛，醒了她就胡思乱想，醒了她就有想去死的冲动。

一天一夜，她的脑海里不止一次地看见自己手持着锋利的刀片——那是平时用于刮腋毛的刀片，对准了自己的手腕。那个交叉着的青筋，在雪白的皮肤上显得格外的外突，那里流动着身体的全部血液。

唐唐只要轻轻地划上一刀，两边就会成为一个独立的出口，血会喷涌而出，溅到地板上，像剑南送给她的玫瑰，一朵、二朵、三朵、最后连成一片，组成一个黑色的大洞，吞噬她的生命，她的灵魂……

她不知道这种过程痛不痛？痛多久？痛的过程自己能不能承受？

她就在这种纠结中疲惫，然后在意识模糊中和衣而睡，就像白天不懂夜的黑，就像死了不懂活着的痛，循环往复。

她甚至想到来一场突发的地震，那样在毫无征兆中去了另一个世界，来不及思考来不及痛楚就去了极乐世界。

不知是睡多了，还是想多了，唐唐的头又晕又痛。她看了看墙上的夜光钟，已是下午四点，她顺着床来到窗台，拉开了内窗帘。阳光虽然很弱了，但唐唐还是感到睁不开眼睛，从镂空的间隔中射出来的阳光，照在唐唐的脸上，她不自觉地用手挡在脸上，但阳光的碎片在她的眼帘中依然碎得不成样子。

二

一天一夜没吃东西了，唐唐感到自己的肚子已经贴到后背了，胃部有灼烧的饥饿感。

她打开冰箱，里面空空如也。她突然想到剑南上次送来的一箱梨，应该还有剩下的吧。果然，还有半箱，当然还有不少梨已经坏了。

唐唐倒在沙发上开始啃梨。她用牙把皮啃掉，梨汁滴在手上，又顺着胳膊往下流，流到身上，黏糊糊的，她边吃边落泪，直到消灭了五个梨。

突然手机响了，铃声是唐唐喜欢的范逸臣的《我相信》，这是剑南帮她下载的。不知为什么唐唐一开始听到这首歌，就喜欢上了。

爱不离，当我在你家门口
下雨了你看了也会难过
爱不离，你不说话的时候
也是一种其实你在回应我
虽然不曾说相信你正在懂
就算牵的不是我的手我真的不难过
不知道在高兴什么
你的笑容有时候也宁可当作你在为我加油
不知道在妄想什么
只告诉自己爱不离你总会看到我
在某个时候想让你陪伴的是我

唐唐突然号啕大哭，泪像决了堤似的，一发不可收拾。

那些曾经美好，那些自以为灰飞烟灭的回忆，随着歌声，一幕幕，一

场场一下子全回来了。

三

唐唐的胃一下痉挛起来，撕扯着她的身体。

她冲进了厕所扶在抽水马桶上开始呕吐，淋漓尽致地吐，直到什么也吐不出来，胃酸像根扯不断的皮筋，让她一次一次地作呕。

不一会肚子也开始痛了起来，唐唐顺手扯下毛巾捂住了嘴，掀起睡袍开始腹泻，像打标枪似的，带着一泻千里的痛快。

手机的铃声还在唱着：
爱别离，没有回应的时候
只不过正好你在电话中
爱别离，语音信箱的沉默
也是一种其实你在倾听我
虽然不曾说相信你正在懂
就算牵的不是我的手我真的不难过
不知道在高兴什么
你的笑容有时候也宁可当作你在为我加油
不知道在妄想什么
只告诉自己爱别离一定会有结果
在很久以后……

唐唐轻轻地呼喊着他的名字，像是说着最后的梦呓告别：从此各奔东西，从此各散天涯。

四

唐唐开始洗澡，任由雾气腾腾的雨帘淬到自己的脸上，像爱情的手抽打自己的脸颊，散了就散了。

如果不爱了，纠缠有何用；

如果不爱了，自己的死活跟他有何相干；

如果不爱了，就别勉为其难；

就算痛也不要让自己难堪。

女孩，振作起来，爱情不会走得太远，

重新出发，还会找到自己的圆满……

唐唐抹开雾一般的镜面，镜中的女孩苍白得可怕，像刚刚放过血一般，只剩一张白纸。

唐唐打开衣橱开始换衣服，裙子、短牛仔、高腰裤、风衣……床上堆得像小山一般。

最后她眼光定格在米色运动套装上，配了紫白相间的运动鞋。她把头发吹干，随意扎了个发髻，拎着小提包就出了门。

五

刚出了门，门“呼”就被风带上了，唐唐摸了摸口袋，愣在那里，钥匙忘记了带。

唐唐胡乱地走下了楼，有一丝清风吹过，带着若隐若现的青草和花香的气息。似乎减弱了窝在家里的悲伤气息。

小区的绿化带很安静，大块的草坪上正抽出嫩芽，像泡出来的龙井，养眼又养胃。

唐唐蹲下身来，细细地观察着，一根草一滴露水的典故，想着每一个生命都有自己独特的故事。

正在深思的唐唐突然听见了开心的笑声，她抬起头来，看见不远处有两处秋千。

一个穿粉色衣服的小姑娘正被爸爸呵护着，在一推一送中，小粉裙像一缕绽放的小花。小姑娘开怀地笑着笑着，带着童心和天真。唐唐潜意识里多想做一回小姑娘，无忧无虑。

唐唐怔怔地望着她，不由自主地坐上了另一只秋千。

“要我推你吗？”这里剑南在说话吗？是的，一定是他！

“嗯。”秋千开始缓缓地晃动起来，轻轻的风，柔柔的阳光。飞起来了，高高的，飘飘的，像高烧退后的飞翔，快速得有点眩晕，仿佛落在哪里哪里就会沉重。唐唐没有笑，不敢笑，紧紧地抓住绳索，像根救命的稻草，牢牢地抓着。

“怎么啦?”唐唐听到了那个熟悉男人的声音。“剑南，我怕!”

“不要怕，瞧，我家女儿都不怕。”那个男人一脸的关切和温存，并且拉住了还在晃动的秋千。

唐唐眨了眨眼睛，是的，他不是剑南，剑南已经离开了她。从此自己为此要脱胎换骨。

六

暮色暗了下来，带着凉意，唐唐准备回家了。可她摸了摸身上，钥匙落了，回不去。

她决定去妈妈那里待几天，为爸爸妈妈做几天饭，在忙碌中治“病”。

——青春的伤，成长的痛。

麦　子

“嗵嗵嗵嗵!”

一阵急促的敲门声，将麦子惊醒。麦子一下从床上弹了起来。她的头木木地，不知发生了什么。

她揉了揉眼睛，努力让自己清醒。环顾四周，这是一个陌生的环境，正好与另一个恐慌的目光相撞。

麦子一下清醒过来，她对视的这个女孩，是临时安排在招待所里午休的，进来与麦子说过话，是本地人，都是来参加这次全省写作培训班。

麦子慌忙下床，拢了拢头发，走到门口，开了门。

门外站着一个高挑的女子，鼻尖上有涔涔汗珠，一袭长裙盖住了脚踝，看着很文艺范。麦子在上午开班仪式上见过这个女子。

没容麦子开口，这个女子急促地对她说：“快！快把房间让出来，上面来的领导要住。”

麦子赶紧走进洗手间，用手把头发扎了个髻，慌忙将未干的衣服塞进袋子，回头已不见对床的那位女孩。麦子迅速将床整理，提着小背包站到了一边。

女子见床铺整理好了，打着电话出了门。麦子站在房内，不知所措。

只见那个女子又走了进来。“把你的行李拿出去。”

麦子赶紧提着行李，不敢直视这个女子，低着头小声问：“我住哪?”

女子没有看麦子，边往外走边答道：“先让出来再说!”

麦子拎着行李走出房间，已不见那个女子踪影。

太阳火辣辣的，阳光刺得麦子睁不开眼，招待所的院子里没有一个行人。

麦子看了看手表，13：32，距离下午采风的时间不到半个小时。

她决定去餐厅等，顺便把行李存放那里。

餐厅里有三个人。一人看着手机，二人趴在桌子上睡觉。

麦子不想打扰别人，自觉地走到靠里面的一张桌子旁，放下行李，从包中拿出已修改多次的作品《麦子的秋天》看了起来。

突然，手机传出响铃声，让麦子吓了一跳，在空旷的大厅里，这铃声有些刺耳。

麦子慌忙关掉提醒她起床的闹钟声。向窗外望去，通知下午集合的地方没有一个人影。

她有些纳闷：不是说好二点在餐厅门口集合的吗，怎么一个人影也没有?!

麦子拿出手机，准备询问一下。突然，她看见手机上跳出一条信息：原定下午二点采风的时间改为三点，请学员互相转告。

还有一个小时？麦子的大脑一下空了，她感觉有些疲惫，一股睡意袭来。

下午采风要登山。上午满负荷的课程让她一直很兴奋，现在却有点累了。该找个地方休息一下！她想。

在哪休息一下呢？就趴在这里？在小何司机的车上躺会？

麦子想起了小何放在她包中的小车钥匙。

她拿着钥匙，走出餐厅，打开车门。

车内，一股热浪扑面而来，让她打了一个颤。

她打开所有的车玻璃，把行李放在后排当枕头，疲惫让她忽略了炎热，一会就进入了梦乡。

不知过了多久，她突然听到有人叫她的名字。“李麦香！谁是李麦香？”

麦子急忙从车中钻了出来。“我，我是李麦香！”

麦子上了车，只见那个女子正在清点人数，见到她脸上有些愠怒：“就差你一个。”

麦子低着头应了一声，径直往后走，一直走到了最后一排座位上。

车启动了，麦子透过窗户看着沿途的风景，刚才的那点自卑心情一扫而光，有一种被幸福包围的感觉。

她觉得自己很幸运。从一个边远、贫穷的乡村来参加这个培训班，她要感谢当地文联主席，她感恩和珍惜这个机会。

采风回到餐厅，大家围坐在餐桌，谈论着采风的感受。麦子低着头，翻阅着手机。

“麦子！谁的网名叫麦子？”那个女子站在餐厅门口，大声叫道。

“我！”麦子受宠若惊地站了起来。

那个女人带着十分复杂的表情，从头到脚把麦子打量了一番。

“请你到一号厅就餐。”女人收回眼光，侧了侧身子，有请的意思。

所有的目光都聚了过来，麦子的脸红了，低眉快速地走出了餐厅。

“请跟我来，何老师要见您！”那个女人用了敬语，麦子的心突然跳得厉害。虽然三号餐厅和一号餐厅只有十几步的距离，麦子的脚步走得很是忐忑。

“何老师。”麦子一眼就认出了从未谋面的文学大伽。自从与何老师有了互动，麦子无数次在网上关注过这位心仪的作家，她依然戴着一副黑框眼镜，发型利落，学者风范。

“麦子，你好！来坐我边上！”刚进餐厅，何老师就站了起来，指着身边的位子对麦子说。

麦子双手下垂，紧张得要窒息。那是一个坐 20 人的圆桌，何老师坐在 1 号宾客位置。

“我？我？”

“来吧！来吧！”

“坐何老师那！”众人附和着。麦子机械地坐到了何老师身边。

吃完饭，麦子被何老师拉着手，在大家的注目礼中走出了餐厅。

麦子拿出《麦子的秋天》对何老师说：“我修改了，您再看看，不知行不行？”

“好，晚上我再看，我们先到后面的院子走走！”

“方科，安排麦子今晚跟我住！”何老师回头对尾随在后的那个女子说。

“啊？好好！”那女子尴尬地回应着。

散完步，麦子兴冲冲地到车上拿着行李，再次走进这个房间。

“你喜欢睡哪边？”何老师问麦子。

“这边吧！”麦子坐在中午睡过的那张床上，在上面弹了弹，不知为什么，麦子感觉那张床好温馨，好柔软。

我是快乐的胖子

到武汉学习，约了闺蜜雪儿在酒店见面。中午雪儿老远见了我就乍呼：才一年没见，怎么长这么胖？

我低下头只能看到自己的脚尖，问雪儿：胖了许多吗？

雪儿连连点头：嗯，瞧你赘肉从腰间的旗袍泄出来，带着游泳圈呢！

我惊恐，有这么严重？又问雪儿：胖了好看吗？

雪儿立马围着我看了一圈摇了摇头：不好看。见我瘪着嘴又哈哈大笑，委婉地说：不过胖了也有一点好处，脸上的皱纹好像少了许多呢！

是啊，也不是一无是处的嘛。我自嘲地感叹。

我以前身高160，体重100斤。那时，一袭长裙，标准的淑女。嘿嘿，不过是淑女的背影。

记得几年前，有一次去沿河大道散步，后面几个叽叽喳喳的女子，一直跟着我走了半条街，最后在我回头的刹那，一哄而散。原来几个无聊的丫头在打赌。最终的结论是：淑女背，大妈脸。我恨得牙痒痒，恨不得随地抓一把沙，甩她们一脸罪恶的嘲笑。

如今，我马上挑战130斤了，这要归功于身边多了位好吃佬。这好吃佬海拔183，体重148，标准美男子一枚。他是吃嘛嘛甜，睡嘛嘛香，就是只长肌肉，不长膘，这也怪不得别人有福气：别人生得好呗，遗传基因强大。

自从和他在一起，体重快马加鞭地往上蹿，长胖的节奏可谓芝麻开花。看着中部崛起，着急呀！当然细细想起来，自从长胖后，头也不晕了，脸色好了许多不说，皱纹通通不见了。而且各项身体检查都在正常值内，心里不免又有些小窃喜。

好吃佬说：胖点无所谓呀，我老妈160斤呢！你离她还有老大一截距离，追上她，还需努力！

我踢他一脚：滚一边去。你老妈173，本宫160，是一个级别吗？

心宽体胖嘛，只要身体好、心态好，谁会嫌弃你？你就安心地做个富养的女人吧！我白了他一眼，吼了句：一边去！

心里其实乐滋滋地：这句话本宫爱听。

宝，快来吃呀！好吃佬诱惑的声音从手机传来。

在哪？我急忙问。

海沫城！

海沫城在哪？这好吃佬，对吃是打一枪换一个地方，让我好找！

下班刚到点，我像离弓的箭，很快到达目的地。哇！满桌子都是我喜欢吃的！哈喇子都流出来了。好吃佬一个劲地往我碗里夹，堆得像小山似的，边夹边阴笑。爱恨情仇堆积在一箸之间，瞪了好吃佬一眼，我咽了咽口水，终于拿起了筷子：吃了再说！我恨恨地下了决心。

一年啊，300来天，我真不负好吃佬的众望，体重蹿蹿往上涨。

当然，我不是一位自甘堕落的女人。吃完后，去美容院按摩减肥；去体育中心跑步减肥；去舞蹈队跳舞减肥。总之吃完后的第一要务就是减肥减肥，标准的一线主题。

可是怎么越减越肥呢？体重居高不下！

去医院体验：身体倍而棒。医生一语道破天机：这不是肥，是健壮。上述减肥系列，均达不到很理想的效果，要向健美的高度发展。

胖瘦无所谓啦！我彻底灰心了：还是跟好吃佬一起享口福吧！在吃相上一改过去的狼吞虎咽，大口喝酒，大口吃肉。跟着好吃佬学优雅，细嚼慢咽，小口品汤。

如今对吃的渴望可谓是一发不可收拾，每每在香气飘逸的餐桌上，我的胃口大开，大快朵颐，沉迷于山珍海味不能自拔。

现在，享受生活的主题就是一起吃吃吃，吃完了又有睡意。管他呢，瞌睡来了就睡吧！别人都说睡出来的美人。瞧本宫脸上白里透着红，嘴巴也像擦了口红般，照相也不用美颜了。虽然身材惨不忍睹，彻底走了样，也怨不得别人，管不住嘴嘛。

算了吧，毕竟到了知天命的年龄，孰轻孰重？当然自己心中有杆秤。

呵呵，现在我是一个有口福的快乐胖子。

上　课

沙云杉推开教室的门，手里捏着塑料袋装着两个馒头，低着头匆匆而入。全班同学的目光都注视到她身上，我正在黑板上写字，我的余光跟着她的脚步挪动，就知道是沙云杉，她踩点进教室的情景在我脑海已成定格。

“沙云杉，你没看见老师吗？”我喊住了她。

“没，.没。”她喘着气睁大眼睛转过身来看着我。

“每次大家见到你踩点进教室，让所有的同学为你行注目礼，是很光荣的事吗？你就不能早到三五分钟吗？”

“我，我……”沙云杉把握有馒头的手放在背后，我注意到了她的手指甲里藏有面粉。

“今天老师也不想过多地说你什么，给你一点时间，让你从容地走进教室。你已经十三岁了，作为一个女孩子，我希望你不仅在课堂里学到课本知识，更重要的是学习优雅的举止和从容的态度。”

沙云杉犹豫了一下，眨巴着眼睛，一头雾水，站在那里进退两难。

“你可以把馒头和书包放在课桌上，然后，从教室门口重新走到自己的座位上去。”我改变了和她说话的语气。

沙云杉吐了吐舌头，放了书包，一路小跑地走出了教室，顺手带住了门。

咚咚咚，轻轻的扣门声。

请进！

沙云杉小心翼翼地走了进来，目不斜视地往座位上奔去，和平时低头看不到脸面急走相比，显得呆萌萌地，有些滑稽好笑，全班同学叽叽喳喳地议论起来。

“沙云杉，能不能重新走一次？我希望你抬头挺胸，理直气壮地走到自己的座位上去。”

“好！”沙云杉的声音像蚊子嗡了一下，脸“刷”的一下红透了。她再一次快步地走出了教室，轻轻地带上了门。

咚咚咚，轻轻的扣门声。

“请进！”

这次，沙云杉推开门抬头挺胸地走了进来，步子大而坚定。正当我准备表扬她时，坐在沙云杉后排的沙田阴阳怪气地说：“沙奶奶今天像个女神……经！”

话音刚落，全班同学笑得七倒八歪的。

沙云杉恼怒地瞪了他一眼坐到位子上，沙田眯着眼睛伸着舌头对她做怪相。

“沙田，你站起来回答一个问题：我以前还真不知道你们是亲戚，现在想起来，我们班就你和沙云杉同姓，这个姓比较稀少，原来你们真是亲戚呀！”

“不，不是。”沙田站了起来，变得口吃。

“哦，我知道了，不是亲戚，一定是族姓吧？沙云杉的辈分比你高，是吧？”

“我，我……”沙田变得瞠目结舌。

“沙田，你进步了，以前同学们都反映你不尊重别人，总跟同学们取绰号。你今天当着全班同学的面喊沙云杉同学为‘沙奶奶’，可见你其实是很懂礼貌的。今天老师要表扬你，中国的千年文明，论字排辈，只要不出五服，都是一家亲啊！”

大家都笑了，沙云杉也笑了，这个女孩平时总是被别人取笑，今天的笑，笑掉了平时的失落与自卑，笑出了一份自信。

“沙田，今天的早自习，我动员大家结合实际学习一堂待人接物的课，见证一下，你和沙云杉的亲戚关系，你上前一步和沙云杉站近一点，再喊她一声：沙奶奶！”

全班再一次哄堂大笑，沙田站着不动，窘迫地恨不得有个地洞可以钻进去。

“哦，我知道了，你是嫌沙云杉没有给你这个晚辈送礼物，对吧！”我笑着对沙云杉说，“你不是带了大馒头吗？听说是你自己亲手做的，送一个他当认亲的礼物吧！”

沙云杉不好意思地从塑料袋里拿出一个馒头递给他，只见沙田背过手去。他满脸通红地抬起头，用祈求的眼神望着我说：“老师，我错了！”

“哦，错哪了？”我故意郑重其事地问。

“老师，我不该喊她沙奶奶！”他抓着后脑勺带着歉意地说。

“以后都不喊了吗？我走近两人的中间，侧耳聆听。

“老师，我真不喊了！我以后再也不跟同学取绰号了。我会做一个懂文明讲礼貌的人，请相信我！”他的额头、鼻尖上都有涔涔汗珠。

“很好，沙田，老师相信你，尊重是人与人交往之间最重要的美德。尊重一个人对自身来说，是素质的体现。对他人来说，则是一定意义上的礼貌。”

我拍了拍眼前这个调皮且可爱男孩的肩膀，示意他回到自己的座位，又示意沙云杉坐下。

回到讲台，我说：“今天我们的早自习实际上上了一堂生动的素质课。从沙云杉踩点上课说开去，我知道了她作为一个留守少年，每天要给年迈的爷爷奶奶做早饭，还要承担许多家务活，她的时间是紧迫的。但是，我觉得这不能作为她经常迟到的理由。”

“从沙云杉经常迟到这件事来看，老师不能不批评她，正因为批评多才导致了她的自卑和不自信，才导致其他同学对她的轻视，这是一种恶性循环。

“我希望从今天起有一个良性循环的开始。同学们，我们一起努力吧！”

“好！”五十位同学异口同声，呼啦啦地响起了掌声。

公主梦

闹钟响了两次，芙蓉赖在床上，仍不想起床，昨晚10点钟下的夜班，回来忙完，转钟才上床。

但今天是早班，她不得不起床。

她是商场服装柜的，一上班就接到了一批处理的公主裙，粉红的底色，上面点缀着不同颜色的小花，很漂亮。

以前，她很喜欢这款，因为太贵，她让这份喜欢留在了心里。

她把蒸气熨斗打开，逐条整理着这批揉得很皱的裙子。不一会工夫，一条条裙子变得鲜活起来。

试穿的客户多了起来，有小姑娘，有年轻的妈妈，还有上了岁数的女人。

穿上这款裙子，她们的人像变了一个样，精神极了。

大码换小码，小码换大码，叫唤声不断，芙蓉忙得晕头转向。

芙蓉很想为自己留一条，她喜欢这款很久了。但想到买一条平时不能穿的裙子，还要花去她几天的工资，她又放弃了。

好不容易忙到中午，芙蓉拿出带来的中餐，开始吃起来。她只有半个小时的吃饭时间。

“服务员，麻烦你能不能帮我把这条裙子退掉!”

她抬起头，看见一个女人站在她的面前，声音带着哀求，脸上挂着泪花。

“我老公……我老公说乱花钱!”

芙蓉心里一颤，她望着女人，心中陡生一种莫名的失落！

这条裙子是上午在她手上买的，这个女人来回试了很多次，穿着非常好看！

“这……这……”芙蓉不知怎么回答女人。因为是折价商品，按规定是不能退的。

“求求你，求求你了！如果不能退掉，我老公会大发脾气的。”

女人的声音越说越小，带着抽泣声。

芙蓉心中不是滋味，不知为什么，突然想到了自己的家，自己的男人。

她的男人在工地上做工，婆婆在家帮自己带孩子，两人的工资加起来才 5000 多元钱，吃、喝、拉、撒、住，一家人把日子过得紧巴巴的。

芙蓉对收银台谎称女人是自己的亲戚，穿着不得体，帮助她退了款。

女人双手拿着钱，合掌不停给芙蓉作揖，连连说谢谢。芙蓉对着她笑了笑，心里不免有点苦涩。

她知道每个女人心中都有一个公主梦，但结了婚的女人，只能把许多的喜欢留在梦中。

芙蓉也有过这样的梦。

这条折价的公主裙，对于很多人，可能不算什么，但对于打工的她来说，依然是件奢侈品。

她爱她的家，她想把每一分钱都用在家里，用在丈夫身上。她爱她的丈夫，她总觉得丈夫做杂工太屈才，相信他终有一天会出人头地，她要扶持他，她要把每一分钱用到实处。

想到这里，芙蓉心情特别好，她对每一个试衣服的顾客都特别耐心。特别是有的女孩嫌裙子有纱头，有漏针，芙蓉都会上前帮忙清理、缝上，让这些有梦的女子满意地离开。

下午，客人渐渐少了，芙蓉发现，一个男人径直走向公主裙。她忙迎上去，问男人：“你买多大的？”

那个男人竟然脸红了说：“你能不能帮我试下？

芙蓉一愣，说：“我吗？”

男人说：“是的！我女朋友在外地，我要给她个惊喜。”

芙蓉犹豫着说："不好吧！你女朋友肯定年轻漂亮，要知道，同样一件衣服穿在不同人的身上，效果是不一样的。"

男人说："她的身高、肤色和你都差不多，你就代个劳吧！"

芙蓉心中一阵温暖，点头同意了。

从试衣间出来，看着镜子里的自己，芙蓉变了一个样。年轻漂亮了许多。

结婚时，丈夫说过，会给她买一件漂亮的裙子，让她穿得像公主一般。

但芙蓉结婚时，是冬天。

此时，芙蓉在镜子前转动着身体，真是无死角的美丽，她高兴得像个小姑娘似的，双手拧着裙摆冲到了镜子前。

"买了！"男人高兴地说。

芙蓉包好衣服递给男人说："这是折价商品，不退不换哦！"

"不退不换！不退不换！"男人双手拿着公主裙，像拿着宝贝一般。一边走，一边连声说。

望着远去的男人，芙蓉心里有些失落。

终于下班了回到家，丈夫说："再过两天，就是你25岁的生日了，你想去哪里？我陪你过生日！"

芙蓉说："好啊！几年没回去了，我想回家！想看家乡的山！喝家乡的水！"

"家乡再难回去了！"丈夫说他们是城市的边缘人，楼房就是城市的高山，生日那天他要带芙蓉去看他建成最高的楼，最美的大厦。

生日那天，芙蓉刚睁开眼睛，丈夫就捧出了一个大礼盒，一条金黄色的彩带系在礼盒的外面。

芙蓉迫不及待地打开，一条粉红色的公主裙展现在她的眼前。似曾相识。

"傻瓜，我哪穿得了这条裙呢？"芙蓉高兴地嗔怪着。

"穿得，你试过的！"丈夫温情地笑着。

"我试过？"芙蓉有些迷惑。

"是的，前几天的一个下午，我求同事一起去买的。那天，我站在不

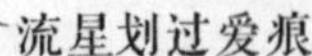

远处……”芙蓉的眼眶莫名地盈满了泪水。

穿上裙子，芙蓉在床上转着圈，星星点点的小花也舞动得飞了起来。芙蓉觉得自己的身体变得格外轻盈，如同童话世界的公主踩着水晶鞋，走进了童话世界……

温　暖

1

向然每晚都会给她发短信，向然每晚都会给她道晚安。

她的许多回复就是嗯嗯嗯，然后发一个可爱笑脸的图案。

2

她的小名叫绢子，唐山的女孩，学名党娟。母亲是唐山的遗孤，她是父亲的遗孤。

大学毕业后，绢子二十三岁，她来到了电子商务公司担任财务会计。她是一个安静的女孩，安静得有些忧郁，是一个没有安全感的女孩。

第一年单位年终决算，忙到半夜十一半点，单位配备了宵夜，绢子没有下楼，她要把最后统计的数据提供给上司，她全神贯注地赶着活。

来送宵夜的是向然，向然是部门经理，他一直在等数据，见绢子没有下来，就直接去了财务科，顺便带了银耳汤和酱牛肉米线，都是统一的外卖，包装十分精致。

向然很和善，对绢子说吃点再赶活吧。然后撕开了包装盒，把汤匙用开水烫了烫，放在盖子上。这个小细节却让绢子莫名的感动。

绢子吃了两口，发了一会呆，就说肚子饱了。她坐在电脑前开始工作，眼睛的余光却留意正在看手机的向然身上。一句“有情饮水饱”的句子闪进了她的脑海里，她由衷地笑了。

3

传完数据已是一点多了，绢子走出大楼正准备招手拦车，却见门口停着的一辆黑色轿车的车窗正徐徐地下滑，露出的面孔让绢子莫名颤了一下。

“坐上来，我送你回家。”向然低着头在扣安全带，好像不经意说着话。绢子又待了一会，脑子里留下一个疑问：是对我说话吗？

向然却笑了，好像知道她的疑惑：这里还有第三人吗？

他推开了副驾位置，绢子犹犹豫豫地坐了上来。向然突然身体向她倾了过来，绢子脑海有三秒钟的空白，是幸福和慌乱的留白，甚至有些眩晕。只是一下的工夫，绢子便醒了过来：原来向然帮她拉过安全带给扣上了。

车开动起来，两人都没有说话。绢子本想支撑下僵硬的脖子，但看到向然俊朗的侧影，又有些发呆，她觉得这种感觉真美好。

4

关于向然的话题，绢子不知从何时就爱关注了。

向然今年 31 岁，离异 5 年了，有一个七岁的女儿，跟奶奶一起住，他的前妻是向然的上司……向然工作很认真，不苟言笑，有些霸道，却英气十足。向然什么时候袭进绢子的心里？她不知道。

财务室有四个女孩，像走马灯似的换着，唯有绢子的位置固若金汤。绢子知道今天工作不努力，明天努力找工作。她没有什么优势，唯有勤奋和努力。

绢子最终调到向然办公室的外室，她每天最愉快的时光就是看着向然进进出出的从身边走过，然后就是向然安排工作时，那种可以短时间的凝视。她的心花像含苞待放的玫瑰，开了一片又一片，直到内心的花蕊膨胀着要打开。

绢子第一次走进向然的内间。这是公司配备给向然的临时休息间，有咖啡的浓香。看得出向然的生活品质有条不紊，不像绢子随波逐流……

5

向然和绢子去了北方谈生意，是公司派的活，六天时间。整个行程精准而周密，只用了四天时间，圆满地完成了任务。

回程是凌晨的飞机，回到公司时，是早上六点。

因为要汇报，他俩直接回了公司。

平时向然在单位都有些强势，有人不恭维他。但他做事雷厉风行，加上绢子配合得好，以至别的部门都羡慕向然会提携助手。

今天回公司时，向然就表现得有些大男子主义。本想回去换件衣服的绢子，被向然直接拖回了公司。

因为太早，公司静悄悄的。绢子拿着清洗了的抹布，擦了擦电脑桌子，透过玻璃门缝，她看到向然在调试咖啡。

咖啡机发出嗞嗞的响声，香气也溢了出来，绢子不自觉地吞了口水。

绢子，进来一下！这是向然的声音，这是向然第一次省略姓氏的叫喊。

绢子连神经都绷成了直线。她脱口就说来了！因为平时的工作，绢子对他都是马首是瞻。

进去的时候，向然没有抬头，依然做着一系到的动作。

他把从北方带回来的牛奶倒入调试好的咖啡机内，用一根细长的汤匙轻轻搅动，样子性感极了。

绢子依然呆呆地，直到向然把咖啡杯送到她的手中……

6

南方的福利院打来长途电话说孔姨不行了，临终想看看绢子。绢子请了假直奔福利院。

孔姨是绢子最初在福利院指定的监护人。她自己有两个孩子，靠养绢子能得到一份收入。

说真话，绢子并不喜欢她，现在说不行了，绢子还是十分心疼。她想，如果孔姨离开人世，她真的再也没有温情可依靠。

孔姨得的是宫颈癌晚期，一周后走了。绢子号啕大哭，悲切之情让人动容。

其实她更多的是哭自己，一个孤独的灵魂还在这个世界上飘荡。

向然是代表公司前来探望，并送来了员工应享受的福利。看到绢子哭得气虚，向然送她到医院挂了两天液体补充能量，然后安排好一切后带绢子回到单位。

7

回到公司上班，绢子更不愿意说话了。为了缓解她的情绪，向然带她去了自己父母的家。那天是星期天，他的父母做了好大一桌菜，还有女儿米粒互动，让绢子仿佛又回到了一个温暖的家。

米粒问绢子：能做我妈妈吗？我不想跟奶奶住一起，我想跟爸爸和你住一起。那一刻，绢子充满了母性，把米粒抱得缓不过气来。

晚上九点钟，向然开着车奔驰在路上，车内的音乐弥漫着温情。

绢子对向然说想停下车，在郊外走走。刚开始向然不同意，说绢子最近身体弱，怕夜风带着寒气伤着了。

但绢子执意下了车，绕到向然的驾驶位拉他下了车，便一直紧紧地抱着他的胳膊，然后喃喃低语，要向然抱紧她，然后央求要她。

向然说，别傻了。这样不是很好吗？你知道吗？如果我们改变了现状，就是选择分离，米粒的妈妈……

8

太阳透过玻璃照在绢子的办公桌上，桌上反射的光不由得让绢子眯缝着眼。

她带着笑意望着那个晃动的男人，觉得很远又很近，清晰又模糊。

她在手机上发出了一个可爱的笑脸，但这次是上班时间，不是晚上。

可是，绢子脸上的泪滴落在手机的屏上，像绽放过的玫瑰，呈黑白色。

向然浑然不知，他很忙，最近因为财务要调整做新的项目，让他焦头烂额。

绢子整理了抽屉，把部分东西放进了手袋，还有部分东西放进了收纳箱。

然后右手支撑着腰慢慢地走出了办公室，踏上电梯直下到了最底层。

她坐上了公交车，回过头来看看矗立云端的大厦，直到变成了长方形的小方块。

她又发了一封短信：我不再是一个人，也不会孤单！她把手机抱在怀中，只想感受振动的回应。

因为绢子将所有的微信都调成了静音，唯有向然是振动。

漫长的等待，绢子抱暖的手机“嗞嗞”地响了两声，她的心和手竟然颤抖起来。

什么意思？只有四个字。怎么啦？又出现了三个字。绢子想象得出向然不耐烦的表情。

9

向然在办公室来回不停地走动，他又打了长长的一排问号，甚至在焦躁中摔破了手机屏。

均没有回音。终于，向然拨打了绢子的手机。

对不起，您拨打的号码是空号，请查证后再拨……

向然呆呆地听着这个回电来回地放了几次，每一次就像灵魂抽空了一般。

突然他蹲下身去，抓着自己的头发，大骂混蛋。

失踪之谜

二狗失踪了。

十多天了，人们发现二狗卖肉的摊位一直空着，没人知道他去了哪里，也没有人关心他去哪里——二狗不过是个卖肉的屠夫，仅此而已。

桂花失踪了！

很快，有人把二者的失踪联系了起来。“莫非二狗和桂花私奔了?!”

这个猜测，立即成为这个小镇茶余饭后的热门话题。

这是江南的一个普通小镇，不大，只有300多户人家。

二狗30多岁，单身，住在镇的东头，以卖肉为生。

桂花住在镇的西边，是一个孩子的单身母亲，平日里也倒腾着做点小买卖。

一个镇上的人，又在一个市场，一来二去就熟悉了。桂花也常去二狗的摊上买肉，这样他们就有了更多交集。

桂花为二狗做过几次媒，二狗不是嫌瘦了就是嫌胖了，反正总有不合适的理由。

尽管如此，桂花到二狗处买肉，常常是买半斤给六两，这让桂花很过意不去，对给二狗找对象更加上心了。

你说这二狗，在这镇上也算一个富裕人家，上门提亲的人也络绎不绝，为什么他到现在还一直单着呢?

“你们知道为什么吗?”在二狗旁边的卖鱼的老板，接着爆出一个猛料：那天桂花边嗑着瓜子，边与二狗聊天，问他到底想找个什么样的。

二狗当天就喝了酒脸色通红，他支支吾吾了几声，脸涨得更红了，像泼了猪血一样。

“我、我、我想找你这样的！”

桂花愣了一下，脸也一下子通红，然后骂道：“你个死二狗，灌了两口猫尿就发酒疯，不理你了！”

卖鱼的老板最后又来了一句：“没过一个月，他们俩就失踪了……”

“呵呵，呵呵。”听了这话，人们都笑了，笑得意味深长。

笑过之后，有人回过神来：“不对呀，他们都是单身一人，好就好呗，也没有必要私奔呀？”

马上有人搭腔了：“你知道啥呀？桂花的前夫的大爷跟二狗的幺叔是表兄弟关系，按辈分，二狗应该叫桂花表婶——你想想，表侄跟表婶……”

“哦哦，呵呵！”镇上人都恍然大悟。

接下来，有关二狗和桂花的话题，也变得丰富多彩起来。

有人说，在几百里外的城市里，看到二狗在卖肉，桂花挺着大肚子在帮忙——原来两个人早就暗度陈仓了……

也有人说，看见二狗牵着另外一个女人在北京王府井逛街，一定是玩厌了桂花，又移情别恋了……

还有人说，在上海外滩，看到过桂花跟一个男人笑嘻嘻地玩自拍哩，那个男人恐怕有六十多岁了……

……

一时间，有关二狗和桂花的各种传闻，成了小镇人最津津乐道的谈资。

正在这时，二狗突然回来了，就像他突然失踪一样。而二狗的解释，更让人大失所望：原来，二狗听信了一个亲戚的话，丢下肉铺生意，跑去广西发大财，没想到落入了传销窝点。有一天晚上，他趁大伙喝醉了酒，才悄悄溜出了房门，搭上火车逃了回来。

有人不相信，就质问二狗：那么桂花去哪了？

二狗很生气：桂花去哪了，跟我有什么关系？

生完气，二狗也想：是啊，桂花到底去了哪里？于是，他便悄悄地寻

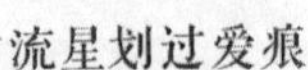

找起来。

功夫不负有心人，二狗不但在省城医院里找到了桂花，还录了一个视频回来给大家看。

视频里，桂花坐在病床旁边，床上躺着她的孩子。桂花说："孩子的手术很成功，再有一个月就可以出院了。听二狗说，大家非常关心我，我非常感动，谢谢你们……"

事情怎么是这样的呢？小镇人都沉默了。

聊出来的爱情像阵风

爱上别人的老公，童画没有愧疚过、更没有后悔过。即使是别人的妻子怒气冲冲地诅咒和吵骂，童画也不曾动摇过。童画坚信相爱是不必后悔和愧疚的，也不必害怕承载任何痛苦。爱就是爱，只要自己活得坦然，活得淋漓尽致，就要勇敢去追求。

单位的风言风语早已把童画掩埋，让童画窒息，却让她更加倔强。全不把他们当回事："我的私事碍着你们什么了，满天唾沫乱吐，吃多了撑的。"

问题是在童画四面楚歌之时，他不敢和童画说一句话，甚至当童画用眼睛望着他时，他却转移了视线。那一刻童画的心开始滴血。

童画和他是大学的同学，去年年初他从 B 城调到童画居住的 A 城作为人才锻炼两年。他们邂逅的时候，他已是一名报社的社长了，而童画是一名自由撰稿人，他多次发表了童画的文稿，童画对他的好感是他对童画的文稿几乎是不删增一个字，百分之百地尊重，看不中的要么不用。

他是属于那种人见人爱的男人，年轻有为、高大挺拔、英俊潇洒，有着丰富的思想和锐利的文笔。童画和他见面后的感觉良好，从交谈中得知双方的家庭是殷实和美满的。他们没有必要走弯路，心态也把握得极好。

平常童画的生活极其有规律，周一到周五上班然后急急地赶回家为丈夫孩子做饭，晚上 7 点到 9 点和同事一起去做润体操，周六到周日和丈夫孩子一起去看看双方的老人，享受着浓浓的亲情。吃完饭后三人一起坐车回家，日子不紧不慢倒也和谐。

只是做润体操的时候，总有短信响起，起初不太经意，都是他发来的，很平淡的问候语，童画知道他很孤单，在这个陌生的城市打发时间除了学习写作，他没有更多的嗜好，和童画联络联络也是常情。

善解人意的童画便和他有了网上第一次聊天，起初是一个星期一次，后来发展到两次，每次聊天的时间越来越长，有时达五个小时，总是在关掉视频的时候，童画又有了第二天的约会的时间。天天的见面改变了童画的生物钟，他们聊天聊得很广，也极有情调。从古诗词谈到现代的自由诗，从散文谈到网上小说。偶尔也开开浑玩笑，其眼神也有些暧昧。但他们都有理智，这只是在打发时间，不涉及未来，也不做梦。心里有时也会突地冒出一些伤感：要是能在一起，他们也许是极好的一对。但现实就是现实，不能假设回到从前。

有一次，他问童画："我们要是读书的时候是彼此中意，现在会不会是很幸福的一对？"童画随意地点了点头。他立即高兴得跳了起来，童画的耳鼓有惊雷般的振动，直笑他太傻。他对着视频睁着那双大眼睛，轻声地问："我想发生战争！"童画笑着摇摇头，留下一行字：战争一向残酷，就是取得了最终的胜利，战利品也是遍体鳞伤，面目全非。他笑了，伸出大拇指留下了一串感叹号。

他们的聊天最终给双方的家庭带来了伤害。那时童画就感到自己有点不对劲，似乎有点爱上他了，而且是非常爱了。因为童画的睡眠不太好，饭也吃不下，丢三忘四的，整天脑子想的都是他。老公也在敲边鼓：不要聊得太晚，会出问题的。他哪里知道女人的心一旦动摇了，十头牛也拉不回。童画一门心思地在想：怎样让这个家和平的解体。

他们有了第一次亲密的接触，那是一间豪华两人间的咖啡厅，有着暖暖的空调和水果香型的空气，他们一直微笑着，觉得彼此很近、很亲切。他附在童画的耳边轻轻地说："我想吻你。"童画摇摇了头说：我们已经在犯错误。那一刻他潮热的呼吸已经逼近了童画的脸颊，他的拥抱让童画听得见他狂热的心跳，童画知道自己完了，彻底地做了感情的俘虏。此后童画不再清醒，一意孤行地幻想着、设计着和他的未来……

接下来童画的手机不分昼夜地响着，显示都是他的号。直到有一天，手机传来了一个尖厉的女声，童画才感到情况有些不妙，那是他妻子的声音。紧接着是他沉沉的道歉声，然后手机从此断电。童画简直傻了，她对着手机传来的忙音不知道何去何从……

他的沉默，让童画像流星雨正在穿越寂寞的夜空，无边无际。童画本想分担他的孤单，他却让童画成了一个关在黑夜里的女人，痛苦无助……

童画开始不正常，状态也极差，但她不能自救。童画开始酗酒，开始蹦迪，画着娇艳的浓妆，穿着吊带的衣服，穿着日本厚厚的木屐，披头散发地摇曳在街道的中心，任人指点：不是“鸡”，就是疯子。童画我行我素：管他们说什么呢，来辆酒后驾驶的车撞死我好了，那样就什么也不想了，心也不会痛了。

女友来到童画的床前，又是怜爱，又是斥责：“好好的两家人怎么会弄成这个样子？真是吃饱了撑的。”瞧瞧，昨天童画还在骂别人，今天女友就替别人还给童画了。真是报应！

老公搀扶着童画，童画却没有一点热度，连站起来的力气都没有。童画想：不知道老公是不是从心底瞧不起自己，却耐着性子为自己打扫残局。那一刻她甚至对丈夫连愧疚感都没有了，因为她的灵魂只剩下空壳。

接下来的日子像青岛的海水，说咸不是很咸，说淡也不是很淡。生活像杯凉开水，不是很烫，也结不了冰。

聊出来的爱情像阵风，来不见踪，去不见影。留下来的伤却很痛很痛……

陌生的信任

茵茵是在病房里认识黑子的。

那天下午茵茵忽然觉得自己全身乏力，吐得稀里哗啦，同事把她送到医院时，茵茵的眼珠都黄了。

茵茵得了黄疸型肝炎。

滴完点滴，茵茵睡着了。

第二天清晨，茵茵醒了，睁开眼，第一个看见的人是黑子。那天黑子就坐在病房的邻床边，穿着一身卡其色外套，脸黝黑，只是那双眼睛让人看出他很年轻。

他小心翼翼地喂着病床上的女人。那女人好像病了很久，瘦骨嶙峋的样子，枯黄的头发，凌乱地贴在蜡黄的脸上。

每喂一口，他都要把勺子放在唇边吹吹，让稀饭降降温。

女人每吃一口，他自己的嘴巴便条件反射似的，张得大大的……

“她得的可是传染病!”。茵茵的心忽然莫名触动了一下。

茵茵是个漂亮的女人。丈夫是一家公司的司机，前天刚出差，还要三天才能回来。

黑子天天给女人喂稀饭，留意到茵茵是一个人时，他打饭或提开水的时候，总给茵茵也带一份，这让茵茵对他充满了感激。茵茵说些感谢的话时，黑子总是摇摇头淡淡地笑笑。

住院的第四天，茵茵的丈夫回了。丈夫刚去打开水，黑子忽然急急地走到茵茵跟前，黝黑的脸涨得通红。

“你……能不能借 300 元钱我。医院说再不交费，明天就要停药了。她还没好呢……”

茵茵犹豫了一秒钟，从钱包中拿出 300 元，给了黑子。

丈夫打完水，茵茵轻描淡写地说了一下借钱的事，丈夫说：“乡里人，别看他外表老实，其实狡猾得很，你这一借，肯定是有去无回!”

晚上，茵茵想回家洗澡，离开了医院。

第二天去病房，发现邻边的床整理得干干净净，问医生，说是病人出院了。

“我说吧！……”丈夫脱口而出。

看见茵茵走神的样子，又安慰说：“算了，算了！吃一堑长一智？以后别轻易相信别人了!”

茵茵没说话，眼睛看着窗外的那片绿。

又过了两天，茵茵可以出院了。

天下着雨，茵茵收拾着自己的东西。突然听到身后急促的脚步声，回头一看是黑子。

他满脸的水，穿着破旧的雨衣，打着赤脚。

见了茵茵，黑子高兴地说：

“谢天谢地，你还在这里!”

茵茵看见他一脸高兴的样子，愣了，说：

“你……”

他说：“……我走了十几里山路，转了几次车……回家卖了猪和鸡蛋，来还钱的!”

见到钱的那一刹那，茵茵有些感动，为黑子，也为自己。

“这是我家里的地址，如果你有机会，一定到我们乡下去玩，那里空气可好了，还有我们自己种的好茶叶。”

黑子面露羞色，两只手不知放何处。

“等她病好了，我们会过得好起来的。”

黑子又加了一句，脸上绽放着笑脸。茵茵微笑着说：

“一定会的。”

身边的"美景"

年初就有同学打来电话，说是大年初二从远方回来的郝兵委托本地的原"班长"组织一场同学会。

因为是年前，我的工作一直很忙很忙，也没有静下心来想这件事，只觉得这个日子是值得期待的。近二十年的时间大家没见面了，想必大家的变化一定很大吧!

大年三十，放下了工作，忙完了所有的家务活，和家人坐在电视机前等待期待已久的"精神大餐"，突然，心头一热，跑到贮藏间忙乎了一阵子，沉睡了许久的照片一一出现在视野里……

首先映入我眼帘的是我的闺中密友紫烟和我的合影，紫烟曾经被同学称之为日本的名演"山口百惠"，而我一直是爱秀短发的，所以被同学们称之为"假小子"，我们的合影曾轰动了半壁校园，称之为伪情侣。这让喜欢紫烟的男生，走曲线的靠近了我。

此时，紫烟温柔的眼神正静静地注视着我，我仿佛穿越到了那个年代。

曾经的我们是一群浪漫天真的少女，情窦初开的我们对男生总在暗地里指指点点，那时英俊潇洒，高大挺拔的郝兵是我们女生议论的中心，我们对他的向往，无论校园内外，他都是我们女生聚焦的中心。而他喜欢紫烟，喜欢得不露声色，喜欢得不显露山水，这让我对郝兵的景仰之情，油然而生。

这种暗恋的关系一直持续到了高考过后，在期盼和等待高考分数下来的日子里，郝兵和紫烟有过亲密的接触，我还被他们俩“利用”过数次，充当了电灯泡和幌子，还浑然不觉地一起合过影。

现在翻出三个人的合影照，我险些“扑哧”地笑出声来，真的，把自己掩蔽掉，他们真的是一对很完美的恋人，而自己站在一身，就像多余的道具，显得稚嫩而可笑。但在当时，紫烟的一呼百应，让我从不知道拒绝。

郝兵读的是军校，三年后毕业，在广州服役。紫烟中专毕业在一所中学教书。这在我们当时绝对是鹤立鸡群的一对情侣，在同学们看来前景不可限量。

我和紫烟曾偷偷地到过郝兵的家，那是一个军人之家，父母都是军人，当时郝兵的父亲带兵打过仗，这次我和紫烟在郝兵家品尝着郝父从战场带回来的听装压缩饼干，心里满是神奇和羡慕！

有一年，郝兵探亲回来的时候，他带着紫烟拜见了自己的父母。这次的见面是不欢而散的，紫烟在好长的时间里都没有走出她的闺房半步，直到紫烟的母亲给我打来电话叫我过去一趟……

我敲开紫烟房门的那一刻，紫烟的变化让我大吃一惊，因为紫烟瘦得可以用“瘦骨嶙峋”来形容。紫烟告诉我，郝兵的父母不同意他们交往，他们觉得紫烟的身子骨太瘦弱了，与他们郝家的北方“人高马大”太不般配。

郝兵在家是长子，也是独子，郝母觉得紫烟一旦和自己的儿子结婚，恐怕难以承担郝家很多的职责和使命。

郝兵父母的阻挠，让紫烟的思想在很大的程度上，有了双重的压力，她爱郝兵，又怕害了郝兵。直到郝兵面临转业还是继续在部队提干之时，紫烟才下定决心终结他们的恋情……

郝兵接到紫烟的绝交信后，不顾后果的给指导员留了一封信后，坐上火车赶往紫烟所在的学校。这次紫烟为了不再纠缠不被祝福的爱情，对郝兵几近疯狂的追逐，硬是避而不见，直到郝兵沮丧离开校园，紫烟忍痛咬破了嘴唇都浑然不知……

初二的“红景天”迎来了一群年近不惑的中年人，我第一眼就认出了郝兵，郝兵衣着空军的翻毛短装制服，显得精煜依然。我和他握了手，眼光却在四处搜寻，郝兵声音低沉地说："她来不了。她说她在南方开完了学术讨论会后，学生硬是留她在那边过年，说老师怕冷。"我知道他们依然心有灵犀，我还知道郝兵对紫烟的失约有些失望。

晚饭过后，我们这帮同学又趁着酒兴，去了"大唐盛会"歌舞厅。郝兵邀我走进了舞池，我们说了很多话，交流了很多同学这么多来的信息和生活、工作状况，我还知道了郝兵生意做得很大，有一个制作公司和两个实体，这些一直是他的妻在打理。

我抬头看着郝兵的眼睛，问了一个很尖锐的话题，"这么多年了，你还关心着紫烟，是不是难忘初恋？"

郝兵眼睛望着远方，幽幽地说道："这么多年来，一直关注她，是希望她过得比我好！"

"以前听说她生病了，我想让她到广州来看病，家妻的母亲是军分区的名医，能提供很好的医疗条件，她却拒绝了，说病已好得差不多了！"

我疑惑地看着他："你的妻子知道紫烟的存在？她不吃醋吗？"我一连问了几个问题。

"当初是妻帮我走出失恋的阴影，是她理解和关心，让我知道了身边其实也有美好的风景。"

我突然觉得爱情是如此的高尚和美好，那一刻，我强烈地想见到紫烟。细细地一想，我和紫烟也有十几年没有联系了，我们曾经是那么要好的朋友，可时间的流逝，让我们的友谊也呈淡淡的颜色。

同学会后，我们成立了青春飞扬 QQ 群，我从众多的网名中一下找到了紫烟，我和紫烟通了电话，紫烟还是弱弱柔柔的声音，像是病了很久的样子。我问她过得好吗？她细细地说"很好"！

我又问了家人还好吗？她说："都很好！"

我们对着话筒说着话，很久很久，直到紫烟的丈夫接过了话筒，约了见面的时间……

见了面，我才知道紫烟的身体状态一直不好。那一刻，我想到了郝兵父母锋利的眼光和独到的判断力，也许父母是能看到孩子未来的，记得紫烟曾经说过郝兵的母亲喜欢圆脸的女孩，而紫烟是不旺家的。当初为这句话，紫烟负气而走，郝兵和母亲冷战了许久……

紫烟的家是清贫的，在当今这个物欲的社会，像紫烟这样知识分子的家庭如此贫寒的确少见。她家没有像样的房子，没有像样的装修，甚至没有像样的家具，唯一值得耀眼的是她们一家人融融相依在一起的全家福，看得出紫烟丈夫曾经的英姿和紫烟纤秀的容颜，还有女儿率真的笑脸。

紫烟说，从生下了女儿后，她的身体一直是病病歪歪的，经常感冒和发烧。直到有一天上课的时候晕倒在讲台上，她才被送到医院做了一次彻底的检查。

她被确诊为红斑狼疮，这个结果让她们全家都崩溃了，也让紫烟失去了对生活的信心和勇气，在这个时候是丈夫挺身而出，举债背着她踏上了漫长而艰难的寻医之路。

我问她为什么拒绝郝兵要她去广州医病的邀请，紫烟说湖北的医疗条件不比广州差，何必舍近求远，再说都是有家庭的人了，不想有太多的误会。

我问她这么多年，难道不想见到郝兵吗？紫烟不说话，眼睛一直望着窗外，半天幽幽地说：“相见不如怀念，还是留一点美好在记忆中吧！”

我们又转开了话题，这个话题让紫烟沉重的心情有了一次释放，她说女儿一直是个很懂事的孩子，成绩一直名列前茅，明年就要参加高考了，她希望自己好起来，陪女儿一起度过关键的一年。

我们静静地说着话，这时紫烟的丈夫宏走了过来，他的手中捧着一碗中药，让紫烟趁热喝下，紫烟双手接过碗，宏很熟练地用汤匙捣了捣，紫烟一饮而尽，将碗递到了宏的手中。

宏走开了，我却发现紫烟还在细细地回味，我有小小的诧异，难道这中药是甜的？紫烟像看穿了我心思似的，用舌尖顶出一颗白色的冰糖，她浅浅地笑道：“每次宏都不忘在汤药里放一小块冰糖……”

我感动了，其实人生的每一处都有风景，而这样的美景，我却不常见。在此，我祝福天下所有的有情人，被对方温暖着的，被对方祝福着的，被对方牵挂着的，愿他们甜蜜幸福地过好每一天！

挑“豆”版过往“情”事

不知何故，近段时间，沙妃鱼吃中了挑“豆”，而且越吃越上瘾，坐着吃，躺着吃，边看电视，嘴巴也没空，这挑“豆”并不是她平时吃零食的首选，这“豆”中莫不是加了罂粟？

隔天，沙妃鱼又去超市买挑“豆”，服务员竟说：“卖空了，而且进货商都说此货奇缺!”怪事，又不是紧俏商品，也不至于奇缺呀，真是郁闷!

那天上班，外面下着暴雨！营业厅除了工作人员，几乎看不到一个零星的客户。沙妃鱼想，外面多好的雨水啊，沐浴沐浴一下绝对是件爽快的事！可又一想，制度不允许啊，就是到了全世界的末日，你也得坚守岗位，决战到底啊!

算了吧，沙妃鱼收回视线，既然这么好的雨水不属于自己，那么上网闲逛一下“新文化园地”吧。虽然这里也是荒草丛丛，少人问津。但一想，这个地方平时都是禁区，上班时间偶尔开个小差，也是借事问罚的。难得今天一场暴雨，客户不来，领导不管，倒是个时机，趁别人无暇顾及的时候，去冒个泡泡吧。

这一泡泡冒得出事了。《相如琴挑文君升级版·舟郎情逗沙妃鱼》这一排大字让沙妃鱼睁大了眼睛，再一看，这舟郎可不是一般的人物，是从云中走下来的。

沙妃鱼暗暗惊叹，这舟郎了得，竟敢在这“新文化园地”大挑情事，可见此人不是一般人，难道还有莫大的背景？

话又说回来，沙妃鱼何许人也？南开大学法律系毕业的高才生，可谓眼界不低啊！沙妃鱼细数舟郎的文字，哎呀，这男人精力太旺盛了，目标太远大：①离 8000 次婚，结 8001 次婚；②91 岁时娶个 19 岁的妹儿。

沙妃鱼又惊又喜，想到自己已到了三九年龄，还是孑然一身，总有一种顾影自怜的感觉，如今难道天上要掉馅饼，沙妃鱼只需张着嘴接应？

正不知从何下手打听一些云之舟的旁门左道，这时手机却响了，沙妃鱼一看，上面显示是静虑哥哥的手机号……

静虑哥哥是沙妃鱼多年的文友，在防毒网浸泡的时候，为了增强免疫力，他们相互支持，相互帮助。保证了沙妃鱼和静虑哥哥的纯文学性，抵御了外来黄、赌、毒的侵害。直到新文化园地的重新开辟，他俩又不约而同地双双踏至……

静虑哥哥的电话打来，沙妃鱼心里早有准备，他又是来批评她读“帖”不认真，回“帖”总是文不对题。这不能怪静虑哥哥，他是个读书做事特别认真的角儿，认真得近似呆板，这让准备出书的沙妃鱼又恼又恨，还夹杂着几分“蓝颜”（难言）的苦恼和郁闷。哎，耳朵也不在乎再长一层茧，听哥哥教训，虽然有点抹不开情面，但总比放任自流要好得多，沙妃鱼拿起手机，清了清嗓子，说道：“静虑哥哥，有事吗？”

静虑这次不仅没有批评沙妃鱼，还说了一句让她感动流泪的话语：“妃子鱼啊，又认真地读了一遍你的《被书温暖的女性》，真没想到我自己一向闹着好玩的所谓文学，在你那里竟有这样深深的意义和丰富的内涵。为你及文中诸位对文学的坚毅由衷敬佩。”沙妃鱼的眼泪都快要成决堤的海，哽咽地回道：“你能够理解就好！”静虑回道：“理解，理解，做任何一件事，坚守和坚持，都需要不懈地努力，我为你加油！”

静虑刚准备挂电话，沙妃鱼突地想到了云之舟那个问题。当然不能明目张胆地问，静虑哥哥做人一向严谨，不苟言笑，沙妃鱼绕了十里八条街，最后转到正题：“静虑哥哥，那个云之舟写的文章真有意思呢，他要挑战好多的女性，还包括我呢，他是何方神人，身体怎的就那么的好呢？”

静虑哥哥答说：“不要理他，山东人呢，家里好像是军火商！”

“额的个天，难怪，贩的都是炮和枪，厉害厉害！”沙妃鱼挂了电话，心还在怦怦跳，看来这个家庭背景真不一般呢！

有了在静虑哥哥那里收集到的“小家底”，沙妃鱼便放肆地在网上搜云之舟的“小档案”，当然沙妃鱼走内外两道，内则内网，外则报纸杂志。尽量让舟郎的“内参”和“外事”一点一滴在她心目中完整起来。

鼠标轻轻一点，“哗哗哗”屏幕上展现了云之舟的各类信息，家庭、婚姻、交友、经营状况。紧接着，沙妃鱼又细细地读了“搜狗”得来的花边新闻。

……昨天，美瞳忙不迭地跑来向浪子燕青汇报说：“我最亲爱最亲爱的浪子，上次被你干沉的那个云之舟回来了。”听到这样的消息，即使像浪子燕青这样泰山崩于前而面不改色的人，都有些许的诧异。美瞳之所以深夜造访，无碍乎借着透露消息的机会找浪子燕青亲近一二。

浪子燕青回“帖”道：“破舟，竟然触犯了老夫领地，地球人都知道，微笑的眼睛是老夫的忠实拥趸，尽管哥不在意万分之一弃我而去，可心中的不爽是真切存在的。就像《真实谎言》中的施瓦辛格得知有外人勾引他媳妇时的状态。当然，大家也知道勾引者的最后下场是脱不了被一顿暴打、吓得尿了裤子。”浪子燕青说这话的时候，明眼人一看就知道这是什么意思。

当微笑的眼睛哭着向浪子诉说被小船勾引的事实时，燕青掩饰着内心的不爽，淡淡地说：“既然哥不能给你结果，你就放手去爱吧。”

浪子燕青也时常为这问题所苦恼，他不是不喜欢微笑的眼睛，而是这类事发生的太频繁，浪子也有些力不从心，有道是男人不坏，女人不爱，只是这些千面美女，无论是红颜知己，还是情人情妇，都是乖乖的好，如果每天都有像微笑的眼睛一样，传来的不是情话，而是骚扰的电话，浪子燕青岂不是要请一个总管的美眉来管理这类事？再说浪子燕青也是一个公众人物，既有前科、又是花边绯闻不断，弄得他既惊心又闹心……

沙妃鱼看这则消息，不仅大为诧异：真可谓林子大了，什么鸟都有。刚才点击的是云之舟的花边新闻，没想又跳出一个浪子燕青的事儿。

按理说，像浪子燕青和云之舟是没有可比性的，可他们是男人中的两类极品。

老实说，对于云之舟这种急于讨好美女，得到的却是女孩冷眼的行为，浪子燕青是鄙视的，但他们表面上表现不和，其内在还经常在一起称兄道弟，喝酒猜拳，不亦乐乎。浪子燕青知道，自己那一点家底，没有云之舟小济的“大单”买卖做底蕴，是难渡无米之炊的。

微笑的眼睛那天听到浪子燕青说出“既然哥不能给你结果，你就放手去爱吧”这句话时，连死的心都有，她捶胸顿足、恸哭失声，恨恨地说道：“浪子，我恨你！”对于这样的情况，燕青司空见惯了，他的原则是：爱一个人就让她自由，幸福。爱他，就请她吃哈根达斯……

云之舟则在生活中有一句口头禅：“见过漂亮的，没见过这么漂亮的。”他就像领军时装的潮流设计师，眼光独到而挑剔，对美的追求永无止境。沙妃鱼理解这一点，她觉得与时俱进的男人总是与众不同的，如果云之舟在爱情上是一个从一而终的男人，那么自己被选择的机会一定为零。假如自己是云之舟真命王妃，那么沙妃鱼相信，云之舟娶自己的那一天，也就是他谢幕“挑”“逗”舞台的终结号。

接着往下看，沙妃鱼又有了新的发现，雪在飞、沙鸥、采蘑菇的小姑娘、英雄，都是一级美女，且为文学青年，都和这两个极品有着千丝万缕的联系。

这可让沙妃鱼受不了，毕竟，那一群文学青年曾是沙妃鱼的文学版的粉丝！跟着她南征北战，跟了不少的“帖”，不想也被云之舟和浪子燕青视为下手的对象，说些疙瘩掉一地的话，写着肉麻的短信。最重要的是还和小美女知己红颜纠缠不清。

知己红颜本是浪子的小情人，一次在酒会上，云之舟一看见知己红颜，口水流了一尺多长，眼睛像穿了孔一般，直瞪瞪地。他的女“蜜”书冷眸一见他这模样，赶紧掏出刺绣的手绢，为他遮丑。不料，云之舟那一尺多长的口水，竟充满了弹性，怎么扯都扯不断，弄得女“蜜”书冷眸满脸臊红，弃绢而逃。云之舟却不管不顾，在酒会上对知己红颜挤眉弄眼，动手动脚，吓得美人一路躲在浪子燕青身后。燕青真生气了，这不是明显和我人高马大的帅哥较劲么？此时他也顾不了生意场上有求于他的事，一掌将云之舟推了个踉跄，最后两人剑拔弩张，誓为知己红颜大打出手，有

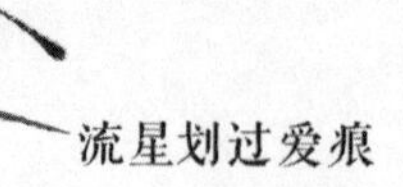

不见棺材不落泪之势……

话说回来，现在是谈到云之舟情调沙妃鱼的问题上，总叫人有点不舒坦，他小子何德何能，独揽了金融界半个领域的巾帼豪杰，还有那个叫卡里的牡丹，这真是一朵带露水的牡丹，清纯的美人儿，连静虑哥哥都交口称好。曾被浪子燕青和云之舟当橄榄球，拼命地来回地抢，现在不知为何二人一改过去的玩法，学起了排球的规则，推来推去，总是想方设法地乘对方稍有闪失，而来一球死扣。男人啊，真是女人的悲哀。爱多了不行，爱得不够也不行。正如卡部2801所说：泡妞到关键的时候，就忽然发现进行不得，这个时候想放弃，你叫人家女子怎么想？

沙妃鱼突地想到了中国古代的鞠蹴，这就要引申到当代的中国足球，先是盘带过人太多，到了门口临门一脚，总要摆摆姿态，等姿态有了，球却不见了。难怪卡里的牡丹要对着浪子，犁雨带花地抱怨道："我恨你！"

恨有什么用呢？没办法的事，想拯救，只能来个中国男人大革命。哈哈哈，不能再说了，否则，沙妃鱼躲进海里，也是难逃死劫这条路。对不起，沙妃鱼说这句话，犯众怒了！

沙妃鱼接到了一张请柬，七夕那天，云之舟要开了个家庭"怕踢"。这家伙家境殷实，听说请的都是名流。沙妃鱼一介文秘，在单位总是充当一介写手，面子上的事，都是领导直接搞定。听说搞这次活动，主要意图是云之舟向8001目标迈进的前奏。沙妃鱼心里不安哪，总不能没一个熟人相伴左右就独身前往吧！还得探个虚实比较好，再说云之舟这家伙，说过要在91岁娶19岁的妹儿，沙妃鱼已是三九年龄，按现在的说法，就已在剩女之列，要不是学历硬朗一点，在择友方面，简直可以称得上扶不起的阿斗。

她第一个想到的就是静虑哥哥，一电话打去，没想静虑哥哥回电说，他着实怕这样的场合，要不我介绍我的一朋友和你一起去，你也认识的，是"防毒网"的房客，姓柳，叫柳絮飞扬，这家伙风流倜傥，和沙妃鱼很搭调，女才男貌。呵呵，文人就是文人，想得周到，安排得周全。

不怕诸位笑话，自从沙妃鱼看到了云之舟的《相如琴挑文君升级版·舟郎情逗沙妃鱼》，沙妃鱼就一直幻想自己这次能有一个好的归宿，眼看着自己的闺密和同学好友，一个一个地走进了婚姻的殿堂，而就在自己高不成低不就之时，就要爬过三十这道坡。

还有一点就是从来没有见到过云之舟本人，这可是最不利的条件。云之舟身边肯定是美女如云，如果想取胜，就要靠智慧取胜了。她想起了周朝女皇武则天，唐高宗李治后宫佳丽三千，为什么独爱她一个？凭才凭智慧取胜这是硬道理，何况这云之舟是8000佳丽。

沙妃鱼想，看来这条路可行。再说云之舟也是自己目前最佳的候选人，不说别人，家里是个军伙商，家里有钱那是一定了的，主要还是社会名流，这为自己以后走进上层社会，是最好最保险的登楼之梯。沙妃鱼边想边笑，甚至想到网上所说的云之舟的负面形象，纯属乌有。还幻想着既然他们家与“军”字搭点边，日煊目染，久而久之，说不定也带点军人气质，或者内涵什么的，要不8001计划，拿什么完成？

再说的话，我们这文化园地，是统指的金融“名流”啊，她们对金钱这类玩意，虽不至于到愤青地步，但至少清高还是有的。还有像沙妃子这类的才女，不说视钱为粪土，至少没吃过猪肉，也看见过猪跑哇！

钱这东西纯属王八蛋，有的时候大把花，没钱的时候用力赚，沙妃鱼信奉这一点，所以到现在为止，沙妃还是“月光族”的支持者和维护者。

那天和柳絮飞扬见了面，沙妃鱼特意衣着一件高领旗袍，将修长的颈部优势显露无遗，将高挑的身体包裹着，内敛、含蓄。她想，衣着最能体现女人文字的魅力，她将多年积淀的隽永和优雅表露在高雅的举止中，让对方着迷于自己的另一种优势。看得出柳公子也经过一番修饰，西服、欧式领结，OP品牌，标准的帅哥一个。

沙妃鱼和柳公子在小河边边走边聊，想通过他对云之舟有一个最基本的了解。她问：“云之舟帅吗？”

“帅，帅，帅得不明显。”“我晕。”沙妃鱼眼白多于黑。她又问：“云之舟高吗？”

“高，高？他在家叫大郎，有日本血统。”沙妃鱼口鼻扑血。这个有英式风度的小伙子简直是个爆冷王，沙妃鱼衣着高领的旗袍，还觉得脖子上凉飕飕的……

这时杨柳树枝垂到了沙妃鱼的脸上，她用手轻轻地拂了拂，杨柳竟然又吹到了沙妃鱼的脸上。沙妃鱼不得不对这个通指柳家“人”和“物”刮目相看。

柳树一般是长驻在河边的，有韧性，中国的水文化，在沙妃鱼看来，除了自己对水的认识，游刃有余之外，这柳家恐怕是水文化的绝对权威人。

沙妃不得不又一次的佩服静虑哥哥的眼光。他说沙妃鱼和柳公子搭调，现在看来，还不是一般的搭调。这是去云之舟之约的前奏，两位不相识的人儿，算是为肤浅认知热身，想必在那个光芒四射的晚会中，柳公子携带的这位8000候选达人，会是怎么地拉开帷幕，走向SP台……

快到下班时间，沙妃鱼今天拖后（值班送款箱），闲着无聊，坐着办公室想着心思。她想，距离七夕还有几天呢？她情不自禁地褪掉了脚上的袜子，一双美丽而白皙的双脚露了出来，一、二、三……十天，沙妃鱼在小豌豆般的脚趾上，用红笔点了一个十字叉，足足十天，这真是一个漫长的十天啊！

正在想入非非，突地身后想起了男低音，温存、柔软："沙妃，注意衣冠整齐！"沙妃鱼不用看，就知道分管营业部副行长沙家滨。

沙妃鱼连头都没回，赶紧应了一声"哦"，她不喜欢这个沙行长称她为沙妃，以前她在办公室上班的时候，沙行长管办公室，每次和沙行长出去吃饭，沙行长左一声沙妃，右一声沙妃的叫，搞得每次喝酒都成了别人的调酒令，真是郁闷。

如今沙妃鱼好不容易调离了办公室，来到了营业室，自由不到半年，这个沙行长居然又分管营业室。沙妃鱼久久地注视着自己那一双又白又嫩的双足，然后双手轻轻地自上而下的抚摸，有一种自虐的快感，要知道那是她向往人间所付出的代价，她曾经闪耀着万千鳞片的美丽鱼尾，从此被这两只脚所代替……

"沙妃鱼，调款车来了，还在发什么愣？是不是还在想那个该死的云之舟"。湾湾小溪笑嘻嘻地问道。哎，咱沙妃鱼一点聊事，都逃不过左邻右舍的眼睛，这小溪太八卦了，这么"内参"的事，也晓得得这么一清二楚。沙妃鱼如同梦醒，赶紧套上袜子，收起了瞎（遐）想……

又过了一天，今天是星期五，沙行长打来了电话，说是明天组织通讯组的五名人员去咸宁参加全省的通讯员会议。挂上电话之前又小声地叮嘱了一句："别忘了带上游泳衣。"

沙行长说的这件游泳衣，还是上次组织优秀通讯员到三亚游玩时，沙行长买的，当然是公派的。沙妃鱼知道咸宁是温泉的胜地，这次去泡澡是少不了的。

沙妃鱼和沙行长坐的是一辆大众的小轿车，后面还有一辆桑塔纳。一共前往的有八个人。车开到咸宁境内的时候，因为司机不是很熟悉境内的道路，准备到加油站加点油，顺便问一下路。

刚启动发动机，准备横线过道，正在这时一辆小面包也冲道过线，要不是司机反应快，迅速靠左打死，两车真的要狠狠地"吻"一下，沙妃鱼还是感觉到了坐垫的震颤，大众小轿车"脸"上，被留下了一个深深的"酒窝"。于是司机第一个跳了下去，随后两车人马都是气势汹汹地对斥在街道中心。

沙妃鱼是最后一个下的车，这次去参加会的只有她一个女的，所以享受的是国家级"熊猫"待遇。这场战争是男人之间的战争，沙妃鱼是帮不上忙的，只能下车等候结果。

"沙行长，是您啊，久仰，久仰！"一双大手握住了沙行长的大手。"你不认识我了？我是杜若啊！"

"哦，哦，想起来了，在哪次的全省大会上？"沙行长拍着后脑勺。

"你这次也是去咸宁参加会吧？走走，边走边谈，要不坐我们的面包，权当是领导体验生活。"杜若边说边把沙行长拉进了小面包，然后对着愣在一边的司机说道："还能开吗？如果没什么大碍，开到目的地，叫我们师傅拖去修。"沙行长拒绝不了对方的好意，示意沙妃鱼一起上了小面包。

里面的气氛立即变得和善起来，沙妃鱼身边坐着一个美女，也只有一个女性，她友好地伸出手，自我介绍说："你好，深海雨。"她也回了敬语："谢谢，我叫沙妃鱼。"

后面一排也伸出了友好的手，是个男性穿一身红色的运动装，显得精神，充满活力："我叫红狐狸。"

沙妃鱼本能地笑了起来，心想，哪有男人叫红狐狸的呢？

一路大家再没有说话，只听见沙行长和杜若在滔滔不绝地叙着旧。

车到了温泉宾馆，大家都下了车，沙妃鱼和深海雨无形中成了搭伴，她们随着人流一起来到了宾馆服务大厅，坐在等候的沙发上等待他们的到来。

过了一会儿，沙行长安排了修车一事，然后和杜若也来到了服务台。沙行长看了一会咸宁的会议议程安排，向坐在沙发上等候的沙妃鱼和深海雨招了招手，她俩便带着行李来到了服务台前。沙行长递过一张表，沙妃一看，是住宿表，她被安排在408号，是个标准间。还有一个住宿的同伴叫：锦筵。

这下沙妃鱼暗想：不好。

这锦筵何许人也？说来话长，为什么沙妃为何这样紧张。原来沙妃鱼和锦筵是大学的校友，最通俗的还有一种关系：情敌。

那时她们都是二九年纪，青春年少，沙妃鱼读的是社会学法律专业，锦筵学的是文学专业。

加菲猫是沙妃鱼的同班同学，标准的帅哥一种。最重要的是加菲猫不仅帅，且憨。那时沙妃鱼喜欢听吹竽，这家伙投其所好，硬是把竽这种乐器，吹到炉火纯青的地步，在女生楼前的风亭阁，天天夜夜情歌，把沙妃鱼的心脉吹得意马心猿，眼看沙妃鱼就要成为加菲猫的情感俘虏。

就在这种特定的环境下，锦筵出现了。锦筵还不是一个人出现在加菲猫的面前，是一帮女生。来到教室，直指点名："加菲猫是谁？'五四青年'节的晚会上，我要和你挑战吹箫。"

加菲猫很淡定，一副不屑一顾的样子，从教室走了出来。"不就是吹箫吗？我猫王奉陪。"说完，头一甩，那一头乌黑发亮的头发，在阳光的照耀下，闪动着波光，他的目光炯炯有神地和锦筵大胆对视。那一刻，沙妃鱼就对猫王彻底的来电了。

锦筵也是性情中女子，大声说道："好，就这么定了！"说完带着一帮女子扬长而去。沙妃鱼嗤之以鼻：好嚣张的邻班女生。

"五四青年节"以后，沙妃鱼再也没有听到让她心仪的吹竽声。而且每天，校园很远的地方传来了箫声合奏曲，沙妃鱼的小心肝，就像落地的瓷杯，听到了"碎巴，碎巴"的声音。

再后来，加菲猫改名加菲狼，从此去向不明。

思绪拉回，没想到天意捉弄人，今天竟然和锦筵同居一室。沙妃鱼也不想旧事重提，和沙行长说："能不能调换一下房间，我和深海雨住一起就行了。"

杜若一听此话，和服务员协商，居然办成了。

中午聚餐后，到房间小息了一会。大概是坐车有些累的缘故，沙妃鱼和深海雨说了几句简单的话，一会的工夫，房间便悄无声息。三点钟沙行长来敲门，说开会的时间到了，沙妃鱼和深海雨修整了一下，双双向会议厅走去。

今天到会有一百多人，都是来自全省工行系统的文人墨客，还有各行的领队。沙妃鱼走到了会场大厅，被眼前的气势看呆了，眼前每一位嘉宾都佩戴了统一的吊牌，手上提着统一的档案袋，向高高地、天然石铺成的锦绣苑走去。

到了会场，门口的迎宾小姐给每一位来宾分发了一张会议时间安排表，以及会议的议程，后面的表上还有发言的名单和获奖人员。沙妃鱼和深海雨都在认真地看最后一个版面，深海雨指着"北方胡杨"的名字对沙妃鱼说，他是我们的领队，杜若是办公室主任。

沙妃鱼笑了笑，怪不得杜若处事老练，遇事不惊。

沙妃鱼又接着往下看：……飘、星期日、涛声依旧、默默、建党伟业、守望晴天、活着、昊月当空、雪在飞、会飞的鱼、玉树临风、陪你听风、静女其姝、金无，还有还珠楼主、和你一起去看海、黄叶……逗你乐、叹、华山论剑、不易。

这些人虽然不曾相识和相见，但感觉熟悉和亲切，因为平时在工作的时候，通过网讯，通过文化园地，通过防毒网，通过报纸杂志，有过短暂的心灵交流。那些豆腐块就像一张人生的名片，虽然只是瞧了一眼，却是过目不忘，再见时，就如宝玉见到林妹妹，上辈子好像在哪见过……

先进代表建党伟业在台上做了发言，他介绍了自己的一些先进事迹，然后讲述了今年中国共产党成立90周年，他组织的图片展和工行近一年来的成果展，事事打动着在座的文人墨客，他的事迹最大的特点就是大气，大量。别的先进上台，就显得格外的英雄气短。圣手昆仑侠突地爆出话题："拍的美女也能办个巡回展。"一语既出，立即遭到群而攻之……"建党伟业不是一夜而蹴，快乐生活，才能快乐工作，拍美女也是提高生活质量和生活品位的一部分……”圣手昆仑侠面对群英责问，只能应付，没有还手还口之力。分歧的话题，没能继续。杜若上台了，立即变得静悄悄的，沙妃鱼一看，哎，这是个熟人，刚认识的。

杜若以一首杜甫的诗作为发言的开场白，沙妃鱼是一个感性女子，她觉得杜若就是再生的杜甫。无论从言行和举止都联想到这是一个有文化底蕴的男人，发言完了，掌声却一直不断，沙妃鱼想，散会后一定要到杜若的门户要一张名片，这样就能和他谈古典诗词，将来自己的文学作品也会有内涵的东西。坐在身边的深海雨发话了：“这是千百万美女共同拥有的想法，我们杜主任平时上班都有追星族，相当于过去的唐伯虎，是个千人迷，万人爱的‘杜夫子’。”深海雨一语惊醒了梦中人，沙妃鱼沉默了，万事万物都有其内在的联系，看来沙妃鱼这点水平是天铸就的，没法改了。沙妃鱼有点沮丧，顿时思想开了小差，人坐在那里，灵魂却出了窍……

午饭过后，有三项活动安排，一是卡拉OK，二是棋牌室，三是桑拿泡澡。深海雨问沙妃鱼是卡拉OK，还是去泡澡，沙妃鱼说：“卡拉OK什么地方都有，温泉却不常有。”

红狐狸、飘路过，“美女要泡澡？要我们陪么？免费的。”一脸龇牙的坏笑。“好哇，我倒要看看狐狸哥哥是怎样陪美女泡澡的？”平时不善言辞的深海雨说了话，搞得红狐狸臊得脸通红。听了这句不温不火的话，一群帅哥抓头挠耳地走了，这就是人们常说的：兔子不吃窝边草，不是不好吃，也不是不嫩，就是人太熟，那一口难以下嘴，吃着吃着就难为情了。

沙妃鱼和深海雨换上泳衣，外面披上毛巾一边说笑着走向温泉。她俩先是洗了澡，又去桑拿房蒸了近半个小时，然后去了温泉池。

她俩选择了一个小单池，用屏风隔断的那一种。沙妃鱼和深海雨下池后，顿时感觉神清气爽，刚才红得像虾公的脸，渐渐地恢复了本色。她们也不说话，闭着双眼享受大自然赐予的泰然……

“……我吓坏了，小妹妹不让别人活着。还是不让自己……活着……我都不敢说这两个字了，千万不能做傻事啊！”红狐狸的声音。

“去你的头，你不色就不能活啊，这一把年纪，老眼昏花的。”

“哎呀，老，不是问题，关键我这老家伙身体还硬朗着呢，何况我喜欢的是一个正当年的蒙古美女……”红狐狸低低地说。

“……吐了吐了，恶心死了，这么好的话，都让你灌水灌没样了。”

“是不是有了有了……是我红狐狸的？小声问的，隔墙有耳，告诉我老实话。”

“去死吧，再胡说，小心行长进来查你岗哦！”

“我正躺着，和你聊天呢！行长管不了我，嘻嘻！”红狐狸说。

“难不成你办公室还有床？难不成你就是行长？你们湖北经济效益肯定不怎么样，咋就这么多闲人呢？”

“湖北男人天生就是情种，温柔善良，没办法的，你不要错过机会哦！”红狐狸动情地说。

“你要是站在我面前说这些话，我非踢残你不可。”小蔷愠怒，大声地喊道。

“万万踢不得，那可是我们俩一辈子的幸福啊！”红狐狸调戏地说。

沙妃鱼和深海雨听完了红狐狸和曾经的蔷薇的调侃，捂着嘴，已是忍无可忍，爆笑，吓得红狐狸提着衣裤没了声音。

沙妃鱼和深海雨对视一笑：原来这红狐狸，是只“花”狐狸！

在回程的路上，沙妃鱼的手机响了，一接是柳絮飞扬的。柳絮飞扬说他一朋友借了一辆东风日产的二手车，正在三环外熟悉车况，如果没意外，到时可以带自己开车去赴约。沙妃鱼有点兴奋，也有些感激，没想这柳絮飞扬还真是一位值得托付的人，为沙妃鱼这点不着边际的约会还真是劳心劳肺，全力以赴，沙妃鱼对他说，如果回来得早，晚饭她请吃，听得出，柳絮飞扬很高兴，他说：“和帅哥在一起，哪能要美女埋单，如果回来了，就电话联系，我来接你。”沙妃鱼答：“好！”

沙妃鱼一看时间，离回单位最少还有四个小时的路程，打算休息一会儿，便靠在坐椅上昏昏欲睡起来。不知过了多久，沙行长叫醒了沙妃鱼，他对她说：“郝总发来短信，回行后，郝总为我们一行接风。”沙妃鱼一听，答说：“知道了！”

她想起了和柳絮飞扬的约定，便拿出手机给他回复：不能赴约，改日再邀。不一会儿柳絮飞扬发了一个郁闷的表情，过了一会，铃声又响了，沙妃鱼一看还是一个图像，并附了很多“开心每一天”字样，沙妃鱼回发了一个憨笑的表情。

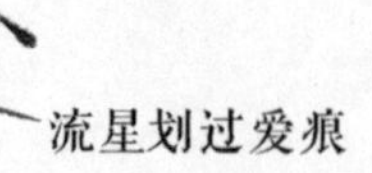

郝总姓郝名先生是某大型企业的财务老总，是沙妃鱼早五届的校友，南开大学毕业的高才生。郝先生在单位是公认为的好好先生，在家里更是好先生。因为和沙妃鱼是校友，又因为沙行长曾是分管信贷的行长，所以每次企业有重大的活动，他总会邀沙行长和沙妃鱼一起参加。

今天郝总宴请的酒店是本市刚开业的一家大型海鲜连锁，沙行长的车刚到酒店门口，郝先生就从酒店迎了出来，先是和沙行长握了手，然后对沙妃鱼说道："小师妹，咸宁之行，玩得还开心吧！"

沙妃鱼回道："谢郝总关心，尚好！"郝总接着转开话题：今天还要来一个重要的客人，你们一个系统的熟人，等会见到了，你会很意外的。

"哦，是谁呀，这么神秘？"沙妃鱼一听，来了精神，缠着郝总要问个明白。

"是我的同学，也是你的校友，鲁提辖，现在在宾馆里，要不和我一起去接一下他。"郝先生说完这些话，沙妃鱼早已目瞪口呆地愣在那儿了。

半晌，沙妃鱼才回过神来，对郝总说："我就不去接了，坐了近半天的车，累得很，郝总，你快去吧，我到盥洗间去一下。"

"好好，去吧，我马上就到。"说完钻进了轿车内。

沙妃鱼快步走进了盥洗间，透过镜子，沙妃鱼看到了一个忧伤的自己，这种忧伤被岁月无情地刻在鱼尾纹上，印在了忧郁的眼睛里。时间一分一秒地划过，沙妃鱼久久地注视着镜中的眼睛，然后思维发大，不知不觉地将时间穿越到了十一年前……

那时沙妃鱼还是一个读初中的女孩，重点初中的课程抓得非常紧，沙妃鱼精神压力太大，身体曾一度出现了亏空的局面。医院建议沙妃鱼要参加一些校园的公益活动，或者体育锻炼的运动。

出于身体健康的需求，沙妃鱼参加了学校的女子排球队。那个时候，沙妃鱼每天放学后，就来到运动场进行一个小时左右的排球锻炼。

有一天，沙妃鱼在打排球的时候，拇指受了伤，红肿、疼痛。沙妃鱼本想请假休息，无奈对练人手不够，她只好坚持。突然一个飞球飘了过来，沙妃鱼连连后退，想挽回这个即将出界的球，不料一个踉跄，她摔倒在场外，飞过来的排球正好击中了沙妃鱼的头部，沙妃鱼的拇指再一次支撑落地，刹那间手指的疼痛和眼前火花四溅，让沙妃鱼一时半会都没爬起来。

正在这时，在一旁打篮球的小伙子扶起了沙妃鱼，当他知道沙妃鱼拇指受伤后，教她如何用左拇指压着右拇指，用肘关节接球。

沙妃鱼第一次和男孩子有这么近的距离对话，而且是一个帅帅的热心肠的小伙子。

从那以后，沙妃鱼几乎每天都能在球场上见到他。沙妃鱼已经习惯地朝篮球场的方向注视，他总穿一件米色的运动装，天热的时候，就脱下围在腰间，里面是一件白背心，很干净。

他们在激战的时候，总会喊上一句："鲁提辖，接球！"沙妃鱼已将这个美好的名字记在了心中，而且带到了灵魂深处……

后来，沙妃鱼有很长一段时间再也没见到过这个叫鲁提辖的男孩，无论是校园还是球场，他像人间蒸发了似的，再也没有在沙妃鱼眼前晃过。

沙妃鱼第一次觉得心里空落落的，那个男孩不仅没有因时间流逝而让沙妃鱼淡忘，反而在她幼小的心灵绽放着一朵爱慕的小花。

有一天，沙妃鱼动用了自己特有细腻的女儿心，向排球教练打听到了那个叫"鲁提辖"的去处。排球教练告诉沙妃鱼：鲁提辖考上了南开大学。

从此沙妃鱼再也没有去过球场，她一门心思地学习，她所有的病症毫无征兆的痊愈了，全力以赴地投身到了学习中去。那时，沙妃鱼已有了明确的目标：考上南开大学。

从那以后，沙妃鱼变得沉默和沉静，全然没有中学生的稚气和反叛，一心一意围绕学习成绩下功夫，初三那年沙妃鱼已是悬榜的领军人物。

面对众多疑惑和羡慕的眼睛，沙妃鱼是沉默的，也是淡定的，她不能给任何一个人答案，只有自己清楚：一个持有秘密的女孩子，她表面上是寂寞的，内心却是美丽的强大的，直到沙妃鱼考上了南开大学……

那一年，沙妃鱼走进南开大学的时候，那个叫鲁提辖的男孩已经毕业去了广州。他们就这样擦肩而过。

但这些丝毫不影响沙妃鱼的生活轨迹，她一样的快乐学习生活，她暗暗地告诉自己：那个男孩走过的路，吃过的苦，沙妃鱼都要亲自体验和品尝，如果上天给她机会，她会从容地迎接和应对。

沙妃鱼大学毕业后，来到了鲁提辖就职的工商银行，她的走向是鲁提辖在哪，她就追到了哪里，她拿着毕业证走进了鲁提辖所在的银行，一切都很顺利，经过面试和考试，那家银行的人事科面带微笑地让她回家等候好消息。

沙妃鱼没有回家，住在广州的宾馆，边等消息，边找住房，她要按自己规划，安排自己的未来，她还要给鲁提辖一个意外，女孩子想做的事情，没有做不到的。那天，她走在广州的街上，走近了小吃一条龙，她觉得这个具有特色的地方是一定要熟悉的，她甚至想到了和鲁提辖未来的生活会徜徉在这里的幻影……

当一个熟悉的身影出现在沙妃鱼眼前的时候，她的脑海又一次地出现了幻觉，她觉得每一个长得高大、长得帅气的小伙子，是那么的像她梦中的情人鲁提辖。

沙妃鱼甚至还忘情地跟踪了一会儿那个酷似鲁提辖身影的小伙子，那个小伙子的胳膊被一个美丽的女孩子纤秀的胳膊吊着，亲热地说着话，时不时传来了爽朗的笑声。当他俩坐定在一家小吃店桌子旁的时候，沙妃鱼所有的目光都定定地聚焦在那个小伙子身上，不错，他就是鲁提辖。

那个让她想了足足五年的鲁提辖，他的怀中有一个让她足以心痛的女孩，正享受着爱情的幸福和浪漫，而沙妃鱼就像美丽的小人鱼一样，望着心中的王子，有些悲哀，有些绝望。她觉得世界到了末日，她所有的期望，此刻像泡沫一样，只有离开，只有远离……

接到银行上班的通知，沙妃鱼没有丝毫的激动和幻想，当人事科问她有什么要求的时候，她的灵魂都出了窍，她说她听从安排。

擦肩而过的交集，是沙妃鱼这么多年的努力结果，而此刻她只能轻言放弃，命中注定她只能和鲁提辖像火车钢轨一样，永远是平行线。

当手机再次想起的时候，沙妃鱼吓了一大跳，接听，是郝先生。

"你在哪？大家都等着你呢！"

"好好，马上过来。"沙妃鱼面对镜中自己，草草地收拾起来，眼影，口红，粉底，一会的工夫，一个靓丽的职业女性，就出现在镜中，沙妃鱼快步向餐厅走去。

进入餐厅，沙妃鱼第一眼就定在了鲁提辖的身上，与沙妃鱼记忆中相比，这个男人已有了明显的不同，略显臃肿的肚子，明亮的眼神已有一丝倦怠，他们握了手，然后相邻而坐。此时不知道为什么，沙妃鱼纵有千言万语，却没有一句话能够说出来。

他们的话题一直围绕着南开大学的历史渊源，扯到现在的变化，倒是郝先生和鲁提辖的话题一直没有间断，说着某某，某某的去向，以及婚姻、工作、前程状况。从这些谈话中，沙妃鱼惊异地发现，鲁提辖依然单身……

这让沙妃鱼又惊又喜，她想，也许是上天冥冥之中，眷顾着自己的一份执着之情。晚饭后，沙行长做东，请各位到大东门 K 歌，沙妃鱼快乐前往，她期待和鲁提辖有一个近距离的接触。

那一夜，沙妃鱼和鲁提辖谈了很多，甚至提起了当初在球场的一事，鲁提辖豁然开朗，原来这个小师妹竟有这般的心境和心思，自己却浑然不知。

第二天，鲁提辖借故要走，向郝先生和沙行长提出了辞行，中途却向沙妃鱼打了相邀电话，在世纪之爱茶楼见面。

沙妃鱼匆匆地请了假，打的直接去了茶楼。两人单独相见，沙妃鱼竟有些激动，她不知道说什么好。鲁提辖低沉地细述了这些年自己的一些工作和生活情况，他还告诉沙妃鱼，自己当初和丁香花是准备结婚的，没想，丁香花执意要出国，自己怎么也没法阻挡。从此鲁提辖业余时间沉浸在网吧和娱乐场所，变得颓废、醉生梦死，不愿觉醒……

沙妃鱼只觉心情无比沉重，安慰的话终没有开口。正在这时，手机响了，是丫头的。她说：“妈妈，今天晚上七点半钟，要开家长会。”沙妃鱼立即应允，她说：“丫头别急，晚上妈妈来。”

鲁提辖目光深情地望着沙妃鱼，没有言语，只是眼睛里有些空洞和迷茫。

沙妃鱼本想和鲁提辖谈谈丫头的，见他对这个话题并无兴趣，也不好提此话题，直到吃了晚饭，沙妃鱼送鲁提辖去了地铁。

来到丫头的学校，沙妃鱼匆匆地走进了教室，戈雅老师递给丫头这两次的考试成绩，告诉她，丫头是一个非常懂事和勤奋的女孩儿。沙妃鱼动情地握着戈雅的手，感谢她对丫头的付出，戈雅把沙妃鱼让进了丫头的座

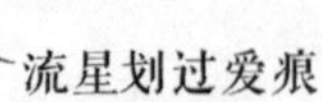

位上。

正在这时，鲁提辖发来了短信：得知你有一个女儿的时候，我的小心肝，像玻璃碴子一样，碎了一地。

沙妃鱼注视着短信，突地感到一阵阵的悲哀，她想向鲁提辖解释：这个丫头，是她与爱心基金会签订的爱心孩子。沙妃鱼没有了思想，又把拇指在手机上快速地打着字，没一会的工夫，屏幕上显示着186个字符，她拨通了鲁提辖的手机号，在要按确定发送的时候，沙妃鱼却像雷击了似的，愣在那里一动不动，我这是怎么了？

沙妃鱼猛地关了手机，她看着台上的老师嘴巴一张一合地说着什么，但一句也没入耳。

走在江边，晚风有些凉意，沙妃鱼不得不竖起了领子，天上的星星稀稀落落的，沙妃鱼长久地仰着头，却怎么也看不到属于自己的那一颗。

柳絮飞扬的二手车载着沙妃鱼在三环的公路上欢快地奔驰，此刻，沙妃鱼暂时忘掉了所有的不快乐，她还忘情地将手伸向了窗外，风吹拂着她的长发，她不自觉地闭着双眼，此刻，她觉得27年的人生，就像耳边呼啸的风，吹皱了脸颊，吹老了春心，吹散了激情。

柳絮飞扬大声地问道：还要加速吗？沙妃鱼闭着眼睛点了点头。柳絮飞扬已将车速提到了150码。两人都不说话，车像箭一般冲出，身边的景和物，已变成了二维马赛格，沙妃鱼停止了呼吸和思想的奔驰……

“不好”，突地柳絮飞扬大叫一声，沙妃鱼像电击一般坐直了身体，只见在他们车的前方有一只轮胎，欢快地跑着，而且越跑越快，沙妃鱼紧张地问道：“是不是前面的车跑掉了轮子？快点刹车，免得撞上了。”

柳絮飞扬不说话，双手紧握着方向盘，开始减速，然后向右边的减速道过渡。车终于停了，沙妃鱼却发现已停下的车身向前左方倾斜，最后居然前车身落地了。柳絮飞扬长长地出了一口气，吓得惨白的脸色，开始出现红潮，他拍了拍前胸，轻轻地说道：“天，上帝，我们还活着！”

沙妃鱼“咯咯”地笑道：“柳兄弟，你千万不要说，跑在我们前面的轮胎，是我们车上掉下的！”

柳絮飞扬笑了笑：“沙妃鱼，走，我们要去免费野外郊游了。”

柳絮飞扬和沙妃鱼走了七八公里路，才找到脱落的轮胎，他们俩一路推着车胎，一路说笑着向停车的方向走去。这一天，他们很累，却过得特别地开心，柳絮飞扬和沙妃鱼取出工具箱，好不容易将车轮安在车身上，夜幕也悄然地降临了。

回到家里，沙妃鱼打开浴室，开始冲澡，她已经很累很累了，一切安定下来，她关掉手机上了床。这一夜，沙妃鱼睡得特别的香，竟然一觉睡到大天亮，一个梦也没有侵入。清晨，她伸了伸懒腰，打开了手机，手机的信箱却在跳跃。

沙妃鱼打开一看，是一个群发的信箱，上面写着：沙妃鱼请你于某月某日，坐高铁到达车站，到时我们会在那里迎候你的光临！你可凭邀请函免费乘坐 10558 次高铁，这是包列，祝你一路旅途愉快！

沙妃鱼看着短信笑了：这云之舟真是一个粗中有细的男人，连旅途都安排得这般地好。她想起了柳絮飞扬对云之舟的评价，不由得想到，男人对男人的评价是有营私的倾向性，当然这句话是只能意会，不能言传的。

和柳絮飞扬通了电话，说了简单的事宜，柳絮飞扬还是懒懒地应着声，听得出他昨天也是累得够呛，可能还没有起床。

沙妃鱼今天是一路走，一路蹦跳地来到了上班的地方，湾湾小溪见了沙妃鱼取笑道："沙妃子，这般的高兴是为哪般？是不是该死的云之舟之约，马上就要到了，瞧你高兴的！"

沙妃鱼一笑："嘘，小声点，瞧你这死样，什么事都逃不过你的眼睛。"说完打开手机翻出短信和湾湾小溪一同分享。两个女孩子像接到"红包"一般，爆笑不止，沙行长走了过来，问道："沙妃，什么事这么高兴啊，让我也来分享一下啊！"沙妃鱼赶紧收起手机，湾湾小溪调侃地说道："沙妃子，接收到了一则带彩的短信呢！沙行长也要看？"

沙行长一本正经地说："女孩子这样笑，有辱斯文，静女其姝，知道吗？公共场所，注意形象！"

沙妃鱼收起笑容，应了一声："知道了。"走进营业室，内心的喜悦已掩饰不住了，走进洗手间，沙妃鱼再一次地褪掉脚受束缚的袜子，露出了十粒小豌豆般的脚趾，一、二、三、四……十，还有十个小时，高铁就会带着沙妃鱼的一切梦想启程了，她很期待哩！

晚上沙妃鱼和柳絮飞扬终于踏上了赴约的高铁，沙妃鱼还是衣着一袭

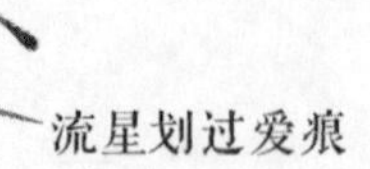

旗袍，粉色的。柳絮飞扬一身新版中山装，像泰坦尼克号的男主人公走进社会名流一般，有些稚气，却英气逼人。柳絮飞扬坐在包间捧着一本书，仿佛在阅读，目光却是定定地。沙妃鱼和他说话，他也不言语。

沙妃鱼本来很愉悦的心情，被柳絮飞扬的沉默弄得很是无趣。她走出包间，沿着洁净的窗口看一一从眼前滑过的风景。沙妃鱼想，柳絮飞扬毕竟是一个血性的男人，护送一名女子，算什么？

柳絮飞扬捧着书，其实一个字也没读进去，此次的护送对于他来说，是朋友委托也好，是自己心甘情愿也罢，他都不希望沙妃鱼和云之舟能有什么结果，他甚至觉得一个纨绔子弟，能给沙妃鱼什么幸福。沙妃鱼的欣然赴约，一是虚荣心在作祟，二是抱着侥幸心理，女人到了一个危险的年龄，她总会做一些常人不可想象的事，二十七岁的女孩子，觉得自己很剩了，剩得只有快速地在把自己处理掉。

但是他不能和沙妃鱼说这些，再说现在说这些作用也不是很大，恋爱的女人智商基本为零，看到沙妃鱼这份热烈的情分上，泼一瓢凉水，柳絮飞扬一不愿意，二不忍心，他也不愿意把旅途搞得像诀别似的。

他们俩就这样在不同的地方发着呆，直到夜幕降临。晚饭很丰盛，沙妃鱼和柳絮飞扬对坐在餐桌两边却没有多少食欲，也没有多少话语。邻桌有一个穿着蕾丝裙的女孩，走近了沙妃鱼，她轻声地问：“你们是去那吗？”

沙妃鱼笑了，她想说这是专列呢！但终没有开口，沙妃鱼还是轻轻地点了点头。她仔细地打量了一下这个年轻的女子，她有明亮的双眸，装点着长长的睫毛，皮肤嫩如凝脂，大概也只有二九年纪。

她靠在沙妃鱼左边的沙发椅上坐下，“我叫雪儿，你呢？”双手捧在胸前，没容沙妃鱼回答，她又自言自语：“我好紧张哦。”

沙妃鱼暗暗好笑，这有什么好紧张的，缘分天注定，不成打道回府好了。沙妃鱼怕自己语重伤人，就说：“有一种最有效消除紧张的方法，就是拿一本自己不喜欢看的书，看一会就睡意浓浓。”

“真的吗？姐姐，我最不喜欢看书了，所以没有带书，你能借我一本吗？”雪儿很天真可爱地问沙妃鱼。

沙妃鱼面对雪儿微笑的眼睛，真不好回答。在这次行程上，她一共带了两本书，一本是自己的作品文集《花开季节》，另一本是她的文坛好友老汤的《玉树临风》，借给雪儿藏瞌睡，她都有些舍不得。

正在这时柳絮飞扬从背后传来了话语："这本书比较好。"沙妃鱼一看，是火车时刻表。雪儿娇嗔地说道：这也太无趣了吧？还不如包厢里面的生活杂志。说完扬着头"蹬蹬蹬"地走开了。柳絮飞扬依在窗台前，眼神凝重，不说话，让沙妃鱼坐立不安。

火车如同箭一般向前行驶，如同沙妃鱼此刻的心情，她不是急于求成，而是希望尘埃落定，这种煎熬式的等待，她想早点结束。

正在这时，沙妃鱼的手机短信来了，打开，一则字跃入她的眼帘：马上就要到站了，我在站台恭候你的到来！沙妃鱼敏锐地感到短信中的"你"应该是"你们"吧！沙妃鱼随即按了回车键，她想听听对方的声音。

一直处在占线中，沙妃鱼一直不甘心又按，还是占线。柳絮飞扬走了过来，轻轻地拍了拍沙妃鱼的肩：既来之，则安之，走吧，我们去餐厅喝点茶。此时的柳絮飞扬看上去眉目舒展开来，沙妃鱼刚才的负重感减少了许多，他们肩并着肩向前台走去。

要了一杯绿茶，要了一杯圣代，他们的话题，变得轻松起来。柳絮飞扬说他此刻真有点像《神话》里的大将军，护送王妃到上朝的感觉。沙妃鱼笑着问道："莫不，你也有将军对王妃的情愫？"

柳絮飞扬戏说道："小的岂敢有此贼心！沙妃原谅小的放肆！"沙妃鱼"咯咯咯"地笑了起来，她说："如果能够穿越，我希望像《神话》中的主人公一样，得到一天的爱情……足矣。"沙妃鱼停顿了片刻，眼睛里有泪。

柳絮飞扬轻轻地拍了拍沙妃鱼捧着"圣代"的手，他说：面包会有的，爱情也会有的。沙妃鱼羞涩地笑了，她觉得她和柳絮飞扬总有一种姐弟之情，而此时第一次谈到了爱情，竟然是通透的、诙谐的。

他们俩一直话语不断，时而低声细语，时而笑声朗朗。突然，火车有一种小小的颤动，还没让他们回过神来，火车的车身已呈 S 形，沙妃鱼已被抛离了座位，心感到剧痛，接下来什么也不知道了……

沙妃鱼"醒"来的时候，仿佛从天国走来，周围的一切都是白色的，白得晃眼，白得晕眩。有一种声音在她的耳边不停地呼唤，那个声音是那样的熟悉，也是那样的遥远，沙妃鱼怀疑自己是不是到了天国，怎么会有白云萦绕，怎么会有点点帆船……难道是云之舟要来接自己回家了？

三天三夜的昏迷，沙妃鱼终于脱离了危险，她问一直陪伴在身边的柳絮飞扬：“我在哪？云之舟他……好……吗？”

“他不好，他坐的高铁在我们的车前方，出了故障，我们乘坐的高铁正好撞了他们的车尾，而且云之舟一直立在车尾，接听来自全国各地美女的电话。”柳絮飞扬不想给沙妃一点念想，实话实说。

沙妃鱼听到这些，心痛不止，她闭上眼睛，泪从眼角滑出，如决堤，为他，也为自己。她想起刚才的梦境，竟是寓意着诀别。她努力地支撑起来，用颤抖的手写了两行字：

红尘初妆，向往。心藏爱意掩不住显露面庞，情相碰，期待衣袂红装。

前程遥远，期盼。眉弯紧皱挡不了梦魇无常，车相吻，一切如烟过往。

第三辑

隐　私

他们坐在这个坐了无数次的桌子旁，只不过位置发生了变化。

由过去相拥而坐，变成了对坐。

他们相互看着对方，谁也不说话，空气仿佛凝固一般。

他们是一对恋人，喜欢过，爱过！与所有恋人一样，有过难以忘记的快乐！

他端起面前的咖啡，很礼貌地对她说：

谢谢你！谢谢你曾经给过我从未有过的快乐！我的人生因曾经有你而完美！

她没有表情，也没有端起面前的咖啡杯。

他们的矛盾源于一次朋友的聚会！

他觉得那个男人对她过于放肆，而她没有反感和拒绝！

他觉得不可思议！

她爱自己吗?!

她是否考虑过自己的感受?!

他们本是两个性格反差极大的人。

他喜静。

喜欢平淡的不被人注视！

喜欢二人世界。

手牵着手过自己的日子！

不为名利所累！

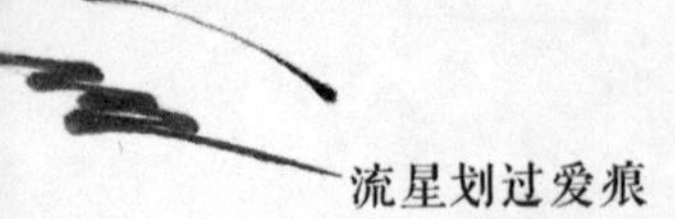

她喜动。

喜欢热闹，喜欢走动！

喜欢有人关注！

他们彼此都对这份感情做过判断。

也对性格差异有过讨论和认识。自信能相互适应，经营好在一起的日子。

也许人生的经历不尽相同，他们在某些观念上还是存在一些差异！没有那么容易改变和求同。

应该说他们还没爱到为了对方而改变自己的地步！

她觉得男人在这个问题上太小气，不大度，不过是个逢场作戏而已，值得如此小题大做！

她觉得自己已经改变了好多，推掉了许多应酬。

她有些委屈。

她忽视了他是一个另类的男人。一个把女人含在嘴里怕化了，放在手心怕飞了的男人！

他觉得她的不拒绝是对自己的忽视和不尊重。

他没有告诉女人，这不过是个导火索而已！

他不能容忍女人恣意的泛爱。男女的交往要有一定的尺度。

他不允许女人有自己的隐私。他觉得如果有隐私，就是对对方的不尊重！既然要成为一家人，有什么需要隐瞒对方呢?!

为什么与他人的相见要隐瞒自己?!

为什么与他人的通话要避开自己?!

四目相对，已没了往日的温馨。

空气静得针掉到地上都能听见！

杯子停在半空中，放下杯子和端起杯子，将意味着一段过往的结束和开始！

他不能释怀！

她无法接受！

窗外响起了祁隆的《一生只爱你一人》。这是他们彼此送给对方的一首歌，而此时似乎已不合时宜！

米扣的爱情

米扣写了一首爱情诗发表在《孝感日报》上，那是2010年的事，那时她二十四岁。六年过去了，去年，她迎来了而立之年。

而立之年，她出了一本诗集《大树下的等》，很受读者的欢迎，不到一年，诗集再版了一次。

今年年初，《大树下的等》给她带来了好消息，她被批准加入了省作家协会。

单位的同事背地里称米扣为诗人。当然诗人在同事眼里是超凡脱俗，不食人间烟火的，要不这个漂亮的三十岁女人能单着么？

其实，米扣有过三段恋情。第一段是和电视台的记者，生得精明能干，家境殷实，谈起话来水平很高。

他知道米扣很喜欢写诗，他就和她谈诗，他说中国的年轻人应该有点诗兴，诗是语言的精华，诗是语言的提炼，有的人说起话来长篇大论的，让人累的……他滔滔不绝，在论术上精明得身子骨有点单薄，米扣不善迎战，只好铩羽而归。

第二个是体育教练，魁梧的身材，健康的体魄，是闺蜜老公的同事，一起吃饭认识的。那时，米扣28岁了，因为身材小巧，加上长着圆圆的娃娃脸，被对方一直当成小美眉呵护着。

那天，米扣第一次和教练牵了手。牵了手的教练也和米扣谈诗，并将诗引入女性的话题：女人就应该静如处子，动若狡兔，敏于行而讷于言。

米扣不想谈诗和远方，问：你喜欢我哪一点？

教练望着远方的天空说：你的皮肤真是细腻，像景德镇出品的瓷器。

走到街的十字路口，米扣跟教练说了声：再见。然后，消失得很快。

五月份，《大树下的等》再次给她带来了好运，她被邀请到北京参加新诗诗评会。单位派了专程司机送她去机场。

司机小王平时跟她很谈得来，在临别之时，送了一句祝福语：扣扣，愿这次在首都北京学习能找到志同道合的爱情。其实大家都知道司机和她关系还不错，再说米扣出差的机会很多，大家一致叫司机带给她的一句话，毕竟大家还是很喜欢她的。

米扣提着行李脸红着下了车，不知是行李重弄的，还是害羞。司机小王目送着米扣远去的背影，无奈地摇了摇头。

面对形单影只的米扣，他们想劝慰她：生活不是写诗，写诗的爱情总会是多灾多难！但终没有说出口。

从北京学习回来，米扣又恢复了原来的二点一线的生活节奏。

五四青年节到了，团委派人做了米扣的思想工作：去参加市委举办的牵线搭桥活动，并派米扣的闺蜜女工委监督上阵。

活动结束了，米扣又如动兔一般溜了。女工委气急败坏地打来电话，叫米扣去幼儿园接她的戈子，她要赶回单位去汇报。

米扣站在幼儿园门口等孩子，不一会工夫，孩子们纷纷拥了出来。米扣目不转睛地盯着，生怕接漏了孩子。

正在这时，一个正号啕大哭的小女孩被老师抱了出来。站在她身后的男人立马迎了上去接过了小女孩。

“你家小孩真烦人，总是哭个不停”。老师一脸的抱怨，放下孩子时一副焦躁的神情。

“小孩就是爱哭的，她不哭，你哭?”那个男人一脸的质疑。然后，蹲下身子掏出纸巾擦着女孩哭花的脸，并连安慰地从口袋里掏出一根棒棒糖来。

米扣呆呆地站在那里，出神了一分钟，然后，又睁大眼睛找戈子。

找到戈子时，那个小女孩还在哭。戈子指着那个小女孩对米扣说：英子天天哭着要妈妈。

她妈妈到哪去了？米扣抱起戈子问。

老师说到天堂里去了，要很久才能回来。

米扣心里一颤，这一颤有尖锐的疼痛，她回头看了那个男人一眼。走了很远，放下戈子时又忍不住回头看了看那对父女。

第二天，米扣打电话对女工委说：我去接戈子。

周末，米扣又打电话女工委：今天，我接戈子去吃肯德基。

女工委问：要我去吗？

米扣一口回复说：不要。

女工委抓着脑袋一头的雾水，口中念叨：真信了你的邪！

偶遇初恋

丈夫开着车，终于挤进了学校的大门，学校内更是人满为患。官蕾和儿子帅帅从车窗内搜索着停车位。但到处是熙熙攘攘的人群，车只得沿着校园又开了一公里，仍然没有车位，却见一棵大树底下有一片荫凉地，水泥墩子上坐了许多和他们一样送孩子上学的家长。

官蕾叫丈夫停了下来，叫帅帅将车内的行李从车里卸了下来，堆放在林荫处，自己留下看管，让丈夫继续去找停车位。

官蕾坐在水泥墩子上，用手呼着风，虽是入秋的九月，武汉的天气还是燥热得像夏天。

"官蕾。"突然有人在叫她，那声音是那样的熟悉，也是那样的遥远，像是灵魂在触动。她探了探头，在三米不到的地方站着正是郝刚！官蕾早知道郝刚在她的母校担任副校长。

她一下子愣在那里，是的，上次到郝刚老家安顿伯母后又有十五年没见面了吧。站在眼前的他比以前变化了许多，头发依稀见得到白，有明显的眼袋，泛青色。只有那双眼神熟悉得让人想起过去的一切。

官蕾傻傻地站在那里，她从来都没想到会在这样的地点，这样的环境遇见他，她不知道说什么好，眉头打着死死的结。

"是送孩子来上学吧？"

"是的"。

"孩子这么大了，都上大学了。"

"是。"官蕾随口应着，有些尴尬，她的眼睛开始寻索着丈夫和儿子。

“儿子读的什么专业?”

“传媒，听郝强说你女儿上班了?”

“是实习，今年大四，准备考研，一颗红心，两种准备，如果考不上就上班。”

“呵呵，还是你想得周到，不过孩子上了班一样可以考研的。”

“是的，上次听郝勇说了，你帮郝勇找了工作，我一直对你心存愧疚和感激。”

“没有什么，都是我应该做的，郝勇聪明，电力一摊子事，别人拿不下来，他拿下来了，凭的是能力。”

“有能力，还得有机会，谢谢你给他机会。”

“不要客气，你有事先去忙吧，我在这里坐一会，等儿子和他爸。”

“这样吧，你到我的办公室坐一会，我替他办入学手续。我还想请你们一家人吃个便饭。有道是择机不如撞机。”

“不麻烦，我们安顿了孩子，还得赶回去，你去忙吧!”就在这时，父子俩走了过来。

“妈妈，我们的寝室在那边!”帅帅很兴奋，边说边拿行李。

“这是你儿子?”

“是的，帅帅，快叫郝伯伯!”官蕾叫住了正在激动的儿子。

“郝伯伯好!”帅帅心不在焉，帅帅的嘴角也有个小窝窝，很生动，很快乐的娃娃脸。

“这是我爱人，高俊阳，这是我的校友，郝刚!”

两个男人很热情地握了手，眼睛都在凝视对方，心照不宣。

“妈妈快走吧，我要去占个上铺，去迟了就没有了!”帅帅在催。

“我帮你们吧?”郝刚说这话时，手已准备帮忙拿行李。

“不了，我们人多，谢谢你!”丈夫阻止了。儿子已拿了大包跑出十多米远，丈夫包揽了所有的东西，紧跟着帅帅。

“妈妈快点。”儿子回过头来喊道。

“再见!”官蕾对郝刚点了点头，大步跟上。

“再见!”郝刚站在原地，直到他们的身影融进了密密麻麻的人群中……

世界小得像影楼的布景画
两个人相遇了
却找不到合适的语言来表达
凝视的双眼还是那么熟悉
可物是人非一切都发生了变化
逝去的爱如止步的高山
眉和眼都回不到青春年华
两个人的路已经走得太远
回不了头也回不了岸
像旧时的铜镜
敌不过岁月的氧蚀
锈迹斑斑无法拭擦
人生就是这样残忍
照着自己选定的路走下去
不要惆怅
不要牵挂……

人生就是这样，因为爱过，所以不会成敌人；因为伤过，所以不会做朋友，虽然这个女人一辈子都让自己无法忘怀，但只能埋藏在心底。就如同开放在五月的春花，无论开得多么灿烂，到了微风骤起时，雪花飘零时，都会入火泥土，维护来春的繁华。

高跟鞋

杨黎对暖暖说：我要离婚。

暖暖坐在她的对面没有抬头，淡淡地说：你舍得吗？这个话题，你说了不下十次吧？

杨黎的泪就像涌泉流了出来。她恨自己，敲打着自己的头，撕着自己的头发，无数次咆哮：去他妈的为了爱情。

十年前的某个冬夜，杨黎来到暖暖的家，晚上十点半。暖暖依在床上看书，已有些睡意。

门外咚咚的敲门声像战鼓，一声比一声急。暖暖开了门，是杨黎。

她褪了高跟鞋，绕着暖暖的脖子，春风满面。

他又唱了霸王别姬，那声音，勾了魂，那眼神，杨黎一见便酥了。

暖暖说他太娘，娘得像聊斋里的女妖，是靠吸别人精气修炼的，如你爱他，以后他就只吸你一人的精气，多损啊，会耗死的。

杨黎犹豫过，徘徊过。但一听到霸王别姬的唱段，她就贪恋凄美的爱，心碎的欢。

他是一介文秘，办公室起草文件的，忙碌而无功，爱好终不能成为主业。

企业的舞台，展现的是一种文化，它短暂得只一年一次的呈现，终是要回到工作生活的。它不像李玉刚呈现在舞台的男妖，一曲《霸王别姬》，有了十年的功底，站在舞台上，无论素面和精妆，白花花的银子涤去了原本真实生活的模样。

而杨黎是营销部门的副总，整天穿着高跟鞋游走在营销的路上。无论是工作的需要还是他的喜欢，她与高跟鞋仿佛有个约定，不离不弃。

那天，杨黎办了一个大单业务，喝了点酒，刚出酒店脚就崴了。

可是客人还没送走。她一直忍着痛，微笑着将客户送上车，一一挥手告别。

钻心的疼痛来自脚踝，杨黎终于站不住了，她的下属扶着她回了家。

第二天，她的办公室桌下有一双崭新的运动鞋……她看了看下属，下属红着脸低下了头。

杨黎收回了视线，可她迷恋那个“咿咿呀呀”的声音，那个顾盼神飞的眼神，情有独钟，无药可医。

那个声音、那个眼神就喜欢杨黎穿高跟鞋的样子。她只有穿上高跟鞋，才有亭亭玉立的风雅，才有女子鹤立鸡群的特别，才配得上情侣间最虚荣的高度。

婚纱是美的，誓言也是铿锵有力的。婚礼进行曲完美地演奏着，敲响的都是锅碗瓢盆的节奏。

杨黎和暖暖的聚会，多了闺蜜间的吐槽：他的电话又打不通了，煮好的饭等到凉了他也没回来；回到家，做熟的饭叫他吃还得磨蹭半天。吃饭也是手机不离身。三两下囫囵吞枣后又葛优躺，我真的是受够了。

又有一次，战争爆发了：好不容易盼个星期天，你能不能不和戏友出去游玩，陪我聊聊天，一起分担下家务。

他白了她一眼：上了一天的班不是累吗，玩玩游戏放松放松；喜欢听我唱戏，我得经常互动下圈子，提升下自己呀。

抱怨到这里，杨黎的眼泪像关不住的水龙头，一直往外流。

暖暖说，既然接受不了这种现状，为什么不想想分开呢？

我喜欢听他的声音呀。杨黎说。

那你继续穿着受夹磨的高跟鞋吧。暖暖头也没抬。

杨黎一言不发咬着下唇。

道理她都懂：在婚姻里，没有谁是委曲能求全的。如果在婚姻中你愿意做低微的那个，即便高跟鞋再不舒服，也得为某个人将就地穿着。

等风的女人

一

燕吉喝了不少酒，有些站立不稳，体内升腾一种燥热，让她难受。她的身体已经支撑不住了，大脑飞快旋转，眼看就要倒下。她下意识地寻找支撑，靠在了离自己有一步之遥的一位男子的身上。

这个男子叫海子，在交易中心相识的，是北京团队钱总的手下。

海子是一个话不多的男人。但他的功课做得很好，几乎知晓对方的底牌。领导的每一个眼神和肢体语言，海子都能心领神会。

三天的接触，燕吉觉得他是一个踏实精细的男人。对他有几分敬佩，还有点莫名的喜欢。

海子顺手扶着燕吉，用胸支撑她的后背，手将她的手从后面紧握，不让她倒下。

大家起哄，要海子送燕吉回她的客房。燕吉身体软绵绵地倒在海子怀中，一半清醒一半醉。

到了客房门口，海子在燕吉的手提袋中找到了房卡，开门进去，将她轻轻放到床上。褪了燕吉的大衣和鞋，盖上了被子，倒上一杯水，放在燕吉的床头，准备出去。

迷迷糊糊的燕吉猛地抬起双手，喊道："海子、海子！"两手抱住了海子的大腿。海子一愣，望着这个有着羞花闭月容貌的女人，有些心痛。

他轻轻拿起燕吉的双手，将她放进被子里。不料燕吉又伸出双手，一下子紧紧地抱住了海子的腰，半身依偎在他的身上，喃喃道："渴、渴！"

海子抱着燕吉，感觉到她的温度，她的双乳紧贴着他的前胸，让他有躁动。他本能弯下腰，将她放到床中间。燕吉拉着胸前的内衣，呻吟："热、热！"

望着燕吉白皙圆润的前胸，海子也出现渴的感觉。他甩了甩头，扶着燕吉，顺手将床头柜上的水送到她的嘴边。

燕吉喝了两口，不再吵闹，软软倒在海子怀里！海子将她轻轻放在床上，捋好被角，轻轻地退出了房间。

二

一晃三年，燕吉三十岁的生日，吹完蜡烛，已是转钟一点。她没有丝毫的睡意，想起了海子。海子已不是一天两天晃悠在她的脑海里，这三年来，海子入侵在她的脑海里，让她漂浮不定的人生中，不断地取舍。

三十岁，她还是孑然一身。

她曾经说过，如果三十岁还没遇到可以托付的另一半，她会用另一种方式来完善自己的人生！

今天，她曾在内心设计了一百次的计划，一个女孩子不敢设想的计划，她要实施：去北京找他……

凌晨四点，她在网上订了票，便开始清理行李箱。离开车还有四个小时，泡了一杯原磨咖啡，香气散发出来氤氲满屋。

端着瓷杯，她靠在沙发上，她的思绪早已放飞……在那个陌生的大都市，和一个叫海子的男子牵手拥抱，喝茶聊天，跳舞，甚至上床……

她感到满满的温馨！她甚至幻想，那个幼小的生命，已在腹中！

她牵着孩子，漫步在绿荫丛中，追逐着蝴蝶……

想到这里，燕吉的睫毛湿了。她知道，这样的想法要付诸行动，对于一无所知的海子，对自己将是多大的挑战！对于自己一个未婚的女孩子将是多难启齿。

五个小时二十分钟呼啸而过，燕吉推着行李箱走出了北京西站。

举目望去，没有一个熟悉的面孔。

那个握在手中被她拨了又关，关了又拨的手机，有些发烫。

通了！开机的铃声把燕吉吓了一大跳。

她一下子又关了！

三

静默，可怕的静默。燕吉看着手机足足有十分钟，但，手机也静默着，没有反馈的意思，燕吉失落地走出了站台。

北京的天气有些寒意，像她此时的心情。突然，燕吉鼻子酸酸的，举目望去，沿街的红枫落了一地，萧索地被风卷走，不知何处……

她想到了自己。拿出手机注视着，她想订回程的票。当幻想与现实相距太远时，她的幻想与冲动似乎渐渐地惊醒了。

时间一点点流逝，暮色也落了下来，霓虹灯开始闪烁。

燕吉开始左顾右盼，她得找一家酒店住下来。既来之，则安之，就算一个人的旅行，玩两天再回去吧。

欢愉的手机铃声突然响起，燕吉的心却是颤抖的，手也是颤抖的。甚至有些害怕！她下决心按了接听键。

“你好，是燕吉吗？是不是拨错了号码了？!”北京地道好听的男中音。燕吉的心像小兔子，扑通扑通，要从心口跳出来。

“不…不是…是，来北京出差，我不确定你还认不认识我……”

“怎么会不认识你，你可是湖北优秀的销售代表。你现在在哪？住下了吗？”

“没有，我不知道我在哪？”燕吉情绪一下子高涨起来！“谢谢你还记得我！”

“你在原地等我，我开车过来接你！”

燕吉的心情一点点好起来，她将手机抱在怀中，仿佛是海子，温馨而温暖。

燕吉伫立在站台的路灯下，脸上一直洋溢着幸福的笑。她突然觉得自己的决定多么正确，她还想起了一句至理名言：许多事情努力了未必有结

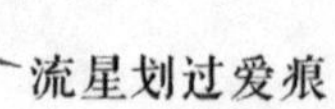

果，但如果不努力，绝对没结果。

自己人生缺失的部分，希望他来补全。现在看来，这个计划已经有了突破口……

四

海子从车上跳下来的时候，燕吉的眼睛开始发亮。她注视着他将自己的行李拿到后备厢，为自己开门，更让燕吉感动的是，在她低头进入车内时，海子用手轻轻地挡了下她的头……她醉了！

安顿好宾馆，海子还是像三年前的那个晚上一样，为她烧了一壶水，说着一些客套话。

燕吉就这样傻傻地看着他，想说句感谢的话始终没有开口，直到他准备离开。

在送海子到门口的时候，燕吉终于醒了过来。她说，明天去交易中心办事，晚上想请海子吃顿饭，表示感谢。

海子说行。他说尽量在明天下班前把手头的工作办妥。至于宴请，还是我来吧，毕竟自己是东道主。

燕吉说行，但她想吃北京的地方小吃。

海子笑了说："好！"

海子消失在电梯口。燕吉转身进了房里，她靠在门背上，心一直咚咚跳，像见了初恋的情人，兴奋、紧张、激动。

海子把燕吉带到方庄美食街。方庄美食街是南城美食界的龙头，数十家餐馆编织成方庄美食网络，可与东城簋街齐名，繁华，拥挤。

燕吉身为异乡客，能有一个喜欢的男子陪伴自己在这里度过一段难忘的时光，觉得幸福。

海子为她点了一串炭烤羊羔肉，要了一小份虾皮，对她说："都尝尝，还有好吃的在后面呢！"

燕吉点点头，很享受这个过程。这一路走走停停吃吃，燕吉已品尝了十多个品种。

燕吉吃得很撑了，想回宾馆。回程的路满是行人，燕吉和海子被卷入人群中，挤散了。这下燕吉慌了，她叫了两声海子，声音消失在拥挤和喧嚣声中。

她掏出手机急急地拨了海子的号……

突然，燕吉的手被一只大手握住了。一股暖流传遍了燕吉的全身。

她回过头来，只见海子满头大汗地立在她的身后，带着歉意说："偌大的北京，把你弄丢了，可不好找！"

燕吉的鼻子突然发酸，睫毛潮湿了。她紧握住海子的手，把头靠在他的肩头，像是久别的情侣，满是依赖和幸福。

此刻，穿过了大半个方庄美食街。燕吉吃了些什么，她全不知味，她的味觉全部在海子的手上。

她拉着他的手。海子也很自然地捏着燕吉的手……

五

海子送燕吉回了宾馆。放下燕吉购买的礼物，海子礼貌地与燕吉握手道别，燕吉却没有将海子手松开的意思。

海子将手从燕吉的手中抽出，带着笑意说："很晚了，我该回家了！"

"我……我…"燕吉有些语无伦次！

海子奇怪地望着她。

"我只想要个孩子，你的孩子！"燕吉艰难地说出了这句话，语气却不容置疑。

"对不起，不要误会！我是个已婚的男人，我有家庭！"

"我只是想要一个基因好的精子，在以后的生活中，我不会给你带来一点麻烦！真的！"

"我是个女人，是一个不完整的女人，我想用一个孩子来完善我的人生，相信我会是一个很棒的母亲！"

"那我算什么？一个捐精者？对于你来说，只是一个精子，而对于我来说，却是一个生命！"

"在未来的日子里，我知道他的存在，却不能抚养他、教育他，陪伴他成长，将是何等煎熬?!"

燕吉惊愕得说不出话来！她真的没想这么多，她只想得到一个精子！一个满足她未来人生的生命！

她没想到，一个孩子会引发责任的话题。

她瘫坐在床上，像一个没有灵魂的躯壳。

海子还在说着什么，燕吉一句也没听进去。只觉得天黑了下来了，像塌了一般。

爱笑的多多

多多生下来时，家里已有了三个孩子，一男二女。唯一的男孩是长子，从生下来就患有先天性心脏病，钱花了不少，也不见好，所以两口子心里总是不踏实。

父母总担心儿子有个三长两短，一连又生下了两个女儿。怀多多时，是意外也带着惊喜，多多的父母把三个孩子放在奶奶家，夫妻俩双双外出打零工，直到多多出生。但遗憾的是，多多还是一个女孩。

多多出生后，很爱笑，不仅睁开眼睛时爱笑，在睡梦中也带着笑意。这让多多的母亲否定了一直以来的决定：丢弃或送人。

夫妻俩抱着多多刚回到家，就被计生委抓了个现形，家里早已罚得揭不开锅，而且屋前屋后大门洞开，像个废弃了的寺院。

但多多爱笑，绯红的小脸，像一抹阳光驱散了父母心里的阴霾，他们抱着一棵草一滴露水的想法，把多多的人生拉长到了七岁。

七岁那年，多多的学校为她牵线牵手了一位爱心的乡村女教师。这位女教师一见到多多就喜欢上了，她常常关心多多，还对重男轻女的奶奶说：别看多多现在啼饥号寒、衣单食薄，请相信爱笑的女孩，命运坏不到哪里，您不要嫌弃她。

多多最喜欢和女教师待在一起，她觉得女教师专注的阅读，是自己见过最美丽的姿态，她支撑着下巴用心聆听和学习，感到自己的生命在拔节。多多更爱笑了，她对所有对她关爱和冷漠的人都有了积极的回应，别人背地里叫她：勤快的多多、懂事的多多、爱笑的多多。

多多十七岁那年，出落得亭亭玉立，职校毕业的她，走进了四星级酒店当了一名服务员。

遇到沧粟是缘于一次会议。那天，多多游走在大厅里为迎宾引路，送水倒茶。沧粟一眼就定格在多多的脸上，无法动弹。那是一张精致的脸，没有丝毫的脂粉气，厚重的睫毛下覆盖着一汪海洋，那是沧粟从来都没有见过的海洋，让他内心汹涌。

沧粟发动了攻势，三天两头往酒店跑。他有一个越来越强烈的想法：娶这个女孩为妻。多多也喜欢沧粟，喜欢他的体贴，喜欢他专注的目光，更喜欢他的执着。多多也坠入爱河。

可是，多多做梦都没想到沧粟是行署专员的独生儿子，他的母亲是大名鼎鼎的企业家，她有些自卑。

那天，多多刚下班，就被迎面而来的一位风姿绰约的女人拦住了。她戴着一副墨镜，但多多扫了一眼就知道她是谁？沧粟的眉眼太像她了，多多不自觉地低下了头。

那个女人带着不屑一顾的口气对多多说："三观不同，你们怎么能在一起？对了，你知道三观是什么意思吗？"她的表情包含了太多不屑一顾的神情。多多不知所措，蹲在地上哭了。

沧粟知道后，跑到母亲的办公室指着她说：娶谁我说了算，娶多多是铁板钉钉的事，任何人的阻拦都没用。母亲支撑在办公桌旁，气得半天都没缓过气来，骂沧粟是典型的娶了媳妇忘了娘。

婚礼如约而至，多多的公婆动用了自己的力量将多多调到了银行，这也是唯一帮她做的事。不是为多多，是为自己。她想，总不能说自己的儿媳妇是宾馆的服务员吧？

有天夜里，手机铃声此起彼伏地响，公爹、公婆和多多被带到了医院急救室，在见到沧粟血肉模糊的刹那，公爹公婆立马昏死过去，他们也被抬进了急救室。

只有多多没有哭，她帮医生做系列护理工作，签字、缴费、换药、拔针。等鞍前马后安顿好了一切，她才知道事情的经过——

沧粟在赶回家的路上，因为车速太快，没有看清正在维修的路牌，冲向了三米深的壕沟，沧粟的头重重地撞破了挡风板……

沧粟成了植物人，医生说这个状况有可能是终身的。这对于结婚才一年的新人来说，这个事实叫人难以接受。多多每天下班坐在沧粟的身边，脑壳木木的，眼睛直勾勾的。她千呼万唤，沧粟就是一动不动。

公爹摇头叹息，老泪纵横。

一年后，有人看见多多不仅笑了，办公室还传来多多哼出的快乐小调。她走路像生了风一般，质地飘逸的长裙，款款有致，与别人聊天时显得轻松愉快。更重要的是，因为工作做得无可挑剔，听说四十不惑的办公室主任把她上报成副主任的候选干部……

有人猜测，多多的男人一定是作死的前奏，她在为自己捡场子。

有人在背后骂：办公室主任和多多简直不是人！上班时两人眉来眼去的。四十多岁的老男人在办公场所，还多多，多多的叫，像他家的后院。也有人戳她的脊梁骨：瞧她水性杨花的样子！红杏迟早要出墙。还有人愤愤不平：没有男人的好背景，她能坐办公室？

更有人直接打赌：不出一年，这个女人就会选择逃离，她没必要守着个不死不活的人受活寡……多多进进出出还是一脸的从容和淡定，充耳不闻不问。

又一年过去了，多多提拔当上了副主任，依旧穿好看的衣服，依旧面含微笑处理综合事宜。唯一不同的是，她居然与公爹和公婆搬到一起住了，还在一个锅里吃饭，一张桌上说笑。出门时，像亲闺女一般挽着公婆的胳膊。

多多的歌声不再是从办公室传出来的，而是从房间里传出来的，日复一日，年复一年。

一晃四年过去了，五月迎来了石榴花开。

在董永公园，这次好多人看到了多多。多多越发美丽了，一袭白色的长裙，像个仙女。多多蹲着身子和坐在轮椅上的男人说话，只听见男人断断续续地说：多多，笑——起——来，美！

多多握着沧粟的双手捂着自己的脸，泪流满面，她扬起了带泪的笑容。

那一刻，在沧粟眼里多多就是一轮太阳！

爱你，就会把你宠成女儿样

妃妃的人生分二截，上半截是女汉子。

妃妃初怀孕，因经验不足，错把流鼻涕当成了感冒，吃了好几瓶康泰克，直到流血鼻涕，才到医院检查患上了障碍性贫血。住进医院后，医生直接开单子先交五万元。五万元，对于妃妃可是天文数字呢？怎么办，当然是找单位。

那天是周一，住院的妃妃因为没付款，医院停了药。她支撑着身体来到单位，找到行长办公室一坐不走，弄得行长左右为难，说你没婆家吗？妃妃说婆家穷，没能力支付。其实，有些事情是心照不宣的。妃妃铁定只找单位，只有单位是可靠的。最后还是逼得行长同意在单位的经费上垫付五万元，直到报销还上垫付款。

妃妃的男人是个交流干部，一个星期才回来一次。那天，男人刚走，厕所的灯泡闪了。

妃妃搭着凳试着换灯泡，结果怎么也够不着。下班后，她找了一个男同事帮自己，妃妃在大凳上搭了个小凳，自己在下扶着。不料同事在换灯泡时被电击了一下，吓得不轻。第二天，单位便传来笑话说：要是男同事电死在你家洗手间，那个问题就是长十张嘴也扯不清了。再后来，灯光闪了，妃妃宁肯瞎着灯尿尿、洗澡，也不去劳驾男同事了。

有人问妃妃最近怎么不打麻将，妃妃说得读书写字了。妃妃在办公室上班，单位一直把她当男人用。现在要笔杆子的副主任调走，年终的总结只有让妃妃代劳了，两个人的事一个人做。又是年底，妃妃忙得成了拉磨的牲口，不知起点和终点。终于熬过了年终，妃妃被誉为女汉子，成了单位的先进工作者，成了省里的优秀通讯员。虽然听起来藏有太多的无奈与酸楚，但妃妃还是确信，破茧成蝶后，自己将变成一个更完美的女人。

荣誉让妃妃有了更多修炼的机会，妃妃跟领导一起出去揽存，为了存款，一杯酒一百万，妃妃连喝五杯，五百万划到了单位的账上，妃妃第二天躺在床上不省人事。

妃妃独自跑政府，一下子将市里几个大企业的工资水电代发，都纳入囊中，收获了巾帼英雄的称号。

妃妃把这些奇葩的事记在日记中，成就了《行长日记》的撰写与发行。记者采访她：你为什么写字、读书？妃妃其实想说写字读书都是为了一种逃避。逃避情感，逃避孤独……

最后的结果是妃妃看的书越多人越孤独。孤独成了妃妃的知音后，在静的夜晚，妃妃用写字的方式完成了一篇又一篇的基层日记，直到日记被敏锐的领导发现，推荐给报社的总编在报纸上连载结集。

妃妃是女汉子的典范。

妃妃的人生分二截，下半截是小女子。

妃妃不想当女汉子，真的。作为一个堂堂的办公室主任，妃妃时常看着办公室的打字员唐唐发呆。唐唐年方33，浑身上下拾掇得精致得体，青春靓丽，眼神灵动。她说话如沐春风，和煦而美好，颜值和脾性都是“逆生长”。

妃妃长她六岁，却是一脸的沧桑。

五一单位组织活动，可带家属。唐唐的家属来了，妃妃听说，唐唐的老公是药厂的老总，是一位打个喷嚏，全公司都得一起感冒的人物。

他居然以唐唐家属的身份出现。那天出行一起游玩，坐在车上，唐唐喝的茶飘出枣香味。有人问这茶怎么这么香？唐唐的密友说，这是人家老公为唐唐的“假期”准备的枣糖茶。唐唐怪嗔地推了一把密友，可喜悦之情溢于言表。

妃妃突然眼睛潮湿了，她想起了自己的“假期”，是受难日，还像男人一样，冷浇胃冰果腹，南征北战。

妃妃遇上巴巴时，是在自己新书出版的发布会上。巴巴人高马大，一副玉树临风的样子。

巴巴一直在幕后做着不起眼的事情。一起吃饭时，巴巴为妃妃让座椅；巴巴为妃妃添喜欢吃的食物；巴巴为妃妃调制好清香的咖啡；巴巴送妃妃回家……

好温暖的男子！感觉自己像个宝贝的孩子，妃妃的眼神仿佛停留到了少女时代。

有一天，巴巴对妃妃说：这么勤奋的女子，好让人怜爱。巴巴拉着妃妃的手念叨：十指不沾阳春水，今来为妃做羹汤。妃妃渴望做巴巴的女人。

巴巴说：一个男人疼爱一个女人的最高境界，就是把女人当成女儿宠。不是因为怂，而是因为男人有足够的底气和能力，并且不在乎别人的看法。

如果一个男人爱一个女人，他会把你当成他生命中永远的少女，愿意把女人当成女儿来哄。女人的一颦一笑，会牵引着男人的心，男人会尽最大的努力让一个女人开心……我就是这样的一个男人！

妃妃的心开始悸动，如果说婚姻的固定，是为了一个完美的结局，妃妃愿意牵着巴巴的手迷失，用恶名昭著换来幸福的未来。

妃妃不想做女汉子，不想换灯泡、修电脑、爬上爬下、忙进忙出。妃妃只想变成有男人宠爱的小女人了，只想做巴巴贴身的小棉袄。

在那个男人的怀中，妃妃不需要长大，在那个男人的眼中，妃妃永远是个小女孩，不用逞强。在那个男人的世界里，妃妃可以傲娇任性。

巴巴会笑着纵容……

半月谈

蓝梅的那位是《半月谈》的忠实读者，也是它的受益者。当初郝刚在某厂担任团支部书记时，办刊办报，《半月谈》的确帮了他不少忙。更重要的是郝刚考职大那年，因为政治分特高而在二百多名考生中脱颖而出，很幸运地成为一名脱产职大生。

职大毕业后，郝刚就成了最坚实的党员后备力量，更是对《半月谈》爱不释手，什么时事、要闻、路线方针、人物专访、突出先进个人，真是如数家珍。简报、黑板报，办得有模有样，党性原则运用自如。

蓝梅对这个人不感冒，不说别的，单说对这个人的印象，就是活脱的“半月谈”，属于那种严肃有余，政治性强，缺乏修饰词那一种，心想：谁找到这种人算是人生丢了“整个”。

没想到有一次和女团干在一起叙旧，女团干忧郁的脸上写着痛苦的表情，她告诉蓝梅，她喜欢“半月谈”。蓝梅大吃一惊，真不敢相信自己的耳朵，单不说女团干如何的漂亮，也不说有多么的能干，就从比例上说“半月谈”就不占优势，更何况女团干可是厂里一朵花呢！

蓝梅把胸拍得直响：“这媒婆我来做。‘半月谈’要知道这等好事。不喜得晕过去才怪呢。”

没想到意想不到的事发生了。郝刚拒绝了她，理由是自己年纪小，还说做人要真诚，相爱是双方的事，不能欺骗自己，也不能辜负别人……

蓝梅恨不得把眼睛珠子都瞪出来了：这是哪门子的话，年纪小？二十六七岁像个小老头似的。辜负？凭哪点？拒绝？真是脑袋有毛病，蓝梅是横竖想不通："半月谈"啊"半月谈"，你哪根筋搭错了，她可是我们的优秀女团干啊。

有一次，大家在一起会餐，都有点兴奋，"半月谈"喝了不少酒，酒后大醉，口里直说：别走，别、别走……

大家都觉得有趣，都想知道郝刚醉后是什么样子，是不是醉后说话还是一本正经的，大家逗着他，不一会儿"半月谈"便吐了，苍白的脸上没有丝毫的表情。大伙吓得有点傻，七上八下把郝刚送进医院打点滴，作为同事的蓝梅和女团干忙前忙后地帮郝刚清洗和护理。

迷糊中，郝刚一把抓住了蓝梅的手，喃喃地说："别走。"他滚烫的手像流着电似的，蓝梅着实地吓了一跳，也有些生气，当我是谁呀。别人说酒醉心明，这神经病没准拿我开心。"小梅，小梅"，郝刚喃喃地喊道。蓝梅的头一下子就大了，一片空白。大伙一听就懂了，原来这"半月谈"也有爆炸性的新闻。

消息像电波一样传得特快，蓝梅一下子就成了许多人关注的中心。也许是"半月谈"平时简言的缘故，郝刚那天的行为竟让蓝梅好几天都精神恍惚，茶不思，饭不想。

从那天起，蓝梅逃也似的总是回避着郝刚。羞于与郝刚及女团干一起上班，同年蓝梅终于走出厂门，到外地求学去了。

一则蓝梅终于走出了他们的视野，二则又能驰骋属于自己的感情天空。然而，人真是一个奇怪的动物，蓝梅的逃逸和现实都夹着无限的惆怅，甚至不能做好每一件事。

一天，蓝梅收到了郝刚的来信，在这封厚厚的信里，蓝梅看到了不一样的郝刚。郝刚文字简练、质朴、真诚。有情话如涓涓细流，有承诺如浪漫情怀。此刻蓝梅注视着郝刚寄来的照片羞怯地笑了。原来，郝刚宽广的脸庞有几分刚毅，郝刚挺直的鼻梁有几分帅气，郝刚小小的眼睛有几分神秘，那紧闭的嘴唇，居然也流淌着柔情蜜语……

半月后，郝刚的第二封信飘然而至。又是半月后，郝刚的第三封……就这样，在郝刚不紧不慢的攻势下，蓝梅陷入了"半月谈"的爱情。

幸福就像肥皂泡

不知为什么，今天的海定没有以往的淡定和从容。他望着西天最后的晚霞沉了下去，依旧没有食欲。是兴奋吗？还是心里暗藏着希望。他不知，说准确点，他的心中还有些忐忑，这与他的年龄真有点不匹配。

天，完全黑了下来。

他站在镜前望着自己，依旧玉树临风的样子。他又凑近了镜面，发现鼻梁的左侧不知几时长了米粒大的黑痣，大概是黑色素开始沉淀的缘故吧。

再贴近一点，发现眼角处多了几道细纹，这是他以前从不关注的。他翻出了一条条纹领带，套在暗格的衬衣领口，一个熟得有点透的男人，又闪现在镜子里，似曾相识，又有点陌生。他后退了两步，出现了整个人的粗线条。

十一月的天气有点寒意，路灯的光有些惨白，行走在路上的人们，脚步都显得匆忙。

海定却不慌不忙地走着，他看了手机才六点四十，离约会的时间还有五十分钟。

海定在银行工作，是个信管职员。要说身高比不过张俊才，外表比不过吴彦祖，但在银行绝对算得上是个人物。可是一晃三十三岁都过了，在找对象上真可谓高不成低不就，用银行员工戏说的口气：海定，你真是浪费男人的好指标、好资源。

分管他的是个女领导。一次外出营销时，一个企业的财会负责人员看中了海定，然后托双方的领导从中说媒。女领导权衡了一番。觉得旗鼓相当，这次准有戏，没想到海定吃完了饭没打招呼就跑得没影。

女领导回行问海定：什么情况？

海定说凭自己一身硬条件，还用得着你们瞎操心？为了让在海定心里管叫这些“八婆”女人们死心，他索性回绝说：这辈子就喜欢一个人过，再莫污染我的耳朵。

女领导简直要对他翻白眼了，生生地丢了一句：变态！

海定这次不知是哪根弦被拨动了，他居然找到女领导说要她管“闲事”。那个女孩是女领导姨表姐的姑娘。在售房中心做导购。

当时，女领导是不愿再管他“闲事”的。共事五年间，工作倒是没话说，可找老婆一事，女领导还是没看出海定七挑八选，老婆人选是哪类的模子。

现在，他开口了，看中的居然是还沾着亲带着故的表侄女。

表侄女圆圆脸，大眼睛，可身材有点微胖，而且身高 155，跟海定根本不搭，再说年龄学历也相距老大一截。当时，女领导觉得不妥，可海定一直很坚持，而且表现虔诚，像个跟屁虫似的表现了两天。

执拗不过的女领导抽空跟表姐、表侄女一说，没想到，她们除了嫌海定年龄大点外，其他都很满意。

海定懒散地走着，十分钟的路程，他得用脚步去丈量，要不时间真难打发。

路灯一会把他的影子拉得老长，一会重叠得没有间隙。他想起了大学的校友小惠。

小惠是个安静的女孩。大一时，他们相识于学校的图书馆，但她身边还坐着另一系的男生。看得出小惠并不喜欢这个男生。

那时的海定家里很穷，父母也处在战火纷飞状态。默默地爱了小惠一年半后，刚鼓起勇气表白，小惠却意外地休学了。

有小道消息说小惠得了绝症，也有说小惠的父亲是个贪官，从六楼要跳时，小惠跪在地上求父亲不要跳，直呼没有过不了的坎。

后来小惠就疯了，经常双手合一，口里老念叨：爸爸不要，爸爸不要。

大学毕业后，海定去了小惠的城市。找到小惠时，她已经结婚了，膝下有一女孩，她的爱人是个又矮又矬的男人。

海定总想起小惠端坐在图书馆的样子，不知为什么，一想到那个画面，海定就鼻子发酸。

可是，幸福就是这样，时过境迁。当你不及时伸手去抓时，就飞了……

遇见女领导表侄女是星期一，海定去售楼部推销银行按揭，进入售楼部，他的眼睛一亮。那个女孩端坐在柜台前正在给客户填表格，他一下子想起了小惠。

海定定定地看着她，时光仿佛在倒流。甚至眼前出现了幻影，他牵着她的手感受到了她温柔温暖的气息。

终于，海定老远就看到她走来了，像小惠一般很美很安静的女孩。他的心情奇好，像春天。海定殷勤地跑到红草帽食品屋为她买了饮品和爆米花，两人边说边围着街心公园转圈，有一句没一句地说着无关紧要的话。

刚转到三岔路口的转弯处，耳边传来一个钢镚在铁碗抖动的噪声，随后一个脏兮兮的老头来到他们的面前：行行好，行行好。

海定正要从口袋里掏钱，却被她一把按住了：吓我们一跳，你好脚好手的乞讨个屁，滚。

她瞪着大眼睛，不仅海定有点意外，连那个乞丐也吓得落荒而逃。

海定看着她：一点小钱而已，多影响心情。

再小也是钱，就因为你们这些所谓的善心，惯坏了懒人。

海定转过身去，惊讶地看着她，他没想到这么安静的女孩，居然是个女汉子，声音的分贝超出了他的承受能力。

他自嘲地笑笑：天太晚了，早点回去吧！不等她回答，他已大步地转了身。

那女孩一愣，然后对着他的背影说了句：神经病！

他脑袋“轰”了一下，很空洞。他潜意识地喊了一声：小惠。

夜更深了，路上的行人很少。

海定却看见一位母亲带着孩子，孩子仰头吹着什么，一连串的彩色泡泡在风中起舞着。

海定回头看着那个已经消失的背影，却生出了一连串的惆怅。

原来珍藏在心底的幸福，就像肥皂泡，一触碰就破了！

决　策

深夜两点。

我还是接到了田影的电话。

昨天是周末，早晨田影就约我出去过早。说是过早，她却是什么都没吃，说准确点是吃不下。

后来，我们就在董永公园散步。她一路说，我一直听。

这个话题田影和我谈过很多次，每次都很沉重。我跟她说，慎重点，一旦提出了后果很严重。

田影说，明天，我还是想和他谈离婚的事。

我对着手机上的时间发了一会呆。然后，我输入了一个名字点开了度娘：穆丰，正处级。有他的图片：一抹浅笑，道貌岸然。

我望着田影，心里在问：二十年了，你真舍得放手好不容易打来的江山？

但不屑问，我懂她。因为十年前，田影跟我谈过，随后的几年里，她又不止与我谈过多次。

第一次谈时，孩子八岁，她不忍心。现在孩子十八岁了，他在上大一。

此时深夜两点，一定还在纠结，田影说睡不着，只想我陪她说会话。

说什么呢？这样的时间，这般的深夜，这样的难题。

我对她的离婚一事，是支持和还是反对呢？

应该是纠结之后还是持支持的意见吧！十年了，她的苦难，从哪说起，都是悲催。

但我怕别人骂我：人鱼，你不是人吧?！知道宁拆十座庙，不毁一桩婚呢？这个道理都懂，何况是从小玩到大的好姐妹。

早晨六点钟，田影可能睡着了吧。我双臂放在头上枕着，天花板像是白色的幕布，田影和穆丰的过往如同过电影似的，在我的脑海中一一上演，每个细节历历在目……

我想起了田影和穆丰在一起的时候。那时，田影美丽得像挂历上的画儿。穆丰就像挂历下面的数字，平凡得不留痕迹。

但是，那个年代就时兴挂年画儿。

有一天，田影跑到我家，我看见她的耳朵在流血，我都吓傻了。

她不哭，平淡地对我说：爸爸打的。

我问为什么？她说是为穆丰，还说如果不打死，我就要跟穆丰在一起。

说完这句话时，她的眼睛里有血丝，还有坚持。

那天，我送她回家，田影的母亲拉着我的手一直在低低地哭泣。

那时，我觉得田影和穆丰在一起也没什么不好，他们是标准的男才女貌。穆丰是我们上一届的才子，全班考上了七个大学生，他就是其中一个。

而田影是抱养的独生女，她的亲生母亲是养母的妹妹，她是在蜜罐长大的女孩。不是很懂事，怪父亲是养父，才下手这么重。

最终，田影的耳朵还是留有后遗症，弱听力。

二十五岁那年，父母终于同意他们的婚事，父母为她办理了风风光光的婚礼。田影的妈妈哭得像泪人似的对田影说：如果现在后悔还来得及。

田影却是笑着离开娘家的，她对妈妈说，决不后悔。

我是她的伴娘，在新婚的路上，见证了田影和穆丰的幸福时刻。

经过了弯弯曲曲的山路、小溪，我陪同田影来到了穆丰的老家，在乡下三间茅屋，她和穆丰喝了交杯酒。

那时，我有些晕车。经历了九曲十八弯，终于到了穆丰的老家。

我贴在田影的耳边问：后悔吗？

她笑着附在我的耳边说：有情饮水饱。

婚后的日子，果真是一地鸡毛。

田影本想过自己的小日子，嫁过去才知道细节不容忽视。新婚刚满月，公婆就带着两个年幼儿女投奔到长子家里来了。箩筐扁担堵满过道，路人不耻地翻白眼。

更可甚的是小两口拌嘴，婆婆总是往儿子一边倒。

一年后，田影有了孩子，下班回到家，总感到家里有理不完的事。坐月子期间，她好希望穆丰在下班的时候帮帮自己，但是穆丰总有应酬，经常下乡长驻点。有时回来，也是喝得醉醺醺倒床就睡。

随着时间的推移，让田影欣慰的是，穆丰提拔为副科长、副镇长、国企老总……小叔子、小姑子也纷纷地考学，参加了工作。

公婆也返璞归真回到了乡下，一切都向好的方向转换。

转完了陀螺般的十年，田影似乎吐了一口长气。但是，事情总是反其道而行。

儿子八岁那年，穆丰外面有女人。田影看着身边睡得像死猪般的男人，打死自己都不相信会有这样的事发生。

那天，田影接到了一个佚名电话。说是在某某地方穆丰正在上演激情戏……田影觉得这些人有些无聊，直到再一次佚名提供了一个地方。

田影很挣扎，她抛了硬币的正反面决定去不去？

落在地面上的是反面——菊花，她决定去看一下，敲击门无人应声，她坐在电梯口两个多小时，直到穆丰出现在眼前。

那一年，田影第一次提出了离婚。

婆婆下跪；儿子泪流满面；父亲一气之下脑溢血，差点丢了命。

还是那一年，田影打败了第三者，穆丰回归，还被提拔到了副处级领导岗位……

冥冥之中，婚姻危机似乎渡过去了。

“我是出租车司机，你到楼下接下人。”

“嫂子，我是小李，你能不能来接下穆处？”

“田影，你家穆处在卡拉 OK 喝多了，不能走。”

每次见到穆丰浑身都是酒气冲天。呼他叫他，没有反应，软得像泥巴人，田影怎么也弄不动他。

很多时候，田影就坐在急诊室里呆呆地望着面目全非的那个男人。她一次次地问自己：这是自己曾经爱得不能自已的男人吗？

她自嘲地笑笑，这是自己用力挽留回的人吗？准确地说他的灵魂已远离，自己只是留下了他的躯体。

“田影，穆处吐血了，你快来医院。”田影正在写半年工作总结，不知为什么，她没有丝毫怜悯之心。她放下笔，对着电话那边平静地回复道：“我来不了，谁让他喝多了，就由谁照顾他吧！”她挂上电话，双手狠狠地拍打着自己的头。

她觉得当务之急是该总结总结自己。

冷静过后，田影紧紧握着拳，指甲断裂在掌心，但她并不觉痛。因为，她的心已经被撕成碎片，如鲠在喉。原来心痛堪比骨折，痛得无法呼吸。

田影此时不说话，她头上的几根白发强势地穿过黑色立在头顶，鱼尾纹不知何时已密集在眼角。

我理解田影，这段婚姻她一直是失败者。首先父母决裂，无家可归得不到家里的支持，其次是和婆家断层的沟通，得不到理解。为了保全婚姻，一再忍让迁就。以致框架虽在，祸事相结，婚姻的内容，满目疮痍。

我问田影，离婚对于一个女人有什么好？他可是正处级啊，你帮扶他走过了多少个难登的阶梯？不后悔吗？

田影淡淡一笑，四十多岁了，我一直做着亏损的买卖，现在只想止损。我想了许多，因为一场婚姻，毁了我的人生。我最大的总结是：不听老人言，吃苦在眼前。看着父亲整天躺在床上，七十多岁的母亲不能安享晚年，我是多么的不孝啊。

我望着田影点了点头，她终于给自己松了绑，给自己的灵魂松了绑。松了绑的生活，虽然苦点，但会突破自己的局限看到远方和高处，她终于有了决策。

我看到了二十年前的田影朝我走来，自信坚定。在一颦一笑中，找到了曾经的模样。

“烟”缘

少女时代，玥玥不喜欢抽烟的男人，包括她的父亲。每次抽烟，玥玥都会皱着眉头，发大小姐脾气，大声嚷嚷：出去出去，熏死了。

抽烟的男人，几乎有一个通透的特点：黄牙黑齿，而且有一种很重的气味，像个快腐朽掉的物什。玥玥真弄不明白烟为何物，为什么那么多的男人都喜欢拥有它。

玥玥的母亲在家庭经济条件那么差的时候，每个月都不忘给下放在农村的父亲送去两条园球牌香烟，穷得揭不开锅的时候，也有两条大鸡公的香烟作为底线，让父亲解解“乏”。

当时玥玥真的不明白，烟真的就那么好？还能止“渴”解“乏”，我们的乏，不是睡上一觉便解了么？何必要花那个冤枉钱。

有时，玥玥就恨恨地想，如果她爸戒掉那个东西，她也不至于穿哥哥的旧衣服，让同学耻笑了一年又一年。

长大了，玥玥对烟依然不感冒，对抽烟的男人更是敬而远之。心想，将来要嫁就嫁个不抽烟的男人。

上班后，和玥玥对桌坐的同事，却是一个爱烟如命的男人。那个男人有着深如海底的眼睛和天空般博广的思维，不苟言笑，却是一个宁可不吃饭也要抽烟的男人。

刚上班的时候，只要他坐在办公室，玥玥多半是愿意做户外事情的。时间久了，就挨领导批评了，毕竟是机关单位，她的工作主要是起草诸多的文件和文档归类。

那段时间玥玥不知是怎样度过来的，居然在这种恶劣的环境中，也修成了正果，文字的返回率出奇的低，到了下半年，闲着无事的时候还看看晚报的八卦。

有一天，玥玥的眼睛发直了，目标是坐在对面的那位男同事。他有修长的手指，不管是黑管的雪茄，还是英国的555，只要在他的两指之间轻轻地滚动，那绝对是一幅艺术画。当烟雾缭绕在他周身的时候，他是静的，烟在手指中间弥漫着轻轻的雾，一半是白色的，一半是灰的，灰色是白色的载体，不离不弃，他是藏在烟雾中的神秘男人。

玥玥知道自己已经深深地中了毒，弥漫的烟雾仿佛是自己的生存空气，少了或者稀了，玥玥都有失重的反应。从那一刻起，玥玥渴望自己是他两片唇间的那支烟，虽然这种想法是一闪念的，可是玥玥的脸像泼了血似的红到了耳根……

他的文章常年见报，而且是那种跳跃式的杂文，锋芒、锐利、峰回路转，意义深刻，玥玥佩服得五体投地。

在机关楼里，是美女的世界。在女人堆里共事的他，仿佛世界上只有烟的存在，对于身边的桃红、眉艳熟视无睹，烟是他的最爱。然后，文章是他的多胞胎……

爱屋及乌，玥玥就这样喜欢上了烟、烟雾以及烟的主人，然后，玥玥的文字的返回率又居高不下，领导的脸色也让她难为情，她知道有心思的女孩，没法摆掉自己的幻想。

那个夜晚，一个人坐在自己的小屋里，玥玥的唇间点燃了人生中的第一支烟，尽管是女人抽的莫尔牌香烟，力度弱小，但她的眼泪还是被无情地呛了出来，喉咙如火烧一般难受。她用手驱散着泛滥的烟雾，那一刻她却有一股莫名其妙的快感，烟给了她生命长河中最重要的印记，玥玥走进了理性的思维，那是她的文章从前没有的东西。

以前，玥玥看过一本书，说是爱喝咖啡的女人是因为寂寞，品咖啡的女人是因为爱情，当时她不懂。

现在她懂了，抽烟和喝咖啡只是两种不同的形式，却都是一剂镇定药，在飘飞中，在搅拌中止住了爱情所带来的伤痛和迷惘的蔓延。

那个爱抽烟的男人是一个受伤很重的男人，听说妻子是个绝美的人

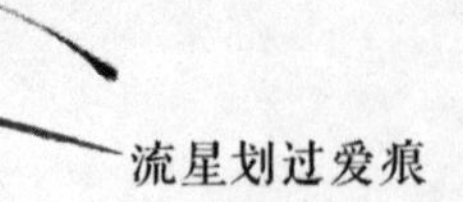

儿，不知何故，有一天不辞而别。从此，他就迷恋上了烟。

玥玥不懂他的内心，却痴迷地欣赏他的沉静美，也是他的痛苦美。他的文字怪不得像把利斧，所向披靡向前砍去……

最终，他只是玥玥生命中的过客。他依旧沉静在他的世界里，烟带给他的一切在玥玥看来是一幅很美的画。是画就要爱惜，这是女人的天性，玥玥没能逃脱这种本能。但她不是太解风情的女孩，她拯救不了他。话又说转来，他也从来都没有凝视过玥玥一眼。

坐在他对面的办公桌前，玥玥无数次地看到他用手心护住打火机，然后垂头点烟，火苗照亮了他宁静的容颜，无数次的点燃和熄灭，她嗅到了一个男人的成长和衰老。那种在她幼时看来的腐朽气，都被他的美文所装帧得完美无缺，玥玥时常无辜地落泪，为他以及他的文章……

现在她也时常陷入烟雾的世界，坐在一间没有开灯的小屋子里，让一明一暗的光空洞着自己的思想，落下的烟蒂，像个坟场。

她的人生、她的血液、她的青春、她的情感，混杂着渴望、梦想、冲动和疼痛，像烟雾一样，先是轻轻地飘，然后逃逸得无影无踪……

宏的软肋

宏是一个拿着屠刀可杀猪，穿着西服能上讲台的男人。

全行人都知道，宏是一个天不怕地不怕的人。但他害怕女人掉眼泪，更怕自己的女人掉眼泪。

只要自己的女人掉眼泪，他便一副不知所措、挠头搔耳的样子。如果此时女人要天上的月亮，估计他不会有丝毫的犹豫。他是一个将女人爱到极致的男人，他不允许自己的女人受半点的委屈和伤害！

以前有一次，单位的领导批评自己的女人，女人觉得受了委屈，回来就掉泪，宏围着女人嘘寒问暖，左询右问，最后得知女人因工作出了差错，领导恼着脸在会上批评了她。

宏全然不顾自己的颜面，当晚给这位领导打了好几个电话，请这位领导喝茶！随后几天天天如此，搞得这位领导像犯了大错似的，见了他就躲，怕极了他的“宏门茶。”

晚上九点，宏半躺在沙发上看电视，似睡非睡，似醒非醒。这时，只见女人从门外进来，悄无声息的，脸上带着少有的不快。

宏立马起身问女人吃了没有？女人摇了摇头，他偏着头注视着女人，讨好地问：“吃拌面吧！？”拌面是宏自创的作品，是他的拿手，它由 10 多种蔬菜和调料调配，加入过水的面条，是女人百吃不厌的佳肴。

女人说不饿，不想吃。宏立马套上围裙边说边走进了厨房：“哪能不吃呢？等会嗅到香气，又会像个嘴馋的孩子。”

不一会的工夫，一碗飘香四溢的面端到女人面前，宏坐在餐桌的对面笑眯眯地望着她。女人用筷子挑了挑，一个七成熟的蛋黄液便溢了出来，这是女人最爱的那一口。要是以往，女人早就俯下身子会吸上一口，然后舔着嘴巴望着宏笑。可今天，女人的眼泪像断了线的珍珠，扑簌簌地流到了碗里，宏一下子傻了眼。

宏跑了过去抱住了女人的头，连声问：怎么啦？女人号啕开了。

原来前几天，女人在上班时间去了一趟洗手间，忘了退出操作画面，单位的一个营业经理趁机将客户的存款转到一张别人废弃的卡上，今天客户查询发现有问题，从而追查到经办人是女人。今天开会是整顿的第一天，女人除了罚款还得脱产整改学习一周。

当晚，宏是拥着哽咽的女人入睡的。第二天上午，女人去了市分行运管部，宏去了女人的单位。

宏直接点着营业经理的名字去找的。这时，从后台走出一位懵懂的男人。宏迎了上去直接一拳就把对方打得口鼻喷血。众人先是一愣，等反应过来都上前阻拦。此时的宏力大无比，挣脱众人阻拦，又上前朝他胸口狠狠打了一拳。

“他妈的，欺负我的女人，你找死。”

营业经理的鼻梁被缝合了八针，宏也被派出所开出了拘留的处罚。女人接到通知后一下子急晕了过去。等她醒来时，只有闺蜜在身边，她抓着自己的头发号啕大哭，边哭边自责：真后悔告诉了他，没想到会惹出这么大的祸来。

此时，女人和闺蜜站在静悄悄的家中，一向备受呵护的女人没了主意、没有方寸。好在身边有个闺蜜提醒，女人在银行取了钱首先去了医院，然后又去了看守所。这一次女人是强忍着泪带着笑容来探视铁窗内的宏，她说别担心，外面的一切都已经安顿好了。

宏的眼睛却红了，因为这个被自己呵护已久的女人一夜间长大成熟，仿佛不再依靠自己大山般的胸怀。

他捏着酸楚的鼻子，注视着自己的女人点了点头。但他不喜欢现在女人的样子，像个疲于奔波的女子，有倦怠的神情。

他只希望他的女人永远是个快乐的孩子，明眸皓齿，巧笑嫣然……

含笑，逝去的彩虹

天空是那么的蓝，湛蓝湛蓝的，几缕云带掠过那轮低眉的秀月，几颗熠熠的小星星在闪闪地跳动。

风，带着几分温馨，几分留念，拂来一丝一丝的清香。“什么花这样香?”这般的幽雅，这般的羞涩，正一点一滴地注入我的血液，正一丝一缕地缀满我的心怀。

含笑，是含笑，你到哪儿去了……回答我的依旧是流动的夜。啊！我找到你了，那湛蓝湛蓝的天空是你的单纯，那熠熠的小星星是你的明朗，那温馨的风儿是你的轻盈。

含笑，是你吗?偏着头，那短短的小辫在脑弯上留下一个大问号，幽幽的大眼眯成弯月，是那般的淘气和可爱。

含笑，含笑，我从心底一声一声地呼唤着，你听得见吗?

我记得，在银校读书的时候，我高你一届，你曾对我说：“等你毕业了，我接任校园银苑的主编，跟你一样把它搞得轰轰烈烈。”我眯着眼睛望着你说：“好哇，那我就‘后继有人’啦。”

我记得，那是“五·四”青年节的前夕，我组织了“爱我中华，爱我校园，爱我青春”的征文活动。当我拿到你的手稿《沧海一粟》时，我深深地被你质朴的信仰和优雅的文笔吸引住。

一滴水是多么的渺小和孱弱，它的渺小似一支支如歌的行板，以母性的深情流淌着，使我们因耕种劳作而疲惫饥渴的心，得到滋润；它的孱弱似母性的温情濯洗着我们的困惑和不解，我们啜饮着那点点滴滴的孱弱和渺小，使我们娇嫩的肌肤有着泥土般的朴实和健康，我们赞美呀，一滴水！

我愿是一滴水，当我看着博大的长江和宽阔的大海时，我更感叹自己的渺小，但是我纵然是宇宙的一粒微尘，我也要以生命的光环照亮一粒星辰……

好一个含笑，想不到你那么纤秀、端庄，文章却是那么爽脆有力，那么豪纵任性，标出“一甩头不顾而去”的飘逸。

我记得，那天你和我走在乡间的路上，一阵阵袭人的花香扑鼻而来。你告诉我说：因为出生的时候，正是含笑花开的季节，家人随花取名韩笑，也许是他们希望我的生活中多些微笑吧。

哦，那正是含笑花开的季节。那个季节，含笑花开得很多很多。

我记得，毕业的那天，你坐在我的床沿低头不语，你说同舟共济，五千年修，没想到好不容易结识了你，这么快就又要分别。

我递给你毕业回忆录，对你说：“给我留下一片想你的空间，我会想你的。”

“你和我一见如故，结识在文学中，我愿是一朵含笑花，伴着你辉煌的事业和创作的艰辛。”

“如果你想我的时候，那静静的月光是我寻觅的眼睛，那高高的夜空是我博大的胸怀，那幽幽的清香是我的思念萦绕着你。”

你一气呵成，递给我就跑了，我知道你就要哭了。

带着那片温馨，也带着那片依恋之情，我回到了故乡，我期盼着和你意外相逢，想着某一天的奇遇，一起寻找诗意，一起去踏花期。梦，编织了一载又一载；信，写了一摞又一摞，然而遥遥的路程，隔断了所有的幻想。

一天，我同往常一样翻阅着报纸，刹那间我被一篇题为《大海含笑，滴水生辉》的文章吸引住了，我着重地看了小标题——记为保护国家财产而献身的储蓄员韩笑。含笑死了，我心里一颤，我不敢相信这是事实。

“……歹徒一手握着狼牙棒，一手夺过钱箱。韩笑追赶着向歹徒扑去。歹徒见只有韩笑一个人，就用狼牙棒狠狠地朝韩笑头上砸去，一下，二下，三下，韩笑的头部顿时血流成河，眼睛被血糊住了，但她的信念只有一个，不能让歹徒逃走，她厉声地喊道：‘快把钱箱给我’，她一把拉住钱箱。穷凶极恶的歹徒没想到这个纤弱的女孩如此固执，便扔下狼牙棒，双手托起钱箱恶狠狠地朝韩笑头上摔去……”

含笑，你为什么就这样匆匆地离去了呢?!

静静地立在窗前，我想起了你的“纵然是宇宙中的一粒微尘，我也要以生命的光环照亮一粒星辰”。是的，你早已把自己的生命幻化成彩虹，给人以美，以留念，以冲力，而我的震撼不止是一种哀悼和痛惜……

含笑，你没有死，你只是做了天边那道绚丽的彩虹，让我仰望，让我永远凝视。

我的父亲和母亲

一　父母的爱情

我的父母，他们的相识到相爱，源于一场洪水。

那时，他们都是二十岁左右的年轻人。父亲在古城从事金融工作，母亲在百纺从事财会工作。

一天的深夜，古城突然拉响了警报，各单位紧急集合抢险救灾。父母赶到受灾现场时，老城的古城墙已被洪水冲出了一道口，洪水呈扇形状，飞流直下，将决堤的下游又形成了一道漩涡。一线指挥一声令下，各单位的男女立即跳入水中，手挽着手形成一道防洪的人墙，以缓解洪水对城墙的直接冲击力。

刚开始，洪水只有齐腰深，随着泥沙的塌陷，水越来越深，正在这个时候，一个女孩站立不稳，脚下一滑，被洪水冲散。顿时，人墙在一瞬间乱了方阵，会游泳的不会游泳的，都胡乱地在水中乱抓乱打。

我的父亲从小在河边长大。此时，英雄本色尽显，他托起身边不会游泳的男男女女往岸上送。

那时，掉在水中的母亲离我的父亲较远。她的求救，被喧嚣声覆盖，最后被洪水越冲越远……

我的母亲醒来时，是在医院里。同事说，她被洪水冲到浅水区的沙丘上，一直不省人事。

那一次，我的父亲母亲胸前佩戴着大红花站在同一奖台上受到表彰。那时我的母亲对父亲有了好感，并以女性特有的细腻心思，打听到我的父亲所在的单位，以每月 2 元钱的零存整取的存款方式接近我的父亲，收获了自己的爱情。

结婚后，我的父亲问母亲："你家里的条件那么优越，嫁给我不委屈吗？"那时，我的父亲只有高小毕业，而我的母亲是省城女子学校毕业的高才生，高挑、漂亮，家庭富有。

母亲答说："掉在泥潭的时候，我就在想如果我有幸活过来，我一定要嫁给你，你不知道，你在水中救人的样子是那么的投入、那么忘我，我知道你是一个好人。虽然你救的人中没有我，但我一样敬重你的为人。"

婚后的第六年，古城再一次发大水。他们已是两个孩子的父母，父亲所在单位的凭证库遭到了洪水的洗刷。接到通知，父亲套上裤子，立即冲进了滂沱的大雨……直到下午三点，凭证库安然无恙，父亲才醒悟地拍拍后脑勺："哎哟，我的家……"

回到家，母亲和两个孩子浑身上下都湿透了，屋内到处置放的盆子、桶和瓶瓶罐罐，发出不同声响的滴水声……

父亲抱歉地对母亲说："对不起，我都忘了这个家。"

母亲朝他笑笑说："家里的事小，公家的事大，这个家有我就行了，账本都抢救出来了？"父亲感激地点了点头。

我的父母亲所谓的爱情，没有玫瑰传递，没有海誓山盟，他们是用心爱着对方，支持着对方。在平淡岁月里，用关爱、体贴、忠诚创造了平凡的奇迹！

二　母亲的奖品

母亲四十五了，年年被单位评为先进工作者，劳动模范。

快到年关，母亲说今天要参加年终的授奖大会，可能会晚回。

中午的饭很早就做好了，可父亲没有发话，大家都眼巴巴地望着热气腾腾的菜变凉，也没有人说不等或边吃边等之类的话。

母亲回来了，门要开得很大才能进来。因为，她的怀中抱了一个镶有镜框的奖状。大家都围着镜框上的字，一字一字念起来，显得很神圣。唯有大哥迎上前去，接过奖状后嗔怪道："都一把年纪了，还当什么破先进，在单位还没吃尽苦头吗?"

"妈妈真傻！还不如给爸爸和我们当个后勤部长!"妹妹也接着哥哥的话一起幸灾乐祸。

"吃饭!"平时不善言辞的父亲背着手大声地打断了他们的话。

父亲阴沉的脸让大家都有点扫兴，纷纷地围上桌子，不敢大声说话。

"给你妈添碗汤!"父亲指着小妹说。

母亲正准备阻拦，父亲用手做了个压的动作，对母亲说："月英，辛苦了！先喝碗汤。这是我为你熬的汤，这二十几年，你跟着我受苦了，尝尝我为你熬汤的手艺进步了吗?"

屋子里一下子安静下来了，母亲拿起了汤匙尝了一口："有点烫，但是很鲜。"

说完这话，母亲的眼眶有些潮湿，哽咽地说："大家一起喝吧!"

吃完饭，我去洗碗。

突然，我听到父母的房间传来了欢声笑语，我也奔了过去。

"百子图缎面，我要我要。"小妹的声音。

"这个给你姐，明年她就要出嫁了"。

我捧着被面，羞涩地低下了头。

"这个不锈钢保温杯呢?"小妹嘟着嘴，想必也不会给她。

"这个给你哥，他带着上班、出差都方便。"

"那我的呢?"

"有，有。"母亲打开木箱子，取出带绒毛的长方形的盒子。

小妹的眼睛开始发亮，打开一看，是英雄牌钢笔。她抱着笔盒，像旋风一般跑了出去。

母亲轻轻地摇了摇头。这孩子，刚才还嫌当劳模不好，这会看到奖品……

父亲还是不说话，只望着母亲笑。

"一鸣，还有一年就退休了，时间过得好快呀!"

"你好好干，我全力支持你，跟着我受罪这些年，现在终于能做自己想做的事了。”

母亲望着父亲默默地点了点头。

三　母亲和餐桌

在我的记忆里，母亲和餐桌似乎怎么也联系不到一块儿。

小时候，父母亲和爷爷、奶奶，再加上我们兄妹五个，一家九口人，全靠父母那合起来不足七十元的工资，那时候家里很穷，我们家甚至还没有一个吃饭用的餐桌，每次吃饭，都是母亲用一个废弃的空纸箱放在地上，然后在上面反罩一个簸箕，母亲把做好的菜放在簸箕的中间。母亲通常只做两碗菜：一碗青菜，一碗酸萝卜丝。

吃饭的时候，我们兄妹几个总是抢着盛满一碗饭后，都挤着围坐在“桌子”周围，尽量地多夹一些菜，因为吃完一碗饭后，菜早就没有了。而这时母亲是没有办法和我们一起吃了，她总是夹一点菜在厨房站着匆匆忙忙地吃，没有菜的时候，母亲经常倒开水泡着饭吃……

我们家有了第一张餐桌的那年，哥哥参了军，大姐进了一家棉纺厂工作。那时我们的生活已经有了好转，但母亲却仍然不习惯坐在餐桌旁吃饭。每次吃饭，母亲总是站在一旁慈祥地看我们吃，待我们吃完了，她才肯吃饭。母亲自己盛满一碗饭后，把桌子上我们吃剩下的汤、菜都倒进碗里，拌着一块吃，然后麻利地洗碗筷。

小妹出嫁的那一年，我父亲已经分了一套很像样的房，有很宽的餐厅，有配套的餐桌、餐椅。这时候母亲不再最后吃，而是由儿女帮她盛好饭、夹好菜后，远远地坐在一边缓慢地吃，边吃边看她的孙子、外孙吃，有时会走过去，捡起他们掉在桌上、地上的饭菜，丢进自己的碗里。

如今，当我们习惯地坐在餐桌旁，责怪儿女吃饭挑剔时，再看一旁的母亲已是白发苍苍了……

四　老爸入党

老爸入党了！这消息是父亲的老同事、隔壁的济叔叔告诉我们的。济叔叔说，今天早晨他们单位召开了职工大会，父亲在台上庄严宣誓，还作为代表发了言。我问济叔叔父亲说了些什么，济叔叔说："你父亲只说了一句话就哭了。"站在一旁的母亲就问："什么话？"济叔叔说："他说感谢党。"母亲一听，眼睛便红了。

很早就听母亲讲，父亲小时候家里很穷，他吃了很多苦。中华人民共和国成立后，父亲参加工作后的第一件事就是想加入中国共产党。母亲告诉我，父亲向组织递交第一份入党申请书的那年才十八岁，而且从那以后，父亲每年都写……

现在，父亲终于是一名中国共产党党员了，而且父亲一入党就成了一名名副其实的老党员，因为他已经四十八岁了。父亲回来的时候，天已经黑了，母亲做好的饭菜早已凉了，可父亲却没有吃饭的意思，他独自走进房间，默默地坐在书桌旁似乎在思考着什么，又好像在回忆什么，一会儿便老泪纵横。我轻轻地走到父亲旁，搂着父亲的脖子，撒娇地说："好了，老爸！别这么老土，吃饭了！"

父亲听了我的话，深深地叹了口气，摸着我的头说："唉！我们这代人，你们永远都不懂！"

五　母亲这辈子

母亲年轻的时候很漂亮。这点，母亲的那些旧照片可以作证。年轻时的母亲很爱美，因为每张照片，不管是合影还是单照，母亲都穿着不同式样的旗袍，母亲那样的个子和身材，穿上旗袍，就算没有现在的高跟鞋搭配，站在那里也会显得亭亭玉立。

母亲有姐弟三个，母亲是老二，那时我外公的生意做得还不错，所以家境也较宽裕，母亲在这种优越的环境里，一直过着无忧无虑的生活，甚至在那个重男轻女的年代，母亲还在女子学校念完了中学。那个时候的母亲，心地十分善良，但也有些娇气。

改变母亲命运的，是母亲嫁给了我父亲。那时，父亲是一个十分上进的青年，而且长相清秀。母亲和父亲的好日子没过上两年，刚生下我哥，我外公的生意就开始走下坡路。

那些年，母亲尝够了饥饿的滋味，甚至过了很多年，母亲想起来还觉得后怕。那时，已有了五个子女的母亲，常把新的糯米煮好晒干后存起来，让我们吃陈的米，到第二年再吃上一年放陈旧了的米，再煮新米备到下一年吃……母亲说，她害怕再有饿肚子的日子。

母亲四十多岁的时候，头发竟然全白了。

母亲是典型的贤妻良母，她一方面大力支持父亲的工作、照顾着父亲的身体，一方面又尽心地照料我们，母亲总是内疚地说："那些年落魄，让自己的孩子受了不少苦。"母亲说这话的时候就落泪。

如今，母亲已经七十五岁了，她变得不爱出门，也很少讲话，母亲最高兴的时候，是听儿女们跟她谈生活的琐事和过往的事情，母亲是很好的听者，她从不打断儿女们的琐碎之谈，只是每次听完，都会劝我们说，如"家和万事兴""退一步海阔天空""珍惜现在的生活"等之类的话。母亲有时也会看看新闻，对政治不感兴趣的母亲，延续了父亲的爱好，这也许是母亲对已去世多年的父亲的一种深深的怀念吧！

母亲就是这样平平淡淡地过着。母亲这辈子，没有做过什么惊天动地的事情，但是母亲的纯朴、坚强，母亲对生活的热爱和典型中国母亲的情怀，都令我无法忘怀。

每年的母亲节，无论我有多么忙，我都会飞到母亲的身边，聆听母亲的教诲，而今年因为要照顾生病住院的姐姐，我不能陪伴母亲，心中多有不安。借此文向远方白发苍苍的母亲说一声：妈妈，我爱您！

六　父亲的泪

父亲不相信眼泪。

父亲不轻易流泪。

从小到大，我只看见他流过三回眼泪。

我第一回看见父亲流泪，是 1987 年，父亲 45 岁，那一年，他的"右"派问题被平反，我们全家都非常高兴，毕竟这是我们盼望已久的。父亲却忽地转过身，几乎是冲进房间，把自己关在里面。很久，等我们开门进去的时候，才发现父亲坐在那里，拿着他自己的照片（24 岁），一动

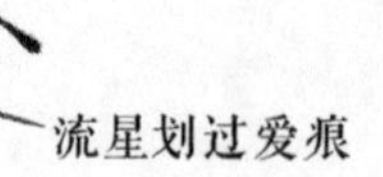

不动，悄然地流着眼泪，那泪水无声地滴落在已经发黄的照片上……

第二回看见父亲流泪，是父亲48岁那年，他光荣地加入了他追求数十年的中国共产党。那一天，父亲穿上自己最喜欢的一套将军黄呢子中山服，把已经变得稀疏、花白的头发，梳得整整齐齐。当父亲庄严地举起右臂的那一刹那，父亲的嘴唇剧烈地颤抖着，两行热泪夺眶而出……那一次，父亲的泪是笑中带泪。

我最后看见父亲的时候，父亲已经躺在冰冷的水晶棺里，父亲的遗容那么平静，甚至他的嘴角还带着一丝微笑。父亲平日的点点滴滴在我的眼前浮现：父亲平日对我们的关爱；父亲在灯下辛勤笔耕；父亲和我促膝谈心……我心中有一种深深的酸痛，我喃喃地诉说着，泪不能止。第二天早上，我忽然发现父亲的眼角有一行泪，那泪在父亲冰冷的脸上荧荧地放着亮光，似乎一不经意就会滑落下来。父亲的泪在那一瞬间如同烧红的铁烙在了我的心里。

清理遗物时，我打开父亲视为珍宝的旧木箱，映入眼帘的是满满一箱登有父亲文章的各类报刊、数以千计的学习笔记和整理、归纳、剪贴的各类好文章。我捧着珍贵的遗产，泪如涌泉，我知道从没上过学只做过两年“陪读郎”的父亲，为此付出了多少艰辛和努力！

七　别离

父亲因脑溢血住进了医院，经过六个小时专家的会诊之后，面对我们焦急的眼光和询问，医生还是无力地摇了摇头说：叫亲人来见最后一面吧。

母亲来到医院的时候，看着奄奄一息地躺在病床上的父亲，一下子呆住了，问正在抽泣的我们：“你爸爸在干什么？怎么会躺在那？”妹妹搀扶着母亲哽咽地对她说：“爸爸起不来了，您跟他告个别吧。”母亲脸色刹那间苍白得有些怕人，喉咙里发出可怕的声音：“这鬼老头子怎么能够这样，说走就走，丢下我一个人，他说好以后让我享福的。”说完挣脱妹妹搀扶的手臂朝病床扑去，还没到床边，她就晕了过去。

第二天凌晨，父亲突地停止了呼吸，我们担心母亲承受不了打击，坚决不让她为父亲送行。把母亲送到舅妈家，让舅妈照顾陪伴母亲。

办完丧事，舅妈打来电话说：“你们的母亲这三天一直在笑，沉浸在往事的回忆中，有时会在黑夜里独坐到天明。”

我们赶到乡下的时候，母亲的眼光一直是呆滞的，根本无视我们的存在。喃喃自语：“老头子答应过的……”

那一夜，我们兄妹围坐在她身边，透过月色看到母亲又露出了孩子般的微笑，听她喃喃自语：“老头子在厨房里为我烧菜，他说退休后就天天做饭给我吃……”我们都屏住呼吸，生怕扰了母亲的梦。

母亲痴呆了，医生确诊。她每天望着天花板不断地重复那几句话。

我们知道父亲的离去一下子吞噬了母亲的灵魂。

父亲年轻时被错划“右”派，二十余年。母亲为家付出了全部的爱。后来父亲担任人民银行副行长，把时间和精力都交付给了工作。

退休后父亲自告奋勇当全职丈夫，陪伴母亲四年后，突发脑溢血病逝。

母亲一夜之间变得痴呆。

我们的父亲母亲，一生恩爱，养育了五个子女。

八　想念父亲

昨夜，我梦见父亲了。

他还是那么关切地望着我，什么都不说。醒来，我泪雨滂沱。

一直以来，我总想梦见父亲，父亲却从没在我的梦中现身。我想起了母亲在世时说过的话：越是亲近的人，越是梦不见他。

可这次的梦时间很长，而我处在似梦非梦的状态，总担心自己醒来，父亲会走开。

父亲站在窗台旁的书柜前，清理我的书，时不时回过头来，放低老花镜望着我笑。我想跟他说话，他笑着摇了摇头，又转过身去侍弄着书架上的书，一排排地摆放整齐。我的潜意识想告诉他，那是我写的书，但我没有说出来。他的背影像雕塑，持续了好长时间，直到东方吐白，一束阳光从窗帘缝里透了过来。瞬间，父亲不见了。

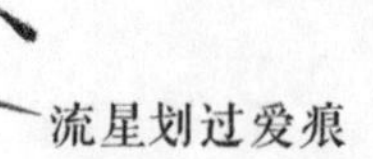

醒来时，我看了手机上的时间是五点多钟，日期是4月4日。清明节的前一天，父亲似乎知道我们已经约好了清明节要去看他。

父亲性情温和，对我们兄妹十分疼爱。小时候的夏天，家家户户都把竹床搬到河堤边去睡，父亲总是轮流给我们兄妹几个洗澡。洗完后，满身涂上冰片粉，还笑着说，这个冬瓜上粉了，免得洗重复了。然后大的牵着小的去河堤乘凉。最小的洗完后交给母亲，带上蒲扇和盖件送母亲过去。最后洗澡，最后睡觉的永远是父亲。

父亲极少打骂我们。在我的记忆中，他只打过我们两次。记得第一次是两个小妹出去玩，说好了十点前回来，结果两个小妹到了零点终于给找回来了。那时，我们家住得偏，那一带正在通缉一个强奸犯，父母担心孩子出事。

这次两个小妹挨打，是父母双打，各打一个不听话的妹妹。结果是大妹像个宁死不屈的刘胡兰，生死不叫饶，让父亲越打越动气。

小妹就机智多了，母亲的手刚举起来，小妹的叫冤声就止住了母亲举高的手。父亲过后说会叫冤的孩子少挨多少打。所以，父母亲常夸小妹聪明，会转弯。

第二次挨打是姐姐，姐姐在谈恋爱时，父母不看好这个女婿，叫她不要和他来往。姐姐答应了，但暗地里还是偷偷地和他来往。结果是父母不看好的婚姻，最后以悲剧结束。

我是父亲最牵挂、最宠爱的女儿。很小的时候，因父亲被划为“右”派，我就被送到乡下寄养，是喝米汤长大的孩子。

八岁回城的那年。两个小妹妹跟在我的屁股后面唱短句：乡的伢，吃粑粑，吃了粑粑，屙蛇娃……

那时候，我又矮又胖。我追着她们打，她们开始跑。我追不上，她们又停下来唱。那时，我心情很烦，特讨厌她们天天对着我唱，以致在以后的日子见到她们就开打……

见我打妹妹，母亲就打我。我打她们一次，母亲就打我一次。

这时，父亲从口袋里掏出一粒糖出来，放在我的手中，摸着我的头说：“最喜欢我家的静静，静静是个乖孩子，不打架。”

每次听着这样的话，我真的变得很安静。许多时候把手中的糖捏化了都舍不得吃，觉得这个世界上只有父亲对我最好。

长大了，我书读得很好。父亲总是偷偷地给我钱去买小人书看。我觉得有个父亲真好！

17岁那年，我高中毕业，喜欢写写画画的我坚持要去报社上班。父亲又摸着我的头说："女孩子得有个职业养活自己，写写画画最好是业余爱好，能坚持多久，就坚持多久，不写也不影响生活。"

最终，我进了银行。业余时间爱好写作，且随手写随手丢，是一个标准粗线条的女孩。父亲总是很细心地捡起来，仔细地帮忙修改，然后撰写好，寄给电视台、报社。以至我不到二十岁，就在中国金融报上发表多篇作品，被单位领导和同事称为"才女"。当然，这些成绩的取得都源于我有一个好父亲。

后来，我结婚了，变得爱打麻将，一度不再提笔。1999年，刚过完春节，我的父亲一直患牙痛。我要他去看看，他总说不要紧，粗心的我竟然也觉得无大碍。有天中午，父亲的一位同事慌慌张张跑到我单位说："你父亲可能中风了。"

当时，我不知道中风是什么病？我赶到那时，父亲靠在椅子上手上还拿着报纸。我跑过去抱着父亲，让他靠在我的怀中，一路上丝毫不敢懈怠送他去了医院。

到了医院，医生让我把父亲放在病床上，我一直不肯。在我的潜意识中，这是别人常灌输的医学常识，我不能放下他。医生说，你不放开他，我怎么给他看病呢？

在放下的一瞬间，父亲一口鲜血直喷我的身上，我万分的崩溃。那天夜里，挚爱的父亲永远地离开了我们。

父亲啊，不知不觉，你已经离开我们十九年了，你知不知道，这么多年来女儿是多么地想念你。

有一次，走到大街上看到一位和父亲年龄相仿、容貌相近的老人，我绕过去跟他唠磕了好久；还有一次看见一件黄军装，我就想起这是父亲生前最喜欢的样式，如果父亲还活着，我每年都会买一件，让父亲开心。

每次回家看望母亲，她喃喃地说：你爸去哪了？怎么没过几年就老了的时候，我的泪就在不经意中滑落。

如今，我出了三本书，还有一本书荣获了金融文学大奖。我想，如果父亲还活着该是多高兴啊！

真怀念父亲大手摸着我头的感觉，温暖、宠爱、珍贵。只要一闭上眼睛，依然感到自己是父亲怀中永远长不大的孩子！

可我已经到了知天命的年龄了，对父亲的思念却依然是这般浓烈……

姐姐，你是我心中永远的痛

一

姐姐，你离开已经一百天了，说实话，我总是不愿想起你，可是思念像根针，无孔不入，刺着我的心有着难以抑制的痛。

有时无意听见别人喊姐姐或者近似姐姐的读音，我都会忍不住四处张望，我想会不会突然地出现你的身影？

夜深人静的时候，我常常双手捧着姐姐的照片，心中荡漾着无比幸福和甜蜜的情感。姐姐，你的笑是那样美是那样甜，是那样的文雅，是那样的娴静，在我的心里，从来都不曾离开过你。

我就这样望着你，呆呆地、痴痴地、一动不动地注视着你。姐姐，姐姐，我在内心轻轻地呼喊着你，我的手在轻轻抚摸着你的脸、你的鼻子、你的嘴唇，你的一切，仿佛还残留着一丝丝的温暖。

姐姐，姐姐，你听到了我的呼唤吗？不知道为什么，泪总在不经意的呼喊中、在不自觉的凝视中已挂满了我的双眼，姐姐，姐姐，为什么我的心这般的疼痛，姐姐，姐姐，为什么我对你的思念，是如此的强烈和震撼呢？

二

我想起了童年的时候，你作为家中的大姐，虽然是家里的掌上明珠，同时也是妈妈不可缺少的小帮手，为了减轻家里的负担，小小的你每天放学要做许多事情：烧火、做饭、洗衣服。

每天吃完晚饭，等待你的还有200个包装食品纸袋，涂上糨糊折叠好。做完这一切的时候，已是深夜……有时我睡到深夜，才蒙眬地发现你走进房间，走到床边轻声地叫醒我们，然后塞一颗糖在我们口中，让我们在睡梦中带着一份甜。

高中毕业后，姐姐在纺织厂参加工作，做了一名光荣的挡车工。成了家中兄妹第一个拿工资的人。你说你太高兴了，你说要赚很多的钱，都交给爸爸妈妈，让家中的日子一天一天地好起来。

你这样说了，也这样做了。在以后的日子里，你除了上三班倒，倒得很辛苦之外，很多时候我看见你坐在家门口背着纱线，在练打结头。

我们都很惊异，你居然越打越快，越打越多。我们不明白，好端端的棉纱线，你扯断又打那么多接头干什么？

你笑着对我们说："这是基本功。我们每一位挡车女工，要负责四台操作的织布机，有了这个基本功，我可以创下万米布无疵点。"

我们似懂非懂地点点头。你笑着把秒表递给我说："你帮我掐秒表，看我一分钟能打多少个结头，现在我的师傅一分钟能打四十五个，我一定会赶上她的。"

听着姐姐的话，我们一下来劲了，都抢着帮你掐秒表，有时一天没进步，我们都会跟你着急。

后来，姐姐一分钟四十个，一分钟五十个，一分钟五十五个，五十六……

每天按部就班的生活，我们却过得特别开心，数接头、掐秒表成了我们生活中很重要的一部分。

三

直到有一天，放学回家的我们看到了让我终生难忘的一幕。那天，家门口围着很多看热闹的人。

这些人中，有家人、有乡亲、有街坊，更多的是举着彩旗，围着彩带的陌生人，他们敲打锣鼓，放着鞭炮把这个小街挤得水泄不通，这在我们居住的街道还是第一次有这样热闹的场景。

我好不容易挤了进去，这才发现家门口挂着一条红色的横幅："热烈欢迎温婉参加中南五省比赛凯旋。"姐姐的脸庞羞红得像胸前戴着的大红花，是那样的耀眼和美丽。

姐姐的领导正与爸爸亲切地握手，并奖励了一个大红包，赞扬他们培养了一个优秀的女儿。为此，爸爸妈妈都很激动，在拍下这一刻的时候，爸爸妈妈的脸上分明有泪，他们绽放的却是笑脸。

那一天，我们家像过年一般，买了肉鱼，来庆祝这个平凡而难忘的日子，因为奖励给姐姐的红包里面足足装了 100 元，要知道那时姐姐的工资只有 36. 5 元哪！

从此，家中的饭桌上有了一个小小的变化，无论家里多拮据，爸爸妈妈总要做一个猪血汤和豆渣饼的菜，他们说姐姐在纺织厂做事，每天肺上要吸大量的棉纤维，吃这样的菜，可以清清肺。

四

姐姐的工作变得更加忙碌了，因为当选了纺织厂车间团支部书记。除了正常的工作之外，很多时间还要加班加点做车间团委的工作。

妈妈看在眼里，疼在心里，经常用小瓦罐煨鸡汤给姐姐开小灶。每次放学回家，我们总在离家很远的地方，都能闻到鸡汤的香味，回家的步伐也会变得愉快和轻松。

姐姐总是拒绝开小灶，对妈妈说和大家一起吃开心些。妈妈说，家里人多，一起吃那里够呢？执意要姐姐先盛一碗，然后剩下的用大碗盛出来，让大家一起分享。姐姐拗不过妈妈的好意，就盛一小碗，吃一点就说吃好了。

当大家围在一起喝着香喷喷的鸡汤的时候，姐姐总是幸福地看着我们，我们也深情地望着她：觉得家中有个姐姐真好，像上天派来的天使。家中因姐姐的存在，而变得春光明媚、温暖如春。

姐姐20岁了，出落得更加清丽可人，漂亮非凡。说媒的、托媒的，还有冒失的小青年斗胆向姐姐表白的，都被姐姐摇头拒绝了。姐姐说自己还小，还不想过早的考虑个人问题。

那个时候，团的活动很多，加上工作的忙碌，姐姐也顾不上考虑个人问题。

五

缘分就是这样奇妙，不来的时候，悄无声息，来到时就像暴风骤雨。

有一天周末，我们正在家门口看香港电视连续剧《上海滩》，姐姐也在看，只是今天的姐姐特别反常，看完了电视剧已经很晚了，但是姐姐仍坐在黑夜中发呆，没有一丝睡意。

因为我同姐姐的年龄相距得较近，所以姐姐平时有什么秘密总爱告诉我。那天晚上，我已经睡了一觉醒来，见姐姐仍然坐在家里的客厅里一动也没动……那一夜，姐姐拉着我的手说了许多话，那一夜，我知道姐姐恋爱了，姐姐心中的白马王子就是生活中外表酷似“许文强”的陌生男孩，而他的名字也和许文强有着惊人的类似，他叫许文。

我好奇地问：“那个男孩，你又不认识，你怎么会喜欢上他呢?”姐姐说：一个星期前，组织团活动的时候，正好有事找团干事大马商量事。那天，大马赶过来时，是一个貌似“许文强”的年轻男孩，骑着自行车带他过来的。

那天，那个男孩穿着白色的回力鞋，衣着笔直的西裤，他有一双明亮的眼睛，一头乌黑的头发在阳光的照耀下，泛着波光。在那一瞬间，姐姐就喜欢上了他。

当时不懂世事的我，真是觉得不可思议，不可理解，又是那样神秘和向往——原来爱情是可以这样的。

姐姐这一眼注定了自己的缘分，在此后的日子里，充满了甜蜜和幸福的姐姐，工作生活更加出类拔萃，同时当上了优秀团干，获得了劳动奖章。

幸福到了极致，紧接下来就是暴风骤雨，爸爸妈妈以另一种方式知道了姐姐的恋情。

六

有人告诉爸爸妈妈：这个男孩从小生活在一个单亲家庭，是个缺少教养、游手好闲的浪荡公子，喜欢冒险、无正当职业、责任心差……总之是一个没法托付一生的人。

爸爸妈妈第一次慌了手脚，一直以来，姐姐都是很乖巧听话的女儿，爸爸妈妈连一句重话都不曾说过，现在他们不能看自己最疼爱的女儿在婚姻上，错走一步。

爸爸妈妈用尽了办法，软的、强硬的、诱导的，甚至和姐姐的领导达成统一战线。

正在热恋中的姐姐哪里听得进去说他的半句坏话，也不愿意别人把这些不好的词汇都用在这个一见钟情的男孩身上。

那天，爸爸妈妈在极度担心的情况下和姐姐单独谈话，热恋中的姐姐对于爸爸妈妈苦口婆心的教诲一句都没有听进去，为了维护他，姐姐声嘶力竭地为他辩解、为他维护，甚至用倔强的方式，将房门拴死。

两年的对抗战，没完没了，爸爸妈妈的心都伤透了，最后他们无奈地让了步说：“你现在还年轻，被所谓的爱情冲晕了头脑，我们也不想逼你，你先冷静下来，不要和他见面，如果一年以后，还是那么坚持，我们没话可说，到时，你要嫁，就嫁吧！”

爸爸妈妈只是用了缓兵之计，想到在未来的日子里，说不定会出现新的转机。

这一缓就是一年半的拉锯战，爸爸妈妈绞尽脑汁的阻止两人来往，你们的相见也就显得分外地难得和珍贵。

七

有一次，姐姐下了夜班，又和许文偷偷地约会。这次接姐姐下夜班回家的爸爸在街上一直等了两个多小时。

等不到姐姐，爸爸只好沿着姐姐上班的路线去找她。

在一个较暗的地方，爸爸终于发现了他们两人，这下爸爸十分生气，拉着姐姐怒气冲冲地回到了家。

愤怒之急的爸爸一气之下，第一次挥动了宽厚的手掌，他恨自己的女儿这么不懂事，他恨自己的女儿怎么这样不理解做父母的心。爸爸妈妈都是过来人，怎么会把自己的女儿往火坑里推呢？

由于急火攻心，加上爱之切，这一掌打在姐姐的脸上，也就过于沉重。

姐姐的耳膜被打破了，鲜红的血顺着脸颊汩汩流出。姐姐的头轰轰作响，爸爸妈妈刹那间呆住了。

他们震撼了、后悔了，姐姐无助的眼神还在祈求着。这是爸爸妈妈经过无数次绞尽脑汁地阻止，最后换来的结果。除了让步、除了祝福，爸爸妈妈没有选择，而姐姐的爱情在柳暗花明中开花结果。

25岁那年，姐姐身穿大红嫁衣，载着爸爸妈妈给予的丰厚嫁妆，踏上了婚姻之旅。我作为妹妹，为姐姐艰难收获的爱情送去了关爱和祝福。

八

幸福的生活总是让人那么不经意，然而一个新家开始并不都是春光明媚，在某些细节中稍一比较，就彰显出生活的瑕疵来。

以前姐姐下夜班都是爸爸去接，妈妈在家里把食物做好，姐姐回来就有热的食物可以吃，热的水可以沐浴。

现在姐姐出嫁了，在新家，这一切都是从简的。一个守寡几十年的婆婆，加之姐姐的新婚丈夫许文，都还没适应有个上夜班的人，晚上要吃东西的习惯。

姐姐第一次知道了饿肚子的感觉。那一天下了夜班，到家时已是深夜，许文却不在家，心显得格外的落寞。

此时，姐姐肚子有点饿了，在家里东翻西找也没找到可以果腹的食品。

经历过无数次的饥肠叫肚的夜晚后，姐姐终于以另一种方式适应了夫君这边的生活，叫作“饱吃不如饿睡”，并丢掉了爸爸妈妈长期以来的细心照料，直到自己学会关照自己。

淡淡的生活，虽然苦不堪言，总还是有不经意地喜悦。不久以后，姐姐羞怯地告诉娘家：自己怀孕了。

看着姐姐憔悴的样子，爸爸妈妈又动了恻隐之心。姐姐的胃口很差，几乎吃什么吐什么，这种妊娠反应，让没有耐心的许文脾气很大，姐姐时常是刚刚吐完，又端起碗来，强压自己多吃一点。

看着姐姐一天一天消瘦下去，妈妈说：“回来住一段时间，调剂一下，等反应好一点再回去吧。”

姐姐这一住就是两个月，当初弱不禁风的姐姐又变得白白胖胖起来，而且脸上又出现了红润。

回到自己的家，一晃又是半年过去了。挺着大肚子的姐姐，虽然辛苦，但想到还有不到半月的时间就要生产了，姐姐又觉得自己很幸福，常常回到娘家让我们趴在自己的肚子上，听小宝贝的胎动，幸福溢于言表。

九

那天休息，姐姐到银行取了一千元钱，锁在家里唯一上了锁的抽屉里，以备急用，因为离预产期还有一个星期。

第二天姐姐上夜班回来，疲惫不堪的她，突然像被针扎了似的呆住了。因为家中那个唯一上了锁的抽屉，被人撬了一个黑黑的大洞。

姐姐像疯了似的拉开抽屉，胡乱地将抽屉的东西扔在地上，除了钱没了，其他东西都没有丢，姐姐明白了，一定是许文拿了钱去了赌场。

那一夜，姐姐丝毫没有睡意，坐在床上，直到东方吐白。姐姐苍白的脸，让婆婆吓了一跳，问道：“孩子，怎么了?”

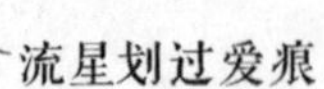

姐姐不说一句话，如同一尊雕像没有思想、没有灵魂，像死去了一般。

姐姐的婆婆看到姐姐这个样子，吓傻了，慌忙跑到娘家来搬救兵。

爸爸妈妈和我赶到姐姐婆家时，傻呆呆的姐姐看到我们，一下子号啕大哭，我们被眼前的情景吓坏了。

姐姐一时间说不出话来，最后在大家的安抚下才静了下来。急躁的妈妈一直在问怎么啦？是不是那个混蛋欺负你了？

姐姐也不说话，最后，才说“因为寂寞，所以想你们了。”

爸爸不相信，他知道自己的女儿一直是一个容忍心很强的孩子，没有委屈是不会这样悲伤的。

姐姐擦掉眼泪后，很认真地对爸爸妈妈说：“爸妈，以前我真的不懂事，现在才知道你们养育我是多么的不容易，现在我就要生孩子了，我真不知道该怎么办？”说完眼圈又红了。

爸爸妈妈这才松了一口气。少不懂事的我，看到这一幕有点生气说：“姐姐，你这样一闹，把全家人都吓坏了，拜托，以后想我们了，可以打电话叫我们来，不要搞得吓死人的！”

十

姐姐生了一个女孩，很漂亮，爸爸是个博学的人，他根据唐代诗人王毅的诗句“前程渐觉风光好，琪花片片粘瑶草”为外孙女取名琪，像美女一般的女孩。爸爸妈妈和全家人都高兴得不得了，琪不仅是我们家的第一个外孙女，也是许文家的第一个孙女。更让人疼爱的是，这个叫琪的小女孩来到人间一小会儿，便转动着眼睛环视这个世界，那娇态可掬的样子，谁看了都会喜欢。

可许文不喜欢，当琪来到这个世界的那一瞬间，他没有去看望痛苦了一天一夜的姐姐母女，而是坐在妇产科人行过道上，一直把头埋在两腿之间，用手胡乱地抓着头发。

姐姐在产房里听不到许文的声音，看不到许文的身影，顿时，凝视着怀中的女儿泪流满面……

孩子的出生，使姐姐又要面临更多的困难。家里本来就只有姐姐一人赚钱养家，现在又多了一个孩子，生活就更加拮据了。

正在这个困难时期，遇上百货公司承包租赁柜台，姐姐想到许文聪明，喜欢摆弄电器，于是和许文商议，准备租一方柜台。

许文一听让自己当老板，很乐意，也很兴奋，但一想到包电器专柜，需要十万元资金时，两个人一下子又像泄了气的皮球，相对无语。

姐姐翻出所有的积蓄，一共不到一万元，离预定的数目相差甚远。许文灵机一动，想出了两全其美的办法。

许文对姐姐说："动员两边的家人，如果有钱投资的，就算入股，如果有钱不想入股的，借给我们，我们到时付利息。"姐姐一想，这个办法可行。

心动不如行动，两人兵分两路，到各自的亲友团去做动员工作。

姐姐回到娘家，说出了自己的想法。爸爸妈妈本来就最心疼姐姐，见她开了口，爸爸妈妈拿出仅有的三万元钱，作了无偿投资。

他们觉得只要女儿能够幸福，女婿想做点事，是件好事，那是一定要支持的。

晚上回到家，姐姐拿出了三万元，许文也有收获，从他的姐姐家拿到了两万元，加上自家的一万元，共计六万元。

兴奋之余又有点着急，因为离十万元的定金还有四万元钱的缺口。

姐姐再一次回到娘家，向爸爸妈妈开了口。

十一

这一次真是为难了爸爸妈妈，爱女心切的爸爸，再次决定帮女帮到底，第一次为钱开了一次家庭会议。

会议是爸爸主持的，当大家知道是把钱借给许文做生意的时候，大家都不说话。

沉默意味着什么，许文当然心里明白，他表态说，他一定会努力的，决不辜负家人对自己的希望，请大家相信他。大家还是沉默不语。

也许是心疼姐姐的缘故，爸爸在这个尴尬的时候发了话，他说："你姐一家人过得挺不容易的，现在许文想做一点事，改善一下家庭，有道是一家富有百家活，姐姐现有的家境，或多或少地要拖累你们，不如从根本上帮一下她。这样看行不行？你们现在能帮她多少，就帮多少，剩下的部分，我再想办法解决，如果将来你姐姐、姐夫辜负了你们，他们的债务，由我负责还。”

听了爸爸一席话，在场的姊妹都有所动心。

想当初许文娶姐姐的钱，是我借给许文的。我想现在自己还没有结婚，也有点积蓄，如果现在帮了姐姐一家，将来，姐姐家过好了，自己也跟着沾光，回头我很慎重地将现有的两万元存款，交给了姐夫。

爸爸怕姐姐的流动资金不充足，还到信用社，用大哥借来同事的存单做抵押，贷了三万元。

这样一合计，整出了十一万，姐姐拿着沉甸甸的钱哭了，她说：“将来有钱了，一定带动大家一起致富，不辜负一家人对她的好。”

十二

电器店开业了，生意出奇的好。那时电器还属于半计划状态，所以，许文的电器店，时常有许多人拿钱来，预订家电。很长一段时间来，都是进一次家电，马上就购买一空。

许文忙的时候，是脚跟不落地，更多的时候是闲得生蚯蚯。姐姐总是一下班，就急急地赶到电器柜帮助打理。很长一段时间下来，姐姐的睡眠就有些严重不足，人也越发消瘦。

因为在生意场上，许文的应酬也渐渐地多了起来，饭局、酒局、卡拉OK，出差谈生意，有时一个星期都不落家。

姐姐因为又要上夜班，又要照顾孩子，还要兼顾许文的生意，人也日渐憔悴。

1990年，心疼姐姐的爸爸，又一次为姐姐的工作调动，费了不少心思。最后，在纺织厂工作了十年的姐姐终于调进了一家商业银行。27岁的姐姐很用心地开始学新的东西，姐姐说，新的环境让自己更加有压力和动力。

算盘、计息、加减乘除，还有电脑，姐姐学得很用心，不到两年的功夫，姐姐已经当上了所副主任了。爸爸总是骄傲地夸自己女儿：做一行，爱一行，做一行，精一行。

许文的生意也做得很有规模，由原来的三节柜台，扩大了五节柜台。姐姐和许文的生活已有了小起色。

就在一家人为他们高兴的时候，姐姐家又出事了，外面又有流言传到家里，说许文在外面有人，而且是一个非常年轻的小姐，当爸爸妈妈把姐姐叫回家询问的时候，姐姐不相信。有人说姐姐是蒙在鼓里，也有人说，是姐姐不敢面对而不去面对。

十三

以后的几个月，姐姐不得不相信，也不得不面对现实，许文不再回家，在外面包了宾馆，并和姐姐言明要离婚。

姐姐一听傻了，片刻，便晕了过去。

当姐姐醒来的时候，一家人都着急地围在病床前，见她醒了，才松了一口气。

接下来的日子，姐姐要面对自己当初的选择和承担一切灾难。

许文携了所有的款项和平时的商品周转钱一走了之。

那一刻，姐姐想到了死。一个星期睡在床上，紧闭双眼，不听任何人的劝说，不吃不喝，直到妈妈捶胸顿足，骂她不讲孝，让爸爸妈妈这样劳心费力。如今一心求死，这不是让父母背上白发人送黑发人的悲痛吗？

姐姐隐忍了七天的悲痛，一下子爆发了，号啕大哭，眼泪像决了堤似的从脸上哗哗而下。

姐姐的情绪基本稳定了，可后面的麻烦，却接二连三地来了，租赁公司因为许文拖欠的租赁费，而没收了所有的商品。

紧接着银行到期的贷款，因为没有展期，家里的催款通知，银行办事员一个星期都要来催收一次，搞得家无宁日。

姐姐面临的问题更多，一是亲戚朋友的债务，二是许文留下的赌债和货款欠条。姐姐的生活工作惶惶不可终日。

有时，姐姐上班时，同事就发出警报某某又来了，姐姐没法，只好躲在柜台下面，直到别人走了，才敢出来。

这样一来，姐姐的领导也有成见。同年，因为债务问题，领导和姐姐谈了话，免去了办事处副主任的职务。这一次的打击是巨大的，姐姐从表面上看没有什么，这一年头发却像打了霜似的，一缕一缕地白了。

亲朋好友看在眼里，却不再说什么，也不再提债务的事情，姐姐在以后的生活里不再爱笑，话也很少，生活在忧郁寡欢的半自我封闭状态里。

十四

由于是爸爸一手操办的筹资活动，原本和睦的一家人，因为经济问题，搞得有些气氛不对。父亲心里明白，因为自己的盲目偏爱，让几个子女及自己在经济上大伤元气。

为了不影响子女的家庭完整，为钱纷争，父亲省吃俭用，帮姐姐还款给家人子女。

看着爸爸妈妈活得这么辛苦，做子女的于心不忍，一年之后，家人说什么也不要爸爸妈妈的钱了。

姐姐也渐渐地走出了困境，一个人带着婆婆和女儿，过着艰难而拮据的生活。

平静的生活过了两年多。这一天，姐姐家又传来了惊天炸雷，许文耗掉了手中的钱后，那个女人，也像钱一样蒸发掉了。狼狈不堪的许文像一个丧家的流浪狗一样又回家了。

娘家人跟姐姐说，这次一定不能原谅他，没有人性的东西，他是不会给你幸福的。姐姐很坚定，很认真地点了点头。

许文每天龟缩在家门口，连姐姐的公婆都撵他走。善良的姐姐动了恻隐之心，一个星期的等待，姐姐还是忍不住让他进了屋。

这件事娘家知道后，都很生气，怪姐姐做事没有原则。姐姐说，看他可怜地睡在家门的墙角，自己怎么也不忍心。那几夜，自己也无法入睡。

真拿这样的人没办法。有道是“宁拆十座庙，不破一桩婚”。娘家人对此无话可说。

十五

许文一进家门，烦琐的事一并带进了门，先前爸爸把要得急的账都还了。但还有亲戚借账，随着他的回家，债主也随之进了家门。

许文对亲戚的要债，回答得很干脆：“要钱没有，要命一条，你要是再来要钱，还不如把我告上法庭，让我坐牢好了。”

亲戚们摇了摇头。对这样的人，只能老死不相往来了。

我先前借给姐姐的钱，加之大哥的抵押存单也没了着落，想想只要姐姐幸福，就当钱打了水漂，罢了。话又说回来，他不还，也没能力还，讨债也是伤害自己的一件事，不如不做。

有一天，我在上班，有一个陌生的女人找到我的单位来了。她说她是姐姐的朋友，询问了一些情况后，不容我说话，就拉着她往外跑。我一下子急了：“这是往那儿去呀？”

她说：“去了就知道了。她一口气把我拉到了医院的三楼妇产科。

她这才说：“你姐正在里面打胎。”

我的头一轰，木然地问：“许文呢？”

她说：“那个女的又找来了。”

“明知道姐姐怀孕了，再一次玩消失，你说许文是不是人？你姐死死不让我告诉你们家人，你说这么大的事，出了问题，我一个外人能怎么办？”姐的女友说话很快，也很气愤，我的血都涌到了脸上。

正在这时，姐姐从产房捂着肚子出来，看到我先是一愣，又生气地看了一眼女友。

此时，姐姐的脸惨白，嘴唇没有一丝血色。本来又气又急的我，埋怨的话到嘴边又忍回去了。

我轻声地对姐姐说：“安心养身子，等好了，去跟他离婚。”姐姐又一次坚定地点了点头。

为了不让爸爸妈妈知道，姐姐的月子是在朋友家度过的。那时，娘家人每天轮流去看望姐姐，要姐姐坚定离婚的信念。我们知道，姐姐是一个心地善良的女人，没有什么脾气，说两句好话，自己的原则又会动摇。

姐姐离婚的事提到议事日程，我们带着姐姐到办事处到法院咨询有关离婚事项，最后得到了一致的结果：如果协议离婚，双方都要到。如果单方坚决要离，可到法院起诉。

姐姐又一次妥协了，说："到哪去找他的人，到法院起诉不嫌丢人啦，还是等他回来再协议离婚吧。"

十六

许文再一次回到了这个家，这一次，他像个丧家的疯狗，完全没了人性。

当姐姐和他提出离婚的时候，他抖狠说道："这辈子你休想再找人，找谁我杀谁，你的家人也休想得到安宁，你别把我逼急了，否则我杀你全家。"

姐姐惊呆了，望着这个丧心病狂的男人，怎么也不敢相信，这个自己曾经深爱的男人，此时，却是这张嘴脸。

姐姐害怕了，不是怕他给予自己什么，而是害怕自己这个不听话的女儿，给爸爸妈妈和兄妹没有带来幸福的生活，还给援助了自己无数次的亲人，带来无尽的伤害。

姐姐的脸上像无数只蚂蚁在爬，心像火煎一般的难受，姐姐感到自己到了世界的末日。

从此，姐姐不再提离婚一事，哪怕是爸爸妈妈的指责，兄妹的痛斥，姐姐都是默默地承受。

姐姐只怪自己遇人不淑，不能因为自己的错误，而嫁祸别人。此时的姐姐心如死灰，却要独自面对一切不幸，不再有梦，不再有幸福可言。

性格决定人的命运。姐姐柔弱的性格，面对许文的强势，总在退一步的状态中，许文时常向姐姐伸手要钱，稍不能满足，一场家庭战争，即触即发，姐姐在这种状态下，已经患有严重的贫血症，过马路都要人搀扶着。

十七

2004年的一天，姐姐下班回家，在人行道上被摩托车撞倒，腿上、胳膊上有几处撞伤，脸上也有一处擦伤。

当时姐姐也没在意，觉得伤势不重，面对别人的连连道歉，也笑笑作答。

一个月后，姐姐身上的伤渐渐地结了疤，疤掉之后，露出一块块白花花的皮肤。先前，姐姐还觉得正常，半年之后，皮肤一块一块地变白，最后呈现在脸上，姐姐原本漂亮的脸上，现在简直可以用惨不忍睹来形容。

来医院诊断，最后确诊为白癜风，这是一个比较难治的顽疾，姐姐走上了艰难的治疗过程。

2006年姐姐所在的单位对员工的身体在医院例行检查。这一次，命运的噩耗，再一次向姐姐袭来，姐姐被查出患有肝肿瘤。一个星期之后，姐姐在同济医院做了肝肿瘤切除手术。

肿瘤切除后，又做了切片检查，为初期，家人这才松了一口气。医生说这个病是怄气的结果，以后要保持心情愉快。

术后一个月本应该是复查的时间，但姐姐因为住院费没有报出来，姐姐将复查的时间，拖了整整一个月，好就好在复查结果很好，没有长大，也没有病变。

一个星期后，同济打电话来通知姐姐要做化疗巩固一下病情。此时的姐姐却异常依赖许文，姐姐感觉身体状态还行，再加上许文对姐姐的病情呈消极态度，所以姐姐这么重的病，两年来一次也没做过化疗。

姐姐凭着自己身子的老底子，硬硬地又撑过了一年半。

2009年底，姐姐突然感觉人很疲惫，也没有食欲，到本地医院一查，情况不好，建议到武汉治疗。

姐姐由于多种原因，这一次又拖拉了近半个月，月底到了同济医院的时候，姐姐要求做化疗的意识已经是非常强烈了，经过多种抽样检查，姐姐的各项指标已远远没有达到，建议调养后，再根据身体状态，出台治疗办法。

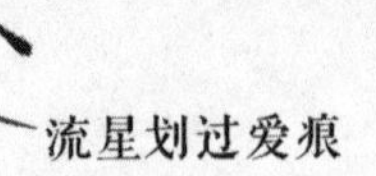

在医院住了两个多星期，单调的生活让许文失去了耐心。姐姐害怕许文坐立不安的神态，害怕他在住院部来回不停走动的样子。

因为身体方面和经济方面都存在问题，姐姐的软弱又让自己选择了退却，这一次的退却，让死神慢慢走近。

十八

回到家乡的姐姐，已经吃不下饭了，大小便不再通畅，肚子也开始腹水。

此时姐姐求生的欲望却越来越强，而许文的耐心却一天比一天差。有时睡在家里的姐姐一天看不到他的人。不说病人需要调养，此时的姐姐有时想吃点东西，都没有保障。

2011 年 3 月，姐姐已有十四天没有大便，加上肚子腹水严重，姐姐的身体已严重变形，在这样的情况下，许文依然没把姐姐送进医院，而是让姐姐躺在家里，自生自灭。

此时的姐姐求生不能，求死不成，生命依然倔强地挺立着。2011 年 4 月，敌不过死神胁迫的姐姐，再也忍受不了巨大的疼痛，向远在他乡的妹妹呼救，要求住进医院，解决肚子胀、不能大小便的问题。

在妹妹和许文的协商下，次日来到了地区医院。迫不及待地要求解决掉积在体内，长达十五天的积便问题。说出来也许许多人都不会相信，姐姐从体内取出的大便，竟像钢球一般的坚硬。

这一夜姐姐睡得很安神，姐姐说，能睡着真是一件幸福的事情，听着这样的话，我们不禁潸然泪下，就是这样一个善良的姐姐，上天却这样对她不公，要遭受这样的痛苦。

紧接着要解决肚子积水的问题，此时，姐姐却是那样的期盼这一刻能够早点到来。

我们在医院的办公室和医生谈了很久，医生摇了摇头说，太迟了，太迟了，抽出积在体内的水，也只能缓解肚子的肿胀，根治已是不可能的……

十九

第二天早晨，姐姐终于盼来了医生，十点钟一切准备工作就绪，抽水手术进行，然而结果并不理想、也不顺利。医生在术中不得不停止动作，因为姐姐体内的癌细胞已传到各个器官，在抽水的过程中，内脏的浮物，几次将过滤管堵塞。

四个小时过去了，手术终于结束，这次从姐姐的体内排出了近2000克的水。

因为是局麻，姐姐术后麻药还没全醒，没有巨痛感，她望着自己的肚子像个腌萝卜，开心地笑了。姐姐说：现在真好，这些天了，我的肚子都快撑破了。

医生对我说：姐姐的麻药醒了，会有巨痛感，那种痛，会让人感到连呼吸都会像刀剐。听到这席话，我们全身都是拔凉拔凉的。

我们立即找值夜班的医生，随时给姐姐打杜冷丁止痛。那时，止痛药已经对姐姐不限量了，医生说只要病人或者病人的家属有要求，随时都可以用此药，而且随叫随到。

这天夜里期待做一个好梦的姐姐，却没有迎来这一刻，一夜的疼痛，让姐姐呼吸都跟不上，经历了生与死的挣扎。

第二天，我们来到医院，问护士给姐姐打了杜冷丁没有？医生说许文不让。

我们又跑过去问许文为什么不让姐姐打止疼针，许文说没必要，怕姐姐太依赖杜冷丁，用早了会引起痉挛。

此时，我们真恨不得扇他两耳光，这个人不知道他有没有良心？是不是个人？我们都觉得姐姐当初看中了这个畜生，真是有眼无珠。

姐姐终于挺过了这一关。死神却一天一天向她逼近。四月底姐姐已不能进食，小便大便基本不能正常排除。

五月初，姐姐的生命迹象已是很微弱了，无奈只得回家准备后事。离开时，我们一行捏着脾气跟许文说，不要让姐姐走得太痛苦，如果她痛的时候，就让医生跟她打止痛针，许文点了点头。

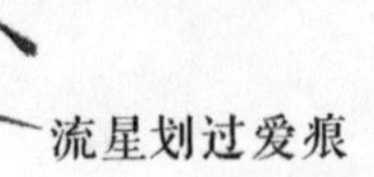

在与姐姐挥手告别的那一瞬间，姐姐的泪像断了线的珠子，不经意地滑落。

我们知道：我们已经没有再相见的那一天，永别的时刻就在不远处。

二十

半个月后，姐姐的噩耗传来，姐姐走了。正在上班的我忍不住趴在办公桌上哭了，还有十四天，就是姐姐四十八岁的生日，你为什么走得那么匆忙呢？

可怜的姐姐，到了最后的时刻，连一针止痛针都不曾用过。所以，我真的不可以原谅，这个名叫许文的人，甚至称得上痛恨。

虽在思想上有准备，但亲情相连，我们的悲痛是无法用语言来形容的。

次日，赶到姐姐家时，姐姐已躺在冰棺里了，脸上覆盖着一块障眼的白布，我想象得出姐姐是什么模样。

扶在姐姐的冰棺上，我们泪如雨倾。我最亲近的姐姐此时正静静地躺在那个冰冷黑暗的世界，孤单而寂寞。脸用白布覆盖着，隔着两个世界。

亲友哭泣着告诉我说："姐姐走得很痛苦，牙齿一直是咬着的，就不要去看了，看了你会更难受的，还是让她安静地走吧。"

我们都不敢想象，这个曾经美貌如花的姐姐此时是个什么样子，难道不是我们心目中那个善良而慈爱的姐姐吗？

我和妹妹执拗地拉开了隔在我们中间的那个玻璃，还有覆盖在姐姐脸上的那片白布，我们和姐姐不到一尺的距离，我们却感受不到她的心跳，难道她真的舍得丢下我们孤单地走吗？我们不相信，也不愿相信。

姐姐的脸色蜡黄，紧咬下唇，牙齿上布满了干涸的血块，样子很扭曲、很痛苦。在那一瞬间，我们强烈地知道什么叫作咬紧牙关。

我和妹妹忍着悲痛，拿出了化妆盒、棉签、纱布、粉饼、口红、胭脂，为姐姐一点一点地打扮上妆，我要让善良的姐姐，带着美丽走进天堂！

我们一直是含着泪水，做着这一切。有人说千万不要把泪水掉在姐姐的身上，要不下辈子还会是个苦命的女子。我们把泪水吞进了肚里，默默地为姐姐祈福！为姐姐祈祷！姐姐在我们精心的妆扮中，渐渐显出了皎洁的面容。

二十一

送姐姐来到了殡仪馆，永别的那一刻一点一点地逼近，我们的心痛得快要窒息，我们想牢牢地抓住姐姐，永不放手，但姐姐与我们已是生死相隔，我们没有办法挽救。

当一缕青烟飞向天空的时候，我们知道心中的姐姐永远地离去了，也许你已找到了自己的天堂，所以轻飘如烟，所以淡定如云。

我们久久地目送，在那一瞬间，发现自己的眼泪已经没有了，而且变得坚定和坚强，我轻轻地对着上天说道："姐姐，你走好！"

云台无雨，为人一生留好名；桃花有泪，英年早逝魂归云。这辈子我们的姐姐只想着别人，总忘了自己。你的宽容和善良，为什么对任何人没有一点界线呢？人还是要有自己的个性和人格的，一个忘了自我的人，别人又怎么会对你好呢？

多少个日子，我总对你说：对自己好一点、对自己舍得一点，不要总想着别人怎么样怎么样，没有你操心，别人活得一样好。你总是笑笑作答，从不反驳我，我想对你生气都没有机会。

姐姐，心存善良，是你的根本，我说那么多，每次你总是笑笑作答。

姐姐，以前我活在你的视野里，以后你永远活在我的心里，直到永远！永远！

若如初见

32 岁时，凌子在北京参加一个颁奖大会。

会上，她遇见一个为她颁奖的男人，好像是作协一个领导，叫贾什么的。

男人清瘦、高高的。鼻梁上架着一副眼镜，围巾扎在羊绒大衣里露出边，干净而简洁。

他是某大学的教授，平时酷爱写书评。

凌子爱写职场小说，你情我爱，满是儿女情长的那种。

这次她的小说荣获三等奖。

自助餐上，他们偶然相逢，坐在一起聊了起来，聊得很投缘。

三天的会议，都有不期而遇的巧合。吃着饭，散着步，聊着天。凌子发现自己和他有许多共同的话题，甚至觉得对方像面镜子让自己心灵闪耀着光芒，她觉得写书评的人不同于写书人。他更具高度和深度。

他喜欢的，凌子悄悄地爱着。凌子深深执恋着的，他视为珍宝，有心灵交集的平台。

加了 QQ，扫了微信。分别不久，话题越来越广泛，心不知不觉走到了一起。

北京——哈尔滨，有距离。

可那段日子，两个人如同在云端。来来往往的留言、对话，幸福得像偷油的耗子，乐不思蜀。距离是思念的桥梁，总期待再次相聚。

山河有情，万物缱绻。

他终于忍不住思念坐上动车，来到了哈尔滨。

他们溺在一起，痴痴地看着，说着永远说不完的话，议着文字带给他们的美好憧憬。

第一次看见你就仿佛在哪见过。

他说这句话时，凌子的脸红得像个小姑娘。

因为世界太大了。大到我们擦肩而过。好在，我们终能在一方舞台找到对方。凌子捂着泛红的脸微笑着回应。

两双手握在一起，除了炽热还带着颤抖。

十一月的北京，风含情，水含笑，满城的银杏落叶带着柔情，铺天盖地的金黄写满爱意。

那时，凌子的美文像林家大院挂着一排排喜庆的灯笼，透着暖暖的红光，氤氲着温柔的气息。她的幸福简直就要爆棚。

只是，欢乐时光总带有不安分的气息。

他的电话响了，是女儿打来的，女儿在读大三，要交钢琴费。他侧过脸去，说了一句：好，明天打过去。

凌子有些悲伤，为他。

他的工资卡还在老婆的手中，已经分居七年之久的妻子总以这样的方式维系着一家三口的关系。简单得有些冷漠，安静得有些悲壮。

他在大学里享有最美家庭的荣誉，却过着最孤单冷寂的生活。凌子心疼他——

他的妻子一直不肯离婚，扬言终会制造一场灾难，让他家破人亡，名誉扫地。

每个人活得不易，都有不齿的过往。

凌子理解并怀揣着文学的美好，持续着知遇的情怀。

时间又过去了三年。

凌子在北京开会，他赶了过来。

那天夜里，他对凌子说他想离婚了。女儿结婚了让他放下了所有的负担，想娶她过一段重新开始的生活。

凌子泪眼婆娑，她靠在他的怀中，满是幸福的泪水。

那一夜的相拥。只关爱无关性，他一直有坐怀不乱的气节，凌子仰

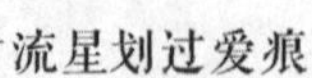

视他。

凌子不怕等待。好饭不怕晚嘛，她懂这个理，只期待人生有最完美的盛宴。

一年以后，凌子发现，一切都停在原地。

这次他和妻子摊了牌，妻子说你在一楼等着收尸。

他耷拉着脑袋悲伤着，他的心诚惶诚恐。

凌子心疼他，理解他的难处。他要保留最美家庭的框架，应对大学校园，回应社会的文明。

凌子爱这个男人，可是爱情的拉锯战，让她心力交瘁。

在豪华的宾馆，他拥着她低低地抽泣。凌子满脸泪水，捧起他的脸深深地回应了他。

那一夜，是他们的第一次，大汗淋漓，都用尽了全力，仿佛世界不再醒来。

分别的时候，在北京西站。凌子没有回头，她怕回头会扰了自己的人生，毁了曾经的美好。

哈尔滨的雪下了20厘米厚，凌子高筒靴踩出一排深深的印记，回头却望不到追随的脚步，她显得有些绝望。

冰雕沿街可见，呈现斑斓的世界，依旧让凌子梦幻。

手机这个时候响了，是他。他来到哈尔滨。是路过还是专程？凌子不知道，但她的心开始沸腾。

你在站台等我，我来接你。凌子在对话框留了言。

然后急匆匆地去了地下车库。

路上地面很滑，凌子有些焦虑，有些期盼。她不想让他在冰天雪地久等。

在十字路口等红绿灯，凌子被身后的货车推送了五米，直接撞到横行的车辆上，她晕了过去。

醒来的时候，凌子第一眼见到的是他及他怜爱的目光。

十天，凌子做了接骨手术，十天，凌子看到满是温暖的背影。

十天后，凌子回到了宿舍。他安顿好她，还帮她请了钟点工，他要回北京。

哈尔滨的雪不分昼夜地下着，凌子望着窗外没有思想。

风吹着窗，像叩门的声音，她多想有人敲门，哪怕是敲错了。

一个月的时间，凌子的眼眶因消瘦变得大而空洞。

疼痛持续且加剧，凌子看到镜中的自己仿佛经历着炼狱。

伤口疼痛波及心口。扎在体内的钢板与钉子在与肉体融合。

这个过程漫长而无终点，凌子只想死去，唯有死去，身体的痛痒就会不复存在，灵魂的纠缠就会止于此刻。

时间是试金石，是平淡一切的良药。凌子终于可以下床了，倾斜的身体还得依附于拐杖。

凌子也渐渐平静下来。她和他的人生终得结局：凌子东渡，他西行，凌子南下，他北上。

柏拉图式的爱情终是天边美丽的圆弧：终日饮水却不能饱。

从此，天各一方。

十年后，凌子终成了作家。她的新书发布会在北京举行。陪伴她的是新婚丈夫。

得到消息，他来了。看到她身边的他，有些惊异。

他问凌子：后悔我们当初的遇见？

凌子说：不，我很感谢那段时光带给我的成长。真的。以前我一直很幼稚，后来和你在一起，知道“活着”的意义，不只代表光阴的继续，还代表心智的成熟……

凌子双手把书递给他。

他望着凌子，若如初见般美好。

只是时间是试金石，让一切物是人非。

鱼水猫的故事

鱼鱼：

我叫齐鱼。以前不知道父母为什么给我取这样一个古怪的名字。后来长大了父亲告诉我，母亲在生我的那个夜晚，雨下得很大。因为预产期没到，父亲还远在二十里地的水库做工。听到这个消息，便拼命地往家里赶。然而在通往家的路上，小河已涨了齐颈的水深。急不可待的父亲便一跃到水中，抄近路划水而过。就要到岸边的时候，父亲竟意外地收获到了一条二斤多重的草鱼，他抹着满脸的水，也不知是河水、雨水还是泪水、汗水，口中喃喃地念道：鱼，鱼，上天赐予我们一条可爱的鱼了。

我庆幸自己叫齐鱼，姓母姓。父亲姓池，如果姓父姓的话，那就叫池鱼，从字面上讲是一池鱼，而从谐音上叫的话，是开膛破肚的鱼，父亲很开明，让我随了母姓。

我是一个木讷的小女孩，而且黑瘦。从读小学起，我的绰号从来就不曾断过，都和鱼有关。凤子她妈叫我"喜头"，张爷爷叫我"小泥鳅"，邻家的陈婆时常摸着我的头说："怪可怜的小丫头，长得像条'小黑鱼'。"

小黑鱼是陈婆的应口叫，时间久了，我都忘了自己叫齐鱼了。小黑鱼的名字一直沿用到了初中毕业，我们一家回了县城，我在一所名校上了高中。

到了新学校，我的朋友不多。除了新邻居的山水和我一起上学之外，我几乎没有朋友。在那所漂亮的学校，我是孤单的，学习是我唯一的爱好，取得第一名是我最终的目标。那个时候，我没有交心的朋友，所有内心世界的活动都介入了笔端。在高中的三年，我发表了两篇有分量的文章在省报上，校刊更是无数次登载过我的文章。班主任和同学们对我的评价是校园游刃有余的“才女”。

水水：

新的学期快要开学了，我的邻家搬来了一户人家。那天邻家大叔领着一个小女孩来到了我们家，对我的父母说，她叫奇什么鱼。是个黑黑瘦瘦的黄毛丫头，既不善言辞，也不苟言笑。当时我心里还在想，真是一条奇怪的鱼。我们站在一起谁也没有搭理谁。

“从明天起，山水，你就领着她一起去上学。”这是父亲和我说的话。

“不，男女同学一起走，别人会笑话我的。”这是我的回答。

“带一两次，那小姑娘走熟了，就不要你带了，听话啊。”父亲放下语气求我。

“嗯！”我无可奈何地答道。

她在八班。还真的没想到，这个不显眼的乡下女孩还分在了尖子班。那天我送她到教室的时候，她低着头走进了教室，连一句谢谢都没有说。

我一共和她走过五次，她就再也没有在我的家门口等过我。那天，很早，我在家门口等了好一会儿，直到齐鱼的父亲去上班，我才知道齐鱼总是很早就去了学校。她不再依赖我，我的心反觉得有点落寞。

这一天学校有一个红色的喜报，围满了许多人，我对这类稀奇并不看重。然而当齐鱼这个名字贯穿我耳底的时候，我的神经有一分钟的麻木。她的命题答辩获得了全校的第一名。随后，报纸、校刊陆续登出了她的文学作品。读后才觉得极有杀伤力，我对这个八班的女同学有了全新的关注。心里一下子闪出了一个比喻她的句子：这个奇特的“人鱼”。

鱼鱼：

三年过得真快，真没有想到，这次和我走进武大校园的同伴还是陪我一起上高中的校友山水，他读物理系，我上中文系。

就在我俩接到入学通知书的那一天起，我们两家门庭若市，前来贺喜的老师、朋友、亲戚挤满了院子，因屋内太窄，容不下太多的人。

父亲单位决定免费派一辆车子送我，我的父亲执意要带上山水的行李。走的那天，我俩的行李装了满满的一车，最后两家只能各派一名代表

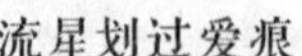

为我们送行。

来到武大的校园，我才知道这个校园更像一座花园，流动着灵性和生动，她让我热血沸腾。

山水执意要帮我清理床铺，我拒绝了。我还在做梦，为什么这么快就让它醒呢？父亲笑个不停，摸摸这里，瞧瞧那里，口中喃喃而语："我们家的小鱼儿真争气，让池家人这么有脸面。"是吗？我也在傻笑。

临窗有一个被上届落下的风铃，上面留了一个条子："新同学你好，这是我送给你的礼物，这里将是你放飞的起点，努力!!!"风在沙沙作响，那种醉到心田的响声，让我只想入梦。

水水：

武大的校园太大了，我的宿舍区和齐鱼的宿舍区足足有两里路。

有时真的不明白女孩子的内心世界，齐鱼从走进宿舍区后就再也不想动了，我说帮她清理，她却不肯，饭也不肯出来吃。直到送我们的专车打了回程，齐鱼才缓缓地从楼上走了下来。

当两位父亲消失在我们视线中的时候，迎风而立的齐鱼轻轻地转过头去，一缕缕秀发顺势而下，掩住了齐鱼整个面容。她是在哭吗？还是激动？我不知道！别人说女孩子是六月天，我说更像谜。我不敢说话，怕说错了更让她伤心，便傻傻地站在那里望着她不知所措。

一晃一年快要过去了，五月底因家里有事回了一趟家，顺便探望了一下齐鱼的父母。在她家我享受了上宾的待遇，她母亲还特地烧了糖醋排骨慰劳我，说是齐鱼最喜欢吃的一道菜……

并告诉我说6月6日就是齐鱼的生日了，不知道今年的生日该怎么过？我很想给她一点意外的惊喜。

其实我和齐鱼虽然在一个学校读书，见面的机会却不常有。这次拿着她父母带给她的一些杂物，在女生宿舍却遭遇到了门卫的挡驾，我没能见到她，门卫说保证东西一定转到，我在路上设定的一些企图都落了空：6月6日，她的生日该送点什么东西给她呢？她喜欢什么呢？我不知道，让我想想，再想想……

不知不觉地回到了寝室，只是一抬头的时候，才发现多上了二层楼。我有些自嘲：从小到大我从未因一个女孩走过神，这次还真有点反常。我无奈地摇摇头，用手拍打了一下走私的思维。

“山水，找谁?”一只大手拍了拍我的肩胛，抬头一看是“情大猫”。不，是秦大茂。

“哦，嗯，嗯，我……”我半天没找到一个合适的理由。

“都到门口了，走，到我的寒舍坐坐。”还没说完，大茂便把我拉了进去。秦大茂真不愧是“情大猫”，他窄小的写字台堆放了不少好东西：班花司马箫箫的素描画，左侧的柱子上挂着一把葫芦箫。这把葫芦箫足以让我肃然起敬。听说这把箫是司马箫箫从爷爷的手中传过来送给他的。而“情大猫”为了不辜负司马箫箫，硬是学精了此乐器，被物理系称之为“吹箫王子”。

更让我睁大了眼睛的好东西，是游弋在玻璃樽里面的两条鱼。那鱼身有着美好的图案，鱼尾呈散状而艳丽不凡。

“这是什么鱼，真的太少见了。”我不由自主地赞道。

“老兄，你还真有眼力，这是南非的沙妃鱼，名贵着呢。”秦大茂有些得意。

“在哪买的，我想要。”我冲口就说出了这句话，心想：齐鱼一定会喜欢。

“想买?可不容易，这是别人从南非带过来的，恐怕买不到，你喜欢?”

“是的，非常喜欢，你不会想送给我吧?”我的口气有些霸道。

“送你一条吧，这种鱼只宜生长在孤独的环境里，瞧，两条美丽的鱼从来都不会游弋在同一个方向，你北他南，你上他下，从不会理会对方。这就是我们常说的同性相斥。对了，这是两条雄性鱼，外形却很妖艳，所以别人误取名叫沙妃鱼……”

鱼鱼：

我不知道山水怎么会知道我的生日的，那天他捧来了一种奇特的鱼，叫“沙妃鱼”，真是太美了，活到这么大还不知道世上竟有这样美丽的鱼。

这些天，我一直透过玻璃缸静静地观察着这条鱼：只见它眼睛大大的，嘴巴小小的，轻轻摇曳着蓬松的鱼尾，摆动着丰满的身姿，休闲地散着“步”，时不时吹动着一串串的小泡泡，一副神情自得的样子。

课余生活，我几乎都是在“沙妃鱼”身边度过的，为了与它有所陪衬，我还买了诸多的泡泡糖，学着吹连环泡，真是其乐融融。

一晃又到了秋风横扫校园枫叶的季节。

这些天，透过玻璃缸，我发现沙妃鱼的身上出现了残红，星星点点地分布在丰满的身体上，紧接着它懒散的倦气也反映在迟缓的摆动中。我不知道它是生病了，还以为是换水不够或者是缺氧引起的系列反应，就马不停蹄地号召宿舍的全体姐妹，进行补救措施，鲜水新氧新浮萍一步步地到位，“沙妃鱼”似乎又有了新的活力。然而一个月又过去了，“沙妃鱼”依然显得有些疲惫，从缓慢的游姿看来，仿佛它轻盈的肚子总不住地在水上漂，它的美感殆尽，我的泪总在不知不觉中滑落，我想这个凄艳的宠物，也许时日不多了……

那天上大课，我突地感到心一阵阵的痛。那一刻，我的第一感觉就是“沙妃鱼”可能要走了。我如惊弓之鸟逃离了偌大的教室，无数双疑惑的眼睛注视着我的落荒而逃，我想如果再这样下去，没准我会号啕大哭。

“沙妃鱼”整个肚子已裸露在水的中央，只有漂亮的凤尾依然还在微微地摆动，像是向我告别。我的泪瞬间如同雨一般洒落在玻璃缸中，“沙妃鱼”居然又努力地翻动了一下身体，吐了许许多多的小泡泡来……

一阵忙乱的脚步声从走道一步一步地逼近，我想一定是室友们来送这个可怜的尤物，我没有回头。

“也许还有救。”一个男中音如雷贯耳。我忍不住回过头来。那一刻我看到了一双白色眼底的黑眼睛，我并不认识他，却任由他捧着我的玻璃缸走了。

山水拍着我的肩膀安慰说：“齐鱼，他是茂子，是个养鱼专家，没事的。”

我点了点头，眼里闪动着希望。

猫猫：

世界上还有这样的傻女孩，为了一条南非“沙妃鱼”，竟然从大课中逃离，如果不是亲眼见到，我真的不敢相信。

其实“沙妃鱼”只是缺碘，如果早几天把它送来，“沙妃鱼”也不会病入膏肓，现在的问题是不仅要保暖，而且要进行一段时间的治疗。更重要的是看它的造化，没准还真的难逃此劫。

那个女孩叫什么来着，好像叫齐鱼，中文系的一支笔？真是好怪的名字。

没准是山水的女朋友吧?!看他上次要“沙妃鱼”的决心，一副不到手不罢休的样子，现在想起来就有点好笑。

今天山水更是像个傻帽，硬是从大课里把我拉出来，说是“沙妃鱼”病入膏肓。不就是一条鱼吗！像个娘们似的……

男人都是一副德性，为心爱的女人都可以上刀山、下油锅。

水水：

大茂把“沙妃鱼”送来的时候，就一直眯着眼睛神秘地笑。

我问他笑什么？他一拳擂了过来，让我的左臂暗暗生痛。什么意思嘛？

“是不是你的女朋友？老实交代！”我哑语。

你说是吧，八字还没一撇呢，你说不是的吧，我还真的动心过。只是你怎样看人家齐鱼，人家齐鱼就是不来电。你总不能一厢情愿吧。

“怎么不说话？你如果否认的话，我可要追了。”大茂故作一脸的严谨。

“算了吧，你敢不敢啦，那个司马箫箫可是有一个连排着队呢，没准一个闪失，你哭都没人同情你。”我的话可不是吓他，你想想看物理系的能有几个女生，用行话来说，可真的都是人尖呢！更何况还是班花兼班委。

“敢，有什么不敢的，只要你放手，这‘沙妃鱼’我就替你代劳了。”这情大猫还真的过来搬玻璃缸。

这小子可不好惹，吃在碗里，看着锅里，我可不能给他这样的机会。

鱼鱼：

“沙妃鱼”又回到了宿舍里，一切生活又恢复了从前的宁静。那个茂子还真行，濒临死亡的“沙妃鱼”真的让他救活了。而且他学的是物理系，怎么会有那么高的养鱼技术呢？

晚上，我被一阵阵“啪啪，啪啪，”的敲打声弄醒了，怎么也睡不着。打开灯的时候，我才发现这个小精灵是通人性的，它在玻璃缸的边沿用小嘴轻轻地撞击着，发出着“啪啪，啪啪”的声音，我想它一定想和我说话。要不然在这夜深人静的晚上还在不停地摇着凤尾，给谁看呢？我披着毛衣蹲下来笑了，就这样傻傻地和“沙妃鱼”鱼目相对。

“夜这样深了，你怎么还不睡呀？你是不是睡不着呀。”我用手指点着玻璃缸边的小嘴。

“你是不是很郁闷啦，下次叫大茂帮你找个伴好不好？”

“有病吧，齐鱼，深更半夜的，你还让人活不活？”对面的琼翻了个身，又沉沉睡去。

“大茂是谁呢？我的脑海一闪而过，为什么脱口就想到了大茂呢。哦，对了，“沙妃鱼”真正的主人呢！那个白色眼底里黑眼睛的男孩……

“睡吧，睡吧，明天我就去问一问好不好，快睡吧！”

那一夜，我梦见了自己变成了一条鱼，和许多美丽的鱼共浴大海。

“请问，山水在吗？”

“不在，他这几天到师大参加篮球比赛去了。”

“那么请问大茂在哪个教室？”

“哦，找情大猫？后面的教室里。”说完那个男生笑着走开了。

“请问，秦大茂是不是在这个教室里？”我问走廊里的一位男同学。

“大猫，有美女找！”男同学朝里面喊一声，走了。我环顾了一下偌大的电动教室。

“来了来了，”只见声音不见人影。过了片刻，齐鱼发现了一个男孩朝门的方向一路小跑过来。

“你找我？”大茂还没有走近，便指着自己的鼻子疑惑地问。

“你是大茂？”我微笑着站在那儿，看着大茂的眼睛。“是他”我在自己的心里说，如是那天不注视这双眼睛的话，我不会想到这个高挑伟岸的男孩，就是“沙妃鱼”真正的主人。

“你是齐鱼，山水的老乡，对不？找我有事吗？”

“是，我是来感谢你的，现在沙妃鱼很好，过冬一点问题也没有，只是，我还是想找一条同种的鱼和它做个伴儿。家人都说任何人和动物群养要比单养要好得多，你说呢？”我轻声地问道。

“哈哈，恰恰相反，沙妃鱼却要独养，因为它太骄傲了。”

“它容不下比它高贵的同类。”大茂突然降低了声音，“就如同人类。”

“哦，我懂了，谢谢你，我走了。”我突地听见了自己“咚咚”地心跳，我迅速地转身似乎可以说是逃了。

“情——大——猫，你又在涉猎了。”身后传来了尖厉的女声。

猫猫：

今天课余休息十分钟，真是让人难受。司马箫箫穷追猛问昨天夜间的去向，不就是和文艺部的陈静一行去喝了茶嘛，再说还是八个人呢，何必那么大惊小怪的。

司马箫箫一丢过去自信的风格，又问，喝了茶过后呢？喝了茶就到了十一点钟了，送陈静回宿舍？就是这么简单。

不知是哪个叛徒出卖了我，说是我和陈静手牵手在后花园散步。我区区一男子汉，敢作敢为，可我真的没牵陈静的手，我做的是哪门子的冤大头呢？为了追到你司马箫箫，我简直是头破血流，伤痕累累，我还没有吃够亏呀。去作茧自缚，自讨没趣呢！箫箫你就饶了我吧，我就是吃了熊心豹子胆，也没有那份贼心。总算箫箫的气有回落的迹象，就在这个节骨眼上，陈鸿飞又来凑一份热闹。

“情大猫，又有美眉来找。”鬼才信呢，是谁这么不识趣呢，谁都知道我正在作深刻剖析的检讨呢！

“秦大茂，在吗？”真有一个不识趣的女声。出来一看，还是中文系的才女齐鱼小姐呢。

“找我，不会吧，”我靠在后门望着齐鱼，我不敢相信，要是在平时，我早就心花怒放了，可是今天，我已是受尽了挫折。

“找我？”齐鱼还在用眼光搜寻，我又问了一句。

“你是……”

“废话，不知道我，找我干吗？”我突然扯大喉咙说，余下的目光在瞅箫箫。

“沙妃鱼，多亏了你的帮助，要不，会死掉的。”齐鱼低着头脸绯红，见我不说话，过了一会走了。

我像个傻瓜站在那里，用手拍着脑门，天啦，我死定了。

“情——大——猫，你狗改不了吃屎的本性，看我怎么收拾你。”我的心为之一颤，这个司马箫箫简直越来越过分了，当自己是谁呀，还没有嫁我呢，就做主人姿态了。

我整了整衣扣走出了教室，边喊着齐鱼的名字，边朝齐鱼的方向追去。后面河东狮吼，听起来有点吓人，但伤不了我，我抬头挺胸从司马箫箫身边仰首走过，气得司马箫箫目瞪口呆，杏眼走神。

鱼鱼：

我不知道我为什么会去找情大猫，明知道情大猫是个血性的男孩，追他的女孩足有一个加强班。可我为什么去找他呢？

我真的不知道自己在想什么，在干什么。

我的脑海里为什么总会留下他的影子呢。他早已是司马箫箫情感的战俘，为什么他却猎走了我的心呢？真是荒唐。

从大茂追出来的那一瞬间，不知道为什么我感到我的天空有一片彩虹。我的头发被风零乱地拂起，我的心却在——飘。都说爱情让人勇敢，我都不相信自己竟然像个斗牛的勇士，所向披靡走向缺乏战斗力的战场。

他上前拉住了我的胳膊，猛地一甩，我险些倒进了他的怀里。

我们目光几乎尖锐地纠结在一拳之间，迷茫、痛楚，又充满了渴望。那一刻我似乎拥有了许多东西，又似乎在等待他的宣判。我像一个没有灵魂、没有思想、没有呼吸的傻孩子，只是静静地静静地等待宣判。

“晚上在阅览室门前等我。”他的眼光坚定，语气不容置疑。没容我说过一句话，他就走了。我傻傻地、痴痴地、呆呆地望着他宽阔的背影发愣，一切不像是真的。

晚上阅览室门前，小雨中的我一直挂着微笑，风吹鼓了我的长裙，我内心的世界却在呼喊：“大茂，大茂……”

直到九点钟，也没见大茂的影子。我的微笑几乎僵硬了，站在黑暗的角落，冷冷地漠视着来来往往的人们，泪不自觉地流了下来，表情泛滥。

刚回到寝室，就收到了短信：小鱼儿，你怎么走了，我一直和箫箫在谈判。我只想把一个全新身心给你。什么都不要想，好好睡一觉，明天见你。

风为他起，雨为他停，我为他疯狂……

猫猫：

有时感情就像玻璃一样容易破碎，每次我只要看到齐鱼的眼睛我就感到呼吸困难。在没有遇到齐鱼之前，我就像一条快乐的鱼儿，穿流在校园快乐的顶端。我不知道我对齐鱼的感情是不是掺杂着爱的成分。但是一想到司马箫箫我就有些沮丧，毕竟她比她先到，毕竟她给了我那么多的快乐和喜悦。可是齐鱼算什么呢？我的心为什么潮起潮落？

从第一次和她相识到现在，短短的不到半年，可是每当夜深人静的时候，我却会不由自主地想到她。她是一个静秀的女孩，从不表达自己的情感，她忧郁的眼睛永远闪动着智慧的光芒。

当我第一次阅读到她《轻轻地》系列散文的时候，我就被这个纤纤秀雅的女孩所征服，没有想到她的文字却是这样的灵性、透彻、入木三分。更没想到《轻轻地》系列却是鱼献给——猫的。

那天她出现在阅读室的时候，和我撞了个满怀，她犹豫的眼神在闪动，她似笑非笑的表情让我怜爱、让我心痛。我有一瞬间的冲动，真想紧紧地抱住她，永不松开，可是我底气不足。我知道她爱上了我，我也爱她，可是我却没有勇气拥抱她。

毕业的日期一天天地临近，我知道她是要回长江河畔的，可是那里没有我的世界。

鱼鱼：

每天面对着玻璃缸里面“沙妃鱼”，我就没有了思想。我在想我本来就是那个边吹泡泡边想问题的齐鱼，爱用文字堆积自我世界的傻丫头。

而现在我却什么都不愿想，只是想做一个快快乐乐的“沙妃鱼”，大口大口地、无忧无虑地吹泡泡。

大茂是一个太优秀的男孩。当初我对他的印象并不好。原因再简单不过了，就因为他叫情大猫。传说中他是一个猎情高手。而我只是一尾柔弱的鱼，一个惧怕受伤害的鱼。

可是我最终还是受到了伤害，从看到他眼睛的那一瞬间，我就注定了要受到伤害。

水水：

我一直是鱼鱼身边的水水。而大猫却是鱼鱼的增氧泵。命中注定了她可以缺水，却少不了氧气。

临近毕业了，齐鱼的选择还在不停地摆动，我知道她在等待奇迹。我真的不想伤害她。其实，早在一年前，司马箫箫和秦大茂就定了去向，我能对她说什么呢？都说陷入情感的女人智商最低，看看齐鱼，你就知道了什么叫低智商的女人。

那天，我又一次看到了齐鱼徘徊在男生宿舍前的风亭，我知道她想等秦大茂的偶遇。起风的日子一天比一天多了起来，她瘦弱的身子越发显得单薄。我拿了一件外套急急地走了过去。也许，我拯救不了她，但至少可以抵挡一点风寒。

我们在校园第一次走了这么多的路，却不曾说过一句话，我想再多的话，齐鱼不听也就显得多余了。

“山水，你恨过我吗？”齐鱼终于开了口。

“为什么要恨你，你是一个好女孩，很优秀，值得我敬重，为什么要恨呢？”

“可是我太不自爱了，我约束不了自己。”齐鱼好像在抽泣。

“其实感情这个东西，挺难说的，只有靠自己才能走过去，别人的帮助取不了决定性的作用。”

“你爱过吗？”

“爱过，到现在还爱。”

“你告诉过她吗？”

“没有，爱她，却要她自己去感受，如果说出来，那就不是爱了。”

“你不说出来，那她怎么会知道呢？”

“只有心灵去感受了，现在是什么时代了，又不是相距很远，天天的厮守都体会不到对方的爱，那说明只是一方的单相思。”

“……”

“过一段时间我就要走了，你要珍重，这段感情很快就会过去的，到了新的环境，你会感到他不是你生命的唯一。”

“谢谢你，我知道！”

“对了，都说鱼没有眼泪，其实水知道鱼在想些什么。请你珍重!!”我走了。

鱼鱼：

昨天昏昏沉沉地睡了一天，今天才发现“沙妃鱼”没有游弋，也许是太饿的缘故，嘴也没有“咂吧咂吧”的响动。我从床上起来的那一瞬间，有些昏天暗地，静立了片刻后，一切都清晰起来。我丢了一些鱼食，也不见“沙妃鱼”食用。只是用凤尾轻轻地扇动，鱼食便晃动荡不安地沉了下去。我有些自嘲，莫不是和我一样厌食？

当秦大茂和司马箫箫同坐一辆黑色轿车走的时候，我站在高高的阅读室血液都凝固了，身体久久不能动弹。这是我最怕见到的一幕，只是时间和空间都残酷地留在了我的记忆中。

我如同被抽空了灵魂的躯壳，机械地回到宿舍，那个依然晃动的男人身影，我一看便知道是山水，他是唯一的最后一个留下来陪我的人。

猫猫：

和箫箫结婚一年多了，不知道为什么我的心里总会想着齐鱼。我愧对了两个好女人。可是人生的选择就是这样的残酷，失去觉得可惜，得到的又不珍惜。

每天我依然忘不了我的“沙妃鱼”，虽然玻璃缸盛着各类美丽的鱼，可我依然爱它。只有我知道它的眼睛为什么是红色的，那是因为它是被泪水浸泡得太久了。

鱼鱼：

我和山水结婚了。许多人都不解。其实只有我自己知道，这是我人生最终的选择。没有一个男人能和他相比，虽然他不高大也不伟岸。可他是水水就足够味了，他能够滋养我的一生，丰富我的真情实感。这是我的创作灵感告诉我的。

明天山水就要走了，他去考研。昨天他怕走后我一个人显得孤单，特地托人带回了一只黑色的波斯猫，这只猫碧蓝的眼睛闪动着灵气。不知道为什么，在看到它的第一眼时，我就想到了情大猫，他也有一头茂密的黑发和厚实的胸膛，却是我齐鱼可望不可即的温床。

时间就这样静静地又逝去了一年。有一天上班，我听到了一个久违的声音，他告诉我他依然爱我，我对着话筒哽咽无语。

回到家里的时候，一切都静悄悄的，鱼在玻璃缸里面游动，只是都潜在水的最深处，有着杂乱的慌张。那只黑色的波斯猫正静静地守候在玻璃缸边。一双迷人的眼睛闪动着绿色的光芒。我轻轻地抱起那只可爱的猫，才发现我身上的水渍在无限地扩大，一丝丝凉气浸透了我的胸膛。

我几乎有些愤怒地弃猫于地。我不能想象，当猫爪拂动着水面的时候，我柔弱的鱼群是怎样的惊心动魄，怎样孤苦无助地逃往最深的水处……

我何尝不是呢？当他说依然爱我的时候，为什么不是从前，而是我们都是两个家庭的男女主角之后呢！现在也许他的笑容依然阳光灿烂。可是我却像玻璃缸中的鱼一样，面对猫温和的笑眼，敢凝望吗？面对他宽阔的胸怀，能够依靠吗？

山水曾说，摆弄文字的女人，应该有一双洞悉世事的眼睛，可是我没有，也许我流连在黑色眼睛的世界中沉醉得太久太久了……

雨夜，我送走了波斯猫。在我的心灵深处，该给这些可爱的小鱼一个轻松的环境了。明天山水就要回来了，他说，他要带我去看海。

很早的时候山水就告诉过我，其实任何鱼都是放养的好，那时觉得有的鱼还是要圈养的，如金鱼。现在才知道，金鱼也有它的海上世界。

明天，对，或者是后天。我的小鱼们将有机会领略海的博大与宽广了，到那时，我将牵着山水的手，定格在海天一色的世界里……

市长的儿媳

上部：火焰

一

十年间，我活得浑浑噩噩，终日与麻将相伴。

下午三点，我刚进门，坐着的三个妖艳女人都站了起来，看样子她们已经等了有一会了，烟缸已不见底，房间的灯光有些浑浊。

“介绍一下，这是银行的秦主任，市长儿媳妇，这是张书记太太，这是戴老板的‘情况’，我是黎宛儿。”

一个长得精致小巧的女人向我们介绍，我微笑着向她们点了点头。除了戴老板的“情况”是个新面孔，其他两个我面熟。我用余光扫了扫三位女人，年龄与自己相仿，个个口红、脂粉、浓妆艳抹。刷长的睫毛，妩媚、惊艳。

“来，我请客，今天姐妹的香烟我包了，特制摩尔，红款香烟。男人去了趟法国，带回新款香烟，有点冲，来来，看看味道怎么样?”黎宛儿向每人面前丢了一包。我抽出纤长的烟体，嗅了嗅，有温和的刺激。再看看外包装，整个烟盒是纯粹的深红，没有多余的装饰，像个即将老去的女人，带点孤傲与冷眼看世界的落寞。大家没有说话，一会工夫，房间里便烟雾缭绕，每个人的脸，开始变得朦胧起来，开始变形。麻将机的搅动声，像一抹兴奋剂，大家纷纷灭掉烟蒂，四个脑袋开始凑近。

在这个冬夜，四个女人大战近十个小时，直到次日子夜一点。在烟雾缭绕中，我感到身体的状态有些飘。不想再玩下去，便提出了散场。按惯例，我们这个特殊的麻将班子有一个约定俗成的规矩：要么零点散场、要么早晨六点散场、要么打得翻袋散场。

我将抽屉里的散钱装进了直挺挺的红色钱夹，站了起来，准备离场。对面的黎宛儿用哀求的眼光望着我：“我不想这么早回去，能多玩会吗？”张太太和“情况”都应了声。看着她们一副意犹未尽的样子，我犹豫了片刻，站起来打了一个哈欠，十分舒展地伸了一个懒腰：“今天血战到底，陪你们这群妖精，谁叫我抽了你的烟，嘴软。”见大家喜笑颜开，我坐下来继续陪她们酣战。

二

这一局，我意外拿了一手好牌，有九个风。我暗暗规划：这一局就按风一色打，如果连碰两对风，就可以向杠杠花发展了。

“碰”，我的一对“发财”打第一手就碰上了，却在急躁中放倒了一对“红中”。

“怎么连赢带混啊，发财当成红中碰。”张太太嘴快，大家都笑了，我也不好意思笑了：“对不起，老眼昏花，拿错了牌。”纠错之后，我将两个“发财”放倒，将“红中”竖了起来。轮到对面的黎宛儿起牌刚准备打出，却像想起什么似的将刚起到的“红中”亮了亮：“欠死你！”大家又笑了起来。但我并不着急，大家知道无论谁取到没用的牌，只要她手中的牌凑成了组合，最终都会放掉的，我挽着胳膊，身子向后靠了靠：“我看你留着生吃。”“我裹着面粉炸着吃。”对面的黎宛儿做了个吃的动作。

又转了几圈牌，黎宛儿的牌可能清了，便将最靠边的“红中”拿在手玩弄着、犹豫着要不要打出，“情况”发话了：“快点快点，等得让人尿急。”张太太接腔了：“肾不好，怪不得谁。麻将的几得最重要的就是要等得。”大家大笑。

正在这时，门被轻轻地推开了，一个男人侧着身子走进来，不声不响地依在桌对面那位娇艳的女子身后，低语了几句。我们的思想都集中在牌局上，没有看他。突然，那个长相英俊、衣着考究的男人抬起头来，眼睛死死地盯着我，脱口喊道："秦小娥。"

三

我如电击一般打了一个寒战，多么遥远的名字，像远处的风吹过来，让我昏沉的脑海如雷贯耳般清醒。我的眼睛眨了几下，咧了咧嘴，似笑非笑地朝那个男人点点头，可我的思绪却还在游走。在场的女人并没有注意到我此时情绪的变化，依然催着。我胡乱地打出一张牌，目光又情不自禁地回到这个高大帅气的男人身上。熟悉而陌生，像是前生的轮回，似乎没有一点关于他的记忆。我敲了敲头，目光回到了自己的牌局上。恰在这时，黎宛儿一反常态，突然将"红中"重重地摔了过来，险些把牌打倒，我还来不及说"碰"，她已将全部的牌倒了下来大声说："亮牌。"

我翻开"红中"碰了，却发现手中准备打出的牌已是对家亮赢的牌，打不出去了。我竖起两个"红中"有些懊恼。"真是劫数。"我脱口而出，不知道是骂对面的黎宛儿，还是骂这个不速之客的男人。心想，一局好牌就这样给搅和了。

再往下的几局牌中，我的思维怎么也集中不起来。一直在想他是谁？我开始盘存记忆，可还是一无所获。我点燃了指间的烟，猛吸一口努力挖掘："熊焰，对，是熊焰！"他的眼底还是像深洞，让我看不到底，我猛地扔了烟蒂扫了他一眼，将麻将木然地推进机里，滚动的机器发出强烈的噪音。但我喜欢听这个声音，它让我离开了寂寞，尽管是短暂的。

四

而此时，我的名字叫秦冬阳，阳光而温暖的名字，在这座城市，有着体面的工作。我是家银行的办公室副主任，从事文秘工作，只是后来不想动脑子，就接手了单位重要物品的保管工作。

我有十年的婚姻。十年，我自认为没有爱情，程强是在我自暴自弃的时候拯救了我，我成了副市长的儿媳妇，我的婆婆是市工会主席，我的一

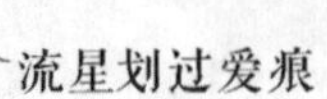

切优越都因程强的接纳变得顺理成章。

我记不得自己是什么时候开始抽烟的，也不知道是什么时候爱上了麻将，而且我还不知道每天的麻将班子都是些什么人。但从外表和衣着来看，我们年轻而貌美，活得很光鲜，我们面无表情地视钱如纸，尽情挥洒。我们很少交流，却知道彼此都有不错的背景，仿佛是一群不慎落于世间的妖精，有着难以启齿的过往。我们能够挥金如土，却不能放纵自己的青春，想必我们都有后台，这是女人第二次生命赋予的。但我们已习惯失去翅膀，不再飞翔。

五

熊焰一直静静地坐在对面女人的身后，那双黑眸一分钟也不曾离开过我，让我恍惚。我已经没有心思打牌了。

熊焰，这个男人像人间蒸发一般，十年不见，现在又像魂魄一般在烟雾中闪来，他现在过得怎么样？和对面的女人是什么关系？这个让自己遗忘了很久的面孔，又让我内心汹涌。

凌晨三点，我输得很惨，刚才直挺挺的钱夹变成了空的，我站起来，将钱夹对折装进提包，起身推了牌扬长而去。

凌晨四点，躺在床上，我依然无法入睡。这是我很少出现的状态。一直以为，这样的状态很糟糕，现在想起来，我觉得自己至少还算得上是一个人，最起码还有人能够这样影响我的情绪，勾勒出我的人生过往。原来我的不快乐，一直是潜在的，虽然有十年看上去是平静的，但没有什么东西能够掩盖内心的波澜……

六

我是财大毕业分配到这座城市的，我的名字叫秦小娥，是桃花村长大的女孩。我喜欢文字，喜欢阅读，自己也经常动手写写。我的写，只因为我会想、我会编，我会将这些文字码成有趣的小说、诗歌、散文和随笔。我在23楼蓝玻大楼里的办公室工作，有不菲的收入。有花一样的容貌，有阳光一般的笑容。我把玩文字，就像玩弄积木一般，有无限的成就感。二十岁那年，我在大学获得校园征文一等奖。在单位，我是一支笔，负责着单位的文化内参刊物。

第一次听到熊焰这个名字，是在食堂的晚餐上。那天我下班去晚了，食堂师傅说没有饭菜了。正准备走时，又听见师傅说："熊焰替你留着呢！"那个回眸，便注定了一场无路可逃的情劫，那个叫熊焰的男孩，长有一头黑发，低着头闪着波光。我走上前去道了谢，他脸却红了，清澈的眼睛如海般蓝，有型的脸颊带着几分刚毅。那一刻，我想起了格利高里·派克的形象，他在我的眼中，有着雕塑一般坚毅的轮廓和刚直不阿的独立人格，我希望自己是安妮公主。

"我喜欢看你写的文字，不过你要记得准点吃饭！"我笑了，心有足够的暖，我知道一直以来，自己寝室门前的开水瓶，不论多晚，都是满的，暖的，而留在锅里的饭菜，都源于那个关注自己的男孩。

七

岁月仿佛是满坪的青藤，黄了一茬又一茬，我和熊焰就像约定好了似的，潜在水下彼此凝视。23 岁那年，看着熊焰提着开水从我宿舍门前走过，我心如撞鹿地跟了过去。

"熊焰，我喜欢你，我们牵手好吗？"

"不不，我不配。"

"为什么？"

"我只能远远地看着你。我不配，真的不配！"我看见他的神情慌乱，目光闪烁不定，把手藏在身后，连连后退，像个胆怯的孩子。

"但我喜欢你，你逃不掉！"我叉着腰，一副志在必得的样子。灿烂的笑容，肆意绽放。从此以后，我像等爱的妖精，每天期待就餐时间的来临，我要站在他的眼前，让彼此深入骨髓。我知道他喜欢我，这就足够了。

寒冬的夜晚，冷得彻骨。晚上九点多，食堂的灯开始熄灭。随着铁栅门的上锁，一个熟悉得不能再熟悉的身影走了出来，我纵身一跳，从身后抱紧了他，就这么一个简单的动作，我在家准备了一个多月时间。这一次，他回过身来，敞开泛白的军大衣，抱紧了我。他不敢看我的眼睛，把我的头捂在他的怀中，他的心怦然跳动着，我有一种归属感，就这样开始了我们的恋情。

“傻丫头，我就是一市井俗人，你为什么要去试一段不容乐观的感情呢？”他抱着我，表情忧郁，长叹着，而我快乐得像个小鹿，一蹦一跳的。

“才不管呢，什么叫不容乐观？有你就足够了。”我闻着他身上青春的味道，还有饭菜的香气，仰头痴迷地望着他，这个世界有什么比这个阳光帅气的男子这样让人心怡呢！

八

新年的钟声响起，我在电话中和熊焰约定好，正月初三见面，拜见我的父母，他半天才挤出了两个字：“可以。”放下电话的那一刻，我觉得我俩的事总有一种说不清道不明的感觉。果然，初三在约定的位置接听电话，他却没来，直到晚上，我没听到熊焰的只言半语。晚上在银行大院，我一个人游走在假山石畔，一场没有准备好的爱情，让我失去了生活的重心，我觉得自己的心，在时光渐逝中已变得支离破碎。那一刻，我知道喜欢一个人是件多么痛苦的事。

熬过了春节，一个更为重大的打击让我无法面对：熊焰辞职了！瞬间，我的泪流了下来，我知道，熊焰已是我生命中的“毒”，入侵了我身体的每个部分，如今他的离开，让我主心骨瞬间倒塌。我发疯地四处打听，四处寻找，甚至也向单位提交了辞呈。

我的辞呈，被分管领导压了下来。他知道我感情出了问题，给我半个月的工休假，出去走走。世界如此之大，到大自然去领悟其中的奥秘，会感到失恋只是人生经历的一个小插曲。我心如死灰，连灵魂都无处安放。闺蜜斐子君劝说道：“出去走走吧，也许一个转身，便可告别过去的一切呢！”想想也许是对的。

九

新年钟声响过之后，我独自一人来到了大理，别人说，大理是一个能让人忘却忧愁和疗伤的地方，我想，注定没有缘分的情感，也许该有一个了断。我在闺蜜叶果果的谬论中尝试一种想忘却的最好办法，就是重谈一场轰轰烈烈的恋爱。大理，是情人们向往的圣地，在很早以前看过《还珠格格》，内容却记不全了，唯有记得尔康和紫微格格的爱情让自己眼前一亮。

大理的清晨，静谧安详。古香古色的青石，泛着淡淡的光，仿佛看透了我的悲伤，同我一起凝重。我落脚的客栈，是一个私家小院，小院内有几枝葡萄藤，一连几天，我坐在藤架下看书，听音乐，享受着阳光穿透的安然。我知道自己的内心并不安然，依然等待奇迹的发生，但世界之大，满眼拥挤的人，却没有熊焰出现。

回到家，我开始不停写作，写我们的故事，投到报刊上，希望他能看到，从而读懂我内心。我想用文字来告诉他，女人是为爱而生的，别的真的不重要。爱与出身无关、与穷富无关、与城乡无关，与学历无关。我对他的爱很纯粹。所做的努力没有结果。

两年，700 多天的等待与盼望，我的心在疼痛中结痂。余晖还是依旧闪着金光沉了下去，我在无休止的发呆中，迎来朝夕。

十

仿佛一夜惊醒一般，我的爱情便有了砝码。有介绍人问我："你想找个什么样的？"我低着头回答："100 万的富豪我也敢嫁。"当决定把自己贴上标签找结婚对象时，我的脸上不再有灿烂的笑容，我想遇到再好的男人，也会在这个盛世时开出悲观主义的花，我对着镜中的自己顾影自怜，我不想被剩下。此时的悲观可以称之无畏者无所惧！

程强是一个木讷的男人，是我相亲的第三个男人，更有意思的是，他读过很多我的文字。见过一面后，很快有了回复。闺蜜子君说："找一个爱自己的人比找一个自己爱的男人强，将来的生活是两个人的世界。"我相信子君，瞧她幸福的模样，我知道这是经验之谈。

程强对我的呵护，让我看到了自己对熊焰的样子。程强知道我的故事后，一直力挺我，当我们的相处遭到许多人反对时，程强握着我的手对我说出了这样一句话："从今天起，就算全世界背叛你，我会和你背叛全世界。"就是那一刻，我坚定了与他在一起的决心！

半年后，程强牵着我的手上他们家。他的父亲很和善，只是在见他母亲时，她的眼光像把利刃，让我打着寒战。一个月后，陈强提出了结婚的请求，我没有异议。但在征求父母意见时，他母亲的强势还是威慑到我："秦小娥？土得掉渣的名字，要想进我家门除非更姓换名。"看得出，她没有一丝一毫喜欢我。我本是一个犟得出奇的女子，当程强挺身而出据理力争时，被我阻拦了。我答应在结婚之前更改姓名，各退一步，以便婚后大家能够和平相处。我不想错过这样的好家庭。

我想了很多，曾经，喜欢熊焰时，我都想为他做一次飞蛾扑火，这么多年过去了，这火却一直为我亮着，我却没有这个机会！是我的幸运？还是我的悲哀？我不知道。既然熊焰的火不愿为我燃烧，我也做不了飞蛾，那么，还是忘掉过去吧！

十一

"秦冬阳"是我婚后的名字，是人生第二次的开始。我嫁给了副市长的儿子，我的婆婆是市工会主席。程强非常爱我，这个比我年龄还小的男生，成了庇护我人生的一道城墙。从此，我的人生没有了写作，指间多了烟蒂，业余时间多了一个麻将圈子。

这个"高档"的圈子，不是常人随便就能走进来的，我们不需要寻找娱乐的伙伴，坐上桌子，围着三个像我一样活得颓废的妖精，口红、脂粉、刷长的睫毛，妩媚、惊艳。我们每天都戴着假面具生活，外表阳光，内心颓废。

沉迷麻将的我，并没有遭到婆婆的指责。婆婆曾在电话里不满地指责当副市长的老公：现在的人不打麻将，就打皮袢，瞧瞧你儿子那副熊样，还能守得住像狐媚一样的妖精？婆婆是女人，她有一双洞察世事的眼睛，她不喜欢我，她知道我是上天遗落的天使，不幸落入了尘埃中，儿子鬼迷心窍，她没法阻拦……

十二

此时，十年的麻将生涯，在见到熊焰的那一刻觉醒：我为什么还会心痛？为什么还会脸上有泪？这十年，我活着吗？为谁活着？我不知道，一个女人没有了爱情，她的活着，是不是已经死了？人生最可悲的是没有如果，只有后果和结果，而这样的后果与结果还是自己选择的。

入夜，我没有开灯，半躺在床上，目光空洞，泪水，已不知不觉中涌出。秦小娥！秦冬阳！是自己吗？到底谁才是真正的自己？我擦了擦泪，坐直身子，心微凉，有着阵阵揪心的痛。

作为一个女人，一个没有方向的女人，我什么都不是。痛过之后，还会成长吗？十年的光阴，十年的麻将生涯，我不光在虐待自己，同时还在虐待身边的人，我把自己弄丢了，丢哪了？我不知道。

三十六岁了，多么恐怖的年纪，还有机会重新做回自己吗？能一点一点地把丢失的自己找回来吗？东方吐白，反思自责让自己没有一丝睡意。我知道重新崛起这条道路并不那么好走，但我决定试一试！

中部：冰海

十三

我已有一个星期没有打麻将了，内心有些空洞。坐在办公室，不停地抽烟，烟蒂堆得像座坟。我不停地咳嗽、流泪、流鼻涕，像感冒症状，我知道，这是潜在的爱情反应，我的心头萦绕着许多个为什么？却得不到答案。

一个星期，我的手机被打爆了，我依旧没有动心，一个男人的出现，还会让自己有如此强烈的反应，难道我还有一颗蠢蠢欲动的心？或者说自己人生失败找不到原因？我想，都不是，十年的麻将生涯，已让我看清许多东西。比如人性，比如灵魂。

其实，我早就不想打麻将了，只是打麻将的惯性让我刹不住脚。曾有几次下决心，但都失败了。仿佛觉得自己除了打麻将，就不知道该做什么了，或者说没有更有意义的事情可做。熊焰的出现仿佛是自己人生的分水岭，让我徘徊不定的心绪，停止了放飞。我从不纠结未知的谜，也不想知道十年间他为什么会离开。十年，一切都是命中注定，说不上好坏，过去的都过去了，许多东西是找不回的，我不想做徒劳的事，而且我也过了好奇的年龄。

好些天，主任都用奇怪的眼光来回地对我扫描，我报以微笑。但我知道，尴尬的笑比哭更令他费解。因为这是我十年来在办公室坐得最长最安静的一段时间。半个月后，我静下心来写了十年来的第一篇日记，《我不再拥抱刺猬》。我在日记中写道：我们曾是不完整的孩子，被周围人的不看好、不支持、不理解，我们不能做到百毒不侵。想必这并不是爱情，我们的远离是必然的，我们不要为过去承担内疚，我们都有自己的人生，我们强求不来。

我想自己还能写出常人的文字，也不至于病入膏肓，甚至还为熊焰写了一篇人在低处的文章。细细想来，我是从桃花村走出来的女孩，这一路的辛酸，只有自己知道。人在低处的时候，思维会变得复杂、低微。我开始原谅熊焰曾经的逃避，我开始为曾有过的爱情哀悼，也为自己作茧自缚的过往抽丝。人生有时候，总是很讽刺，一转身，可能就是一辈子，我们经不起十年的沉默，都得往前走。

十四

我已经能够静下心来读报看书了，这是进步，这是奇迹。主任殷勤地问我："秦副主任，今天新建的和谐监狱开始使用，你能和行领导一起去参加吗？

我点了点头。昨天的晚餐，我已从公爹的口中得知，这所现代化的监狱是公爹亲自批建的。今天叫我去，不光是去参观学习，还有一项重要的任务是将监狱的基本账户拉到我们的银行来，我这次的角色很微妙。

"欢迎您来到和谐监狱！"来到和谐监狱，我从车窗中远远看到了一排醒目的标语，我立马笑了。在小礼堂坐定不久，公爹就被主持人引了进来，会议大厅静得掉根针仿佛都能听得到声音，麦克风传来了公爹磁性的声音："本市局结合实际，深入开展'三个一'主题实践活动，希望以后全市的干部员工有机会到和谐监狱接受警示教育。让服刑犯人痛苦的忏悔，高墙内外强烈的反差，带给参观者以视觉的冲击和心灵的震撼，懂得对自由的珍视，职业的珍惜，家庭的珍爱。和谐监狱以后会把法治建设作为重要内容，纳入国家法治建设的体系中，把以人为本、公平正义，作为监狱执法灵魂。把严格、公正、文明、廉洁执法，作为基本要求，将重点'治囚'向重点'治警'转变，克服法律工具主义思想，公正惩罚、文明改造罪犯，提升刑事执法公信力，真正实现刑事司法目的。"

以前，都是在电视看到公爹大会小会发言，总觉得很虚拟，这次在这么正式、这么近距离的场合听他做报告，还是第一次。公爹梳着一丝不乱的三七开，打着领带，领带上还戴着红色的领夹、我感到眼前的公爹有些陌生，他真不像快六十岁的老人，看上去顶多也只有五十岁。他的语速不急不缓，而且条理清晰，轻言细语，娓娓道来，句句打动人心。我突然想到了程强，他怎么就没有一点公爹的影子呢？突然，掌声如雷鸣般响起，打断了我的浮想联翩。

参观监狱时，我的思想再一次走神，如果不是高墙上的铁丝网，我真以为到了某大学的校园。图书馆、健身器材，一应俱全。蓝天白云舒展漫卷，这真是一个洗涤心灵的好地方。

当然，这次银行团队的出行志在必得，只是每次领导介绍我时，加重了"市长儿媳"语气，让我心头有些不快，但没有办法，这是无法抗争的事实，如果我不是市长的儿媳，一切将会改写。我尴尬的面部表情，总算还能挤出一点笑意，很顺利地谈妥了开户事宜。刚出大门，我忍不住探头回望了一眼刚才醒目的横幅，不见了，他们应该觉察到"和谐监狱欢迎你！"这样的标语不妥吧！

十五

周末，小贝从贵族学校归来，一下子扑到爷爷的身上。"爷爷，我的老师把你送给他的字，贴在教室里了，小朋友都知道是我爷爷写的。"小

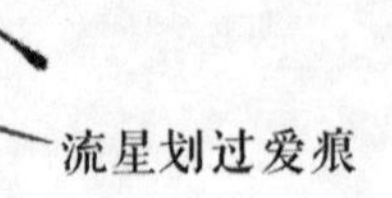

贝摇晃着脑袋，一脸的得意。“老师对我们家小贝好吗?”“好，每天晚上的苹果都是我的最大!”小贝撑开双手，做了一个夸张的动作，爷爷眯着眼睛：“这是多大?”

“快过来，别让爷爷累着了。”我抱下小贝，见他身上汗渍渍的，准备帮他洗澡。只见他侧着头，用好奇的眼光盯着问我：“妈妈，今天不打麻将吗?”

“以后妈妈不会去打麻将了，天天陪着小贝。”

“真的，妈妈太好了，那我不想住读了，我要和妈妈天天在一起。”

正在这时，电话铃声响了。公爹拿着电话叫唤：“小贝，瞧瞧谁来电话了?”“是姑姑从加拿大打来的吗?”小贝放下我的手，直奔过去。过了一会，小贝捂着话筒，眼睛发亮地对我说：“妈妈，姑姑今年春节要回来，她要给我带好多好东西。”自从小姑子从麦吉乐大学毕业后，就与美国留学生结婚了，选择定居加拿大，已经三年没回国了。

今天仿佛是我最舒心的一天，原来幸福就这么简单。这天，我们吃完晚餐，一家人坐在客厅里看电视，其实电视里放着什么，大家都似乎不在意，而小贝快乐地穿行，始终是家里的亮点。

这些天上班，总算有事可做，行领导商议，让我移交了原来的保管业务，和谐监狱的综合业务由我负责。我带领两名员工到监狱，深入渗透，从代发工资到监狱维修、扩建款，都落入我们银行，因为有关系网。这些事我做得顺风顺水，我的业绩呈直线上升，工作时间也由自己灵活掌控。这期间，我也凭借自己的文字功底，将系列的业绩报告上传到分行，得到了认可。真可谓名利双收，我的失落感在忙碌的工作中渐渐消失。

十六

一切向好的方向转换。这期间，接到一个熟悉而陌生男人的电话，我知道是熊焰。在这座城市里，他想打听我的消息易如反掌，可我在这么多年听到他声音的时候，还是耿耿于怀。为什么？在我最需要你的时候牵不到你的手？为什么在我面临崩溃的时候得不到你的拯救？只有一个原因，爱我不够，或者说根本就没有爱过我，现在打电话来，不管是解释还是道歉？都于事无补。

他用低沉的声音说是熊焰，我挂了。他不死心又打来，我恨恨地说："没人认识这种人，滚一边去，昨在哪，今天还在那待着去。"他很识趣，从此没再联系。

熊焰一直是藏在我体内的刺，常常使我隐隐作痛。在长达几年的疼痛中，我早已做出了人生最惨烈的决定：选择婚姻作为手术，拿掉这个扎在身体的刺。原以为长痛不如短痛，没想到十年后的相遇，我发现自己还是恨他的。

有人说，恨的寓意，有不忘和牵挂的成分。我想，我不能否认这一点。但相见不如怀念，既然无缘走到一起，便相忘于江湖，毕竟我们不再是独立的个体，都有各自的生活。

十七

晚上还是睡不着，我想我一直是属猫的，是夜晚的精灵。只是和程强结婚后，才恢复了属猪的本相。一个人的长大成熟，都难免要经历一些事，或者是内心挣扎的东西。于我和身边人而言，失恋或者是被人抛弃，都是说不上的事和提不上手的东西，周围的朋友同事都说这些小痛小痒纯属小儿科，斐子君更是下了定论，说我是无病乱呻吟。

早上开车上班，精神有些恍惚，开过八一大桥时，路上的车渐渐少了，我想在路边停靠一会，便向右打了方向盘，却忘了打转向灯。刚转了十五度的角，突然一辆凌志的白色轿车从右边冲了出来，我吓得出了一身冷汗，大脑顿时清醒了许多。

正当我暗暗庆幸的时候，白色凌志的车窗徐徐下落，露出一张英俊帅气的脸。先是眉骨，然后是如海般湛蓝的眼睛，有型的面颊泛着淡青色的络腮胡茬。足足有一分钟的迷茫，我甚至忘记了他的名字。

"秦小娥，你怎么了？没撞到你吧？"他探出头来关切地问。

我拢了拢前额的刘海，滑上车窗，从齿缝中发出"切"的声音："你跟踪我？"我的眼神带着不屑，踩下油门扬长而去。

上班后，一个人坐在办公室里发呆，我拿出烟，四处找打火机，没找到。此时，我的心像长了草，乱糟糟的，我的脑海里全是挥之不去的黑眼睛。

“丁零零。”一阵急促的铃声吓了我一跳，我在包里摸索了好一阵子，才找到手机，滑开一看，竟是程强。

十八

无力地“喂”了一声，语气带着倦怠。好像这个时间段，程强从未给我打过电话。他给我通话的时间段基本上是下午下班时间：一是告知一下自己的行踪；二是基本不回家吃饭。

“冬阳，赶紧来中心医院急救室，妈妈不行了!”程强的声音有些嘶哑，仿佛用尽了所有的力气。

我的心“咯噔”了一下，脑海闪出了一个问号：“妈不行了？什么意思？难道是高血压发了？”我公婆的脾气我是领教过的，在家里可是权威人士，连当市长的公爹也都敬畏三分。平时，为了不让程强夹在我们婆媳中间为难，我们只有周末才领着小贝在公婆家聚聚。

我冷笑一下，甚至带点幸灾乐祸的成分，我用食指圈着车钥匙悠闲地走向电梯。

我觉得今天是一个特别奇怪的日子，所有人的目光怪怪的，见到我像见到外星人一般，特别是进入电梯时，竟然像避瘟神一般都逃了出去，剩下我一人。

十九

来到急救室，我的目光一下子落到了程强的背影上，他握着公婆的手在抽泣，身体抖动得厉害。而躺在床上的公婆，紧闭着双眼，脸上被呼吸器罩着，泛着阵阵白雾，浑身都插着管子，平时的彪悍全然不见了。我陡生了一种悲哀：人再怎么强悍，不也有示弱的时候。我推了推程强：“怎么了？”

程强没有抬头，将手中的一张纸递了过来，触目惊心的几个大字是那样的刺眼：关于程乾坤涉嫌和谐监狱受贿案的处理意见。我的头像被人猛击一般，有些眩晕，蹲下身来，努力使自己的声音平和：“程强，不会的，一定是弄错了，你一定要挺住，爸爸是个好人，大家一直都敬重他，事情会弄清楚的。”

在我心里，公爹一直是个严谨的人，他的智慧和见识，让我敬仰和尊重，我相信他，一定不是个贪图小利的人。但盖有红章的文件，让我的世界一点一点坍塌。

二十

“去把孩子接回来吧，孩子一直闹着要回家。”程强推开我的手，他血红的眼睛像经历了炼狱。我的心也凉到了冰点，也许这真是命中难逃的劫数，我一直以为这个居身其外的家，跟我没有太大的联系，当摇摇欲坠、破烂不堪摆在面前的时候，自己是难辞其咎，无法身临其外了。那一刻，我想到了小贝在学校的处境，想到公爹到了职业生涯的最后关头，弄得身败名裂，想到了一生好强的公婆命悬一线，还有身居海外的姑子如何面对突发的一切……

我从身后抱住了程强，他没有回应，也许，他从来都没有想到过我会给他力量，他一直以为，我只是一个小女人而已，由我任性，任我快乐。

而此刻，我内心从未有过的疼痛从心尖划过，这个一直没有占据我内心的男人，瞬间让我变得强大：“程强请你看着我，如果这个世界背叛你，我秦冬阳从今天起，和你一起背叛这个世界！”这是他在我最无助时对我说过的话，就因为这句誓言，曾给了我力量和希望，当即我决定嫁给他！

程强听到这句话，转过身来，将我抱在怀中，他仰着头，不想落泪，但脸上分明有滑落的泪痕。那一刻，我只有一个想法：不能让这个男人垮掉，因为他的灾难才刚刚开始，而他的灾难也是我的灾难，我要和他一起面对，一起承受！

二十一

来到英才贵族学校，在学校的操场上找到小贝，我第一眼看到，他脸上的抓痕。我蹲下身来，摸着他的脸问：“小贝，是谁弄的？”“是他！”小贝指着不远处的小男孩，我快步走上前去，一下子拧紧了小男孩胳膊。小男孩龇着牙，露出要哭的表情，看得出我是暗暗用了力的。“下次再打小贝，我就掐死你！”我将涂了琉璃的长长指甲在他的眼前晃了晃，他恐惧地看着我，往后挣扎。我感到自己的手指甲要翻了，便放了手。

“我爷爷有枪，打死你！”小孩露出了顽皮的神态，边说边飞快地跑了。“妈妈，东东最坏，他说我爷爷是和珅，是大老鼠。”小贝指着跑远的东东说。我蹲下身来，抱紧小贝不知说什么好。

公婆度过了生命最艰难的两天，她从睁开眼睛的那一刻就一直盯着白色的天花板，一眨不眨。小贝叫了好多声，她也没有回应。程强已经两天没有休息了，他坐在那里像座雕塑，我几次叫他回家洗洗，好好睡一觉，他全然不去理会。我们好像都忘了公爹的存在，直到阿姨送饭时，带来了传票，我们才知道公爹已被羁押在看守所里。

二十二

总算还有点幸存的温暖。正当一家人处在茫然无措时期，主任给我打了一个电话，叫我安心在家里处理事情，不要担心工作的事，已安排他人替代了我的工作。

我将小贝交给阿姨，赶紧去了看守所，探视公爹。看守所不让，费了好多口舌，经历了多种手续，民警总算同意了，公爹拒绝见面。我只得在看守所来来回回做工作，直到我说公婆病危，他才同意见我一面。

当公爹走进探视间时，我的泪一下子涌了出来，这个在我心中倍受敬重的公爹，已瘦得没了人形，花白的胡子布满了半张脸，与我平时见到的公爹判若两人，可见公爹这两天也倍受煎熬。公爹说了一句：“对不起，对不起你们！”便哽咽得说不下去。

我忍住悲痛，红着眼，挤出了一丝笑容：“爸，你不要担心妈，不要担心我们，你要好好保重自己，这几天家里都围着妈转，没顾上你，不要想得太多。小贝过两天再来看你，你要好好的。”“好好，辛苦你了！冬阳，一切都交给你了，不要让小贝到这地方来，别伤害孩子幼小的心灵。

一定要照顾好你妈，我知道她一直没好脸色对你，其实，她是认可你的，她只是害怕你超过了强子。”

“爸，我知道，我明白，你好好的就是家里最大的幸福，没有什么坎过不去，家里的事我会处理好的，等妈好一些，我带她来看您！”公爹点了点头，然后缓缓地转过身，瞬间，我觉得公爹一下子衰老了许多，像个七十多岁的老人，步履蹒跚。

走出监狱，我长长吐了一口气，仅仅几天时间，天堂便与地狱转换，一切像梦般不真实。但事实很冷，一切都是事实。

二十三

公婆总算从鬼门关里闯了过来，但落了个半身不遂，不能说话。原本觉得我和阿姨照顾公婆是件很容易的事，没想，公婆病得不轻，脾气还见长了，她“唔唔”地叫嚷着，最后还是程强弄懂了她的意思：要回家！

安顿好公婆回家已是十点，想到已有多日没上班，加上到了年关，也该给领导说声感谢，还得续续假期，我去了单位。

刚走近办公室门口，就听见一阵哄笑，“人生真的很有戏剧性，程市长可能做梦都没想到自己组建的监狱，自己会住进去！”“是啊，上次主任说监狱建造得像花园，也许程市长是为自己留的后路，可以安享晚年。”

“不积口德的王记，程市长当了这些年的市长，也为本市做了不少贡献，只是点子太低。唉，区区几十万就被毁了晚节，不值得啊！”工会主席感叹道：“常在河边走，哪有不湿鞋？”

我站在门口，内心波澜起伏，说什么好呢？人活着真累！一个“活”字，三点水的舌尖，这还算不上一群毒舌，这几天还听到更为刺心的话，好在我的承受力强。我装作若无其事地走了进去，笑着和他们打着招呼，没想这群人一见我，全作鸟兽散，跑得没影。

二十四

主任坐在那里，目不转睛地注视着我，我也习惯了别人对我的凝视。

自从公爹出事后，我就发现自己的后背长了眼睛，我对生命与生活有了大彻大悟的感觉，那就是学会妥协、学会世故、学会圆滑、学会放弃曾经很多视为骄傲和尊严的东西……因为生命中掺杂了附加值的东西，透支用了，自己最终还是要加倍偿还的。

“主任，有什么事就请直说吧！”我没有看他，却知道他的难处。“冬阳，你是个聪明的人，那我就直说了，其实这次你的调动与精简机构无关，是你不再适合去和谐监狱联系工作了……当然，主要是为你着想！”

我没有回答。这些天我也不是没有想这个问题，我一直在想工作是工作，一码归一码。以前是凭着公爹的关系拿下了这单业务，我现在可以凭借自己的能力，做得更好，让大家对我有一个重新的认识。看来领导比我想得更周到、更细致、更全面，也不需要我挺这一关了。

“好吧，听领导的安排！”我的语气有些消极。

“马上就到年关了，你在家里安排一下，家里出了一大摊子事，想想就堵心，程市长一直是我心中的英雄，现在我也不能说什么！人在走麦城的时候，还得有一个清醒的人帮衬着，过了这阵就会好起来的！”

我知道主任想说什么，近十年的同事关系，他对我是最知根知底的，我的细微变化都没能逃过他的眼睛。“嗯。”我点了点头，退了出去。现在自己最缺的就是时间，家里的许多事都牵扯着我的精力，我需要一个长假来梳理一下。

二十五

姑子一人从加拿大回来了，丢下行李就扑在公婆的身上哭，公婆的泪也不经意地滑落，瞬间，母女俩成了泪人。

“姑姑，你为什么哭？”“因为奶奶病了！”“我也想哭，我想爷爷！爷爷好多天没陪小贝玩了。”姑子搂着小贝泪如雨下，我感到自己鼻子发酸，便回过身去。我知道这个一直处在优越环境的姑子，此时，一定觉得像塌了天一般，茫然无助。

吃完中午饭，还没说上几句话，姑子又开始哭，我只得上前劝慰，劝她面对现实，她带着泪点了点头。

晚上，大家坐在沙发上议事，程强刚提公爹的事，姑子又号啕大哭起来，根本跟她说不上事。这下我烦了，大声吼道："哭有个屁用，都值不了一毛钱，连莫斯科都不相信眼泪，你的眼泪能改变什么？你说说这次回来有什么打算？妹夫的意见是什么？"姑子一愣，挂着眼泪望着我，半天没有缓过神来。

过了好久，姑子说话了："嫂子，我只有十天的假期，我也没有好的办法，妈妈现在半身不遂，也不是一时半会就能恢复的，带到加拿大是不可能的，我在回程的路上思来想去，只能帮你做一件事，小贝现在也不想上英才学校了，不知这样行不行？我把他带走，爸妈交给你们，你们在爸妈的事上多费点心，小贝在我那，你们也放心，我就这么一个亲侄子，我会照顾好他的。"

没想到这个没有主意的姑子，竟会想出这么一损招，不仅把两个老人推给我们，还带走我的小贝，她真不想让我们活了。她还找上一句："反正我是铁了心不回国的！"我真是气不打一处来："这就是你一路想的好办法？"程强见我和姑子都没有好脸色，吼道："睡觉，明天再议！"

二十六

躺在床上，我和程强思想一直无法统一，程强倒是很赞成姑子的想法，他说把小贝送到加拿大，一则可以让孩子换个环境；二来也可让姑子的两口子安心。我们把各自的事做好，就实现了双赢。凌晨四点，我和程强总算达成了一致意见。我理解程强，平时父母在的时候，他很少拿主意。在父母那里，都是父母说了算。在小家，基本上是我说了算，现在见他拿定主意，我也不便说什么，虽然舍不得小贝离开，但一想到他在学校受欺负，我的疼痛就横亘在心里。

春节，本是万家团圆的日子，我们的家却七零八落。公公带话说，不让我们去探视，让他静一静。后来在看守所指导员的劝说下，大年三十的晚上，程强和程研兄妹俩终于与公爹见了一面。

我坐在公婆的床边凝视着她，她面无表情地望着我，一句话也没说。过了好久，她的眼神混沌起来，我帮她掖好了被角，长长地叹了一口气。

然后，关灯走出了她的房间。

大年初三，姑子带着小贝坐上了去加拿大的飞机。那一刻，我的心仿佛被抽空了一般，仰望蓝天，苍茫如海，泪水迷失我的眼睛，什么都看不清了……

下部：崛起

二十七

初七，到了法定上班时间，来到办公室，我的办公桌上沾了厚厚一层灰，不知是我遗忘了它，还是它要抛弃我，我潜意识觉得这种缘分可能就要到尽头了。

我提来一桶水，将办公室上上下下擦了个遍，然后拿起一本书，看了起来。过道上传来了互相祝福的声音。我坐着没动，我知道没有人在乎一个过气市长儿媳的问候，我也不会矫情到去迎合那些熟悉得不能再熟悉的面孔。我当什么事都没发生过一般，该干吗干吗。当然，我的内心一直在挣扎。

我不知道自己岗位在哪？不知道这种无休止的冷遇有没有尽头。以前上班时，有我的位置，我报个到就离开了，不知道珍惜，却从来都没有担心别人会来挤自己，现在坐在这个位置上，内心却是茫然而忐忑。

我的时间变得沉默与静止，心中有一种严重的失落与挣扎。就在我捧着书无法看进一个字时，领导找我谈话了。

那一刻，我长长嘘了一口气，从未有过的坦荡与虚怀。笑，发自内心。我突然感到自己的笑吓着他了，因为他看见我笑时，不由得倒退了一步。他不敢正视我，嗫嚅了半天，欲言又止。我又恢复了沉默，一副乖巧的样子："史科长，你有什么就说什么吧，我承受得了，真的。"

"工作的需要，也是好事，领导想起用女干部，决定让你到西门桥支行协助郑行长工作，你可是一步到位的党委副书记，虽然西门桥支行目前工作起色不大，还出现了一些问题，但党支部对你还是寄予了厚望，你也算临危受命，任重道远啊。"

这些过渡话，我并没有听进去多少。此刻，就是让我上刀山，下油锅，我也不会有片刻犹豫。我直奔主题："好吧，几时报到？"那一瞬间，身心轻松，真想立马离开。我想，如果在这里再待几天，自己没准会疯掉。

第二天，精心装扮一番，站在镜前对自己笑笑，我发现，自己还是以前的秦小娥，没有一丝颓废，阳光而自信。唯一改变的，就是以前秦小娥为爱情扑火，而现在的秦小娥为新的职场化茧成蝶。尽管合同上写着三年完不成各项指标任务，我有可能比现在的处境还难堪，但不去试试又怎么能知道结果呢？

二十八

来到西门桥支行，我才知道天上与地下的区别。郑行长对我的到来显得很淡定，伸出手来点到为止，把我让进了副行长办公室，然后客套几句，便回到了他的办公室。环顾四周，可以看得出为我准备的办公室虽然破旧，但还是经过了精心整理的，特别是窗帘还是易可纺绿洲窗饰，若隐若现的菱形纹理，像沙漠中片片绿洲，使人觉得心存希望。

我走进去放下提包，又来到了郑行长办公室。郑行长示意我在对面的办公椅坐下，审视了一会儿，笑了笑开了口："小秦，我就不叫你秦副行长了，其实西门桥现在像只烫手的山芋，谁都不敢接，你倒是精神可嘉呀，有道是初生牛犊不怕虎，说来就来了。听说你是属猪的，37 岁了吧！"

我还没回过神来，正当我体会他说这话含义时，郑行长又自嘲地笑笑："知道我为什么叫郑居正吗？其实，我也是属猪的，不过我今年 49 岁了，也许注定了属猪在今年是个不祥年，我们一个小支行出现了那么大的风险事故，我知道行领导给了自己一个在哪里跌倒在哪里爬起的机会，我很感激领导的用心。"后话隐忍了，眼帘下垂，我知道他的下句寓意：不想操心，也不想带新手。

见我的眼睛红了，他顿生怜惜之心，转过话题："我也听说了你家的变故，我是过来人，既来之，则安之，我觉得一个女性带点伤重新开始，也不是一件坏事，毕竟年轻还有资本，你说呢？"郑行长仿佛很累一般，

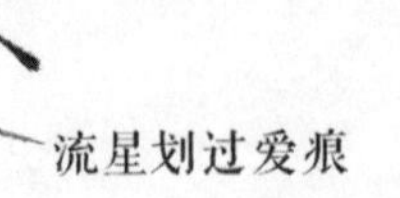

身体向后靠了靠，左手掐住太阳穴不再说话。

听了郑行长的话，我突然为他感到沉重，也为自己捏了一把汗。我早已从文件中得知去年下半年，西门桥支行爆出一件惊天大案：一位营业部主任利用职务之便用库房的现金以狸猫换太子的方式，将100万现金盗了出去，尽管作案还没来得及逃跑就被抓捕，但此事还是惊动了上级行。此次的被盗案，受到牵连的不下五人，当然，郑行长幸免，缘于他曾经在银行做出过巨大贡献，只是这次打击太伤他的元气，他怎么也没缓过神来。

二十九

我坐在办公室，想理出一个头绪来，可总感到内心浮躁不定。正在这时，斐子君来电话，说她和叶果果在卓尔西餐厅等我，这是我的两个闺蜜兼死党。在过去的十年间，我们结婚生子，忙于各自的事业家庭，很久没联系了，直到叶果果离异、斐子君走上领导岗位、我不再热衷打麻将，我们才不约而同地又走到一起。

叶果果双手捂着奶茶杯，用忧郁的眼神望着我："是该祝贺你呢，还是为你感到悲哀？"这个不靠谱的损友，总能让我的心到达冰点。我苦笑了一下，轻轻摇了摇头。斐子君嗔怪地望了果果一眼，然后捂着我的手说："你知道什么样的女子在我心目中最优雅？"我摇了摇头，说真的，我心里很乱，还没有心思想优雅这个问题，一想起郑行长颓废的样子，我就没了主心骨。

"娥子，告诉你啊，时间不一定能证明许多东西，但一定会让你看透许多东西。你以为我坐到局长这个位子是做出来的吗？不是，是悟出来的。如果我还告诉你我喜欢听邓丽君的歌，你不会觉得我幼稚吧？我喜欢听她的歌，因为她的歌从来都没有怨气，即便唱的是'证明你一切都是在骗我'，她也不给听歌人的情绪染色。"

"没有怨气的女人才经得起事，我经历的事够你写一本书的。你现在要做到的是随遇而安，你需要理顺思绪，抓住重点，知道自己要做什么。只有定，才能静，静，才能安。前十年你在庇护下活得风光，后十年应该让人看到你的尊严与希望，因为你一直是一个有能力的人。"

一语惊醒梦中人，听了这么壮势气的话，我的胃口大开，点了一份牛排，外加一份水果比萨。现在，知道了我们三人的区别在哪！我突然想到有一张存放已久的大学毕业证。十年，自己一直把它当作跨入幸福的门槛，而忘记了它也是起飞的翅膀。

三十

我真的忘记自己很久了！一直以来，自己还处在生得好不如嫁得好的传统观念中，忘了自己是谁。回想自己曾经也辉煌过呀，高学历、青春靓丽，还有一手好文笔。可自己在婚后的十年间，为什么一直很安然享受着市长儿媳的安逸呢？因为惰性？因为虚荣？还是因为情场失意自暴自弃？不知道，我找不到答案。

我胡乱地在笔记的扉页上留下了一行字：奋斗 1000 天，改变西门桥。也许潜在的也正是给自己鼓劲加油的豪言壮语。

我没有上班，我还有许多准备工作要做，还有诸多环节要梳理。将一头的卷发剪成了妈妈头，从明天起，我要穿行服了，要坚持晨会制度了，要充当几个角色。当然我不能戴头花，那样与平常的自己反差太大，我还不能接受。

将长长琉璃甲磨掉换成了自然甲。我想一个基层的副行长戴着一副长指甲，恐怕连自己的员工都难以接受，何况客户！

约郑行长在茶楼喝茶。我不想公事公办，让自己锋芒太露。说真话，我不能没有郑行长的庇护，虽然想到过渡段正好展翅飞，但我没有基层实战经验，还不具备独自飞行的条件，我要团结一切可以团结的力量，调动一切可以调动的积极性。因为自己三十七岁了，已近不惑，时间不多了，想崛起，我得找捷径……

三十一

营业大厅井然有序，存储柜台人来人往。我把几个班子成员叫到了办公室像家庭主妇一样，算计点点滴滴的工作流程、各项大任务小指标的业

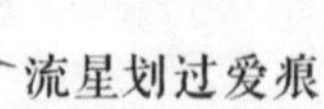

绩、新项目的投资回报率、大企业的跟踪服务……我知道现在已经是骑在虎上，要有一种紧迫感，不能有丝毫掉以轻心。

我夜以继日地伏案疾书，出台考核办法，为的是完成半年的计划任务；利用休息日去医院看望孕妇员工，为的是员工能够早日康复，让团队拧成一股绳；带队去企业车间了解情况、参观生产流程，为的是放一笔安心的贷款；甚至我到企业驻点，为的是拉上企业的代发工资。扫街、跑楼、下乡……我像换了个人似的。

付出终会有回报，这是至理名言。西门桥的行风有了突飞猛进的改变，连颓废的郑行长也成了营业部的常客，他有事无事地反着胳膊在大厅里转来转去，脸上偶尔露出赞赏的笑意。

这半年，我一直充当着黑包公的角色，我知道一个年近四十岁的女人，丢下一切，把工作当成起跑线，这样的人生是绝对要有条件的。

半年过去，我发现工作业绩和管理都是要施加一点点压力，然后就会发现有一个新的理念和问题不断地产生。我的三年规划像起程的火车，已发出了“铿锵”的声音。这种声音，就像当初麻将在机内翻动的声音，让我着迷兴奋。

现在我知道了人生不是诗，工作不是戏，无论行长还是副行长，只要走马上任，他就是一个大管家，柴米油盐酱醋茶，一样操心不到位就会出问题。

以前，我一直以为女性比男性更细致、更柔软一些。当走到西门桥支行的那天起，渐渐发现自己还是一个剑拔弩张的女人，不弄个生死明白誓不罢休。现在于我而言，西门桥就像战场，我没有退路，只有一往无前，哪怕碰得头破血流，也在所不惜。

三十二

六月三十日，银行半年结算，出乎意料，我们比预期的倒数第七名靠前了许多，排列二十一名。相对全区40个网点来说，西门桥支行创造了一个传奇。那一刻，我有一些兴奋和冲动，一改往日刻板的形象，冲口说道：

“今天我们的晚餐，大家说了算！”

大家面面相觑不敢相信这样的话，出自我的口中。

“我要去吃西餐。”

有一个年轻的小伙壮着胆嗫嗫嚅嚅地说。

“准了！”

一片雀跃，这是半年来，我第一次笑得这样坦然轻松，那一刻真觉得袒露本性的日子，是多么的惬意。

我和十四名员工在同一张桌子上吃着香溢四起的牛排，泛着浓浓的胡椒味，有的要七成熟，有的要八九成熟，欢声笑语一片，仿佛从来都没有这样开心过。临近尾声，我像这里的常客，向老板打了个响指：

“给我们在座的每一位女士们、先生们来一支哈根达斯。”

瞬间，员工一个个睁着眼睛，愣呆了，疑惑了，却疯狂了，有的人甚至不知道什么是哈根达斯。

这一天，我实现了好久以前心中承诺的一句话：爱一个人，就请他吃哈根达斯！此刻，我爱这里的每一位员工……这种爱不再单一，而是最高境界。

我觉得这半年多的时间，是我人生收获最多、最大的时期，人生的归位是把外在的东西变成能量，把内在的东西在历练中变得强大，我觉得自己做到了。

回到家很晚了，我的脑海一直处在兴奋状态。我有一个奇怪的想法，以后，我要将挑战性、鼓动性和娱乐性绑在一起，激励员工完善自我、表现自我、推崇自我、发挥自我，挖掘他们最大的潜能，把西门桥支行凝聚成一个整体。在未来800多个日子里，我知道前途任重而道远，但我坚信会决胜终端。

三十三

天渐渐凉了起来，我安顿好公婆的寝居后，又将公爹的秋衣清理出来，准备和程强一起去探望他。说好的时间，程强却被单位派出去出差了，我只好独自前往。

这次公爹的情绪似乎好了许多，脸上有了血色。狱警悄悄告诉我，公爹现在不像刚来时那样沉默不语了，也没有过大的抵触情绪，每天午休一会后，会到阅览室读半小时报，还拿出日记本写写画画。

公爹来到探视间，还是像个做错了事的孩子，眼睛望着别处。我拿起话筒轻声地叫了一声“爸！”然后直接对他说：

“我到基层当副行长了。”

公爹握着话筒直点头，半天才喃喃道：

“好，好，走好自己的路，不要像爸一样。”

他抬起头，慈祥地看着我，露出赞许的目光。

“爸，受苦我不怕，我就怕你和妈倒下，以前我依赖你们，现在更依赖你们，因为我想做好三年的任期，你和妈都是当过领导干部的人，都有工作经验，是我身边现成的老师，我不请教您，谁还能帮到我？”

“这孩子还用激将法对我？有什么事用文字记下来告诉我，我帮你分析分析。”

“好，就这么说定了，爸，如果你有记录的文字，我也可以帮你整理的。前些年，我一直担任银行内参的编辑，不亚于你以前的秘书。”我撒娇般地说出这些话，公爹先是一愣，然后点点头，第一次露出了笑容。

三十四

“秦行长，鑫材公司还是决定在我行开基本账户了。”

营业部卢小慈打来电话时，我太意外了。以前做了多少次工作，这王总就是不松口，没想到就在我松懈的时候，他居然找上门来。以前，我是不迷信第六感觉的，现在我相信了，今天一出门左眼皮跳个不停，还遇到喜鹊在院子里叫个不停，看来真是要走狗屎运了。

来到银行时，看见王总已坐在办公室里，卢小慈介绍我后，他一双眼睛不停地打量：

“你就是秦……小……行长？”

是啊，秦冬阳，请多指教！”我主动伸出手来。

“指教不敢，以后我们集团公司的户，都开在你这里，你准备怎样感谢我？”

王总的话明显带着调戏，然后双手紧紧地握着我的手。

“当然是加强学习，为你们提供更优质的服务！”我皮笑肉不笑，用力挣脱了他的手，心里骂了句：

“什么东西。”

因为鑫材公司在我行开户，业务量陡增，我便到分行提出要加人。分行领导看到一年来西门桥的变化，没有拒绝，答应本月内解决，一切仿佛变得顺风顺水起来。

随着鑫材公司后期工作的大量投入，西门桥变得门庭若市，分行的领导像走马灯似的来来往往。将鑫材公司所有下属公司的集团户开定后，分行分管领导召开了一次上层碰头酒会。原本是让郑行长参加的，但郑行长以不了解情况为由，极力推荐我参加。

我来不及换掉行服，仓促地来到十楼酒会中心，一走进酒会现场，我的目光就定格在一个男人身上。他身穿着世界名牌，酒杯里波动着玫瑰红。我突然想起了格利高里·派克，他在我的眼中一直有着雕塑一般坚毅的轮廓和刚直不阿的独立人格，但世界颠覆的时候，只需一秒钟便坍塌。

行长将我引见给他时，说：“秦冬阳，支行的副行长！”

行长又着重地介绍了他：

“鑫材公司最大的股东熊焰，公司有望明年上市。”

我望着那张熟悉而陌生的脸，觉得自己像极了舞台上的小丑。我走到后台，大吐特吐，吐得翻江倒海，直到胃里什么东西也没有。我明白了鑫材公司在西门桥开户的原因。

三十五

熊焰一直没有现身，想必他是理智的。如果他是为了取悦我而在西门桥开户的话，必定会讨个狗血喷头式的无趣，他当我秦小娥是什么人？我最讨厌有几个钱，就把自己当救世主的人。

坐在黑暗的房子里，我又抽起了烟，那一明一暗的火光，像熊焰的眼睛。那双眼睛曾经是阳光的、清纯的、忧郁的，而现在，他的眼光具有挑战性和挑逗性。我狠狠地摔了烟蒂，用脚踩灭。那个王总上次见到我时称呼我什么？秦……小……行长？他应该和熊焰一样称呼我为秦小娥吧，他应该略知我和熊焰的故事吧。现在他是什么角色？他是来做熊焰的探班，为猫捉老鼠的游戏开局？

早晨六点，被手机铃声吵醒，还以为是到了做早点的时间，一看是姑子打来的长途。姑子说，小贝要和我们视频，约的时间是下午七点，那个时间小贝正好在家，我说好。我算了算时差，应该是中午十一时左右。

好长时间没有见到小贝，不说还不觉得，这一提醒，我恨不得把时针一下子拨到这个点。风风火火地起了床，做了早点来到公婆的房间，公婆睁大眼眶望着我。阿姨抱怨说你公婆真懒，明明手能动，她就是不动，教她说话，她也不想学，整天说啊啊啊的，要人去悟她的意思。

我“哦”了一声，我理解一个精神坍塌的人，是什么都不想做的。话又说回来，我觉得公婆这半年来不说话怪好的。以前她说出来的话，可以让人在心里堵上三天。但顾及阿姨照顾她不容易，我还是轻描淡写地对公婆说：

“你要学会说话，小贝要视频了，你得给孙子聊上两句。”

公婆的眼神亮了一下“哦哦”。

“你还得学会用手端碗自已吃饭，要不这手就真的退化了，等爸爸回来了，他喜欢吃你做的饭，你该怎么办？”

公婆又“哦哦”了两声。

上午，我参加了市分行的个金会，散会时已到十二点。顾不上吃工作餐，我直往家里奔，迅速开机，屏上现出了几个大字：

“我的爷爷是个大市长！”

我心一惊：难道爸平反了？咚咚咚，我发出了一个问号的图案。不一会，那几个大字开始往下滑动，然后露出两只可爱的小眼睛来。

“小贝，我的乖宝宝，想妈妈了没？”

“想了。”

“哪想了？”

“肚子想！”

“肚子怎么想！”

“饿得咕咕响！哈哈哈”

“姑姑没给你饭吃吗？”

“这里的饭不好吃。”

“刚才那几个字是你写的吗？”

“是呀？”

“是想爷爷吧！”

“天天想，爷爷怎么不和我视频，我要给一样东西他看？”

“什么东西呀？”

“姑姑，快把我的东西拿过来！”

“来了来了。”姑子把一尊透明的火炬在镜头前晃了晃：“这是小贝得的奖，小学生华语征文一等奖。

“登登登！”她像变魔术般从背后晃出了刚才的几个字：我的爷爷是个大市长！我翘起了两个大拇指，然后发了一串拥抱和玫瑰花。

三十六

刚上班就接到通知，鑫材公司为了方便工作，在我行申请一间办公室，名曰鑫材公司办事处，在三楼靠近我的办公室。为了整体着想，分行拨了一笔费用将郑行长和我的办公室作了统一装修的计划。

不知为什么，我总有一种潜在的感觉，这是不是熊焰靠近我走出的第一步。我打熊焰的电话，想告诉他：对我工作的支持表示感谢，过去了的，就不要再提起了！通了，电话是他秘书接的，他问我预约了时间吗？我语塞。这一点还真让我意外，见他都要提前预约？

刚挂下电话，监狱的刘警官就打来电话说公爹想见我一面。我立即放下手头的工作去了监狱。这次召见还真让我意外，公爹的脸上还有些羞涩，耷拉着眼睛不敢正视我，半天才拿出了信纸和一本日记，通过狱警递给我。我扫了一眼信纸上面的一排字：关于管理工作的几条细则。

我心中闪过窃喜，看来公爹把我的事记在心中，更重要的是他已走出了那段不堪回首的日子。我又扫了一眼日记簿的扉页，也写着一排字：从政四十年，右下角写着程乾坤的名字。

以前有多少次担心公爹会在这座监狱里想不开而做出傻事，如果是那样的话，我们这个摇摇欲坠的家就会真的败落了。我望着公爹笑了，笑着笑着，鼻子一酸，眼泪就溢出了眼眶。我怕自己说不出话来，做出了一个给力的拳头后，就伸出了大拇指，公爹做了回应，默默地点了点头。

三十七

晚上，坐在书房里看公爹为我写下的管理工作细则，我不得不佩服公爹敏锐的洞察力。平时我在公爹家，总以为他从来都没有关注过自己，没想他的管理细则连我的性格都加入了注解，注意的事项足足写了二十多条。

再翻开公爹的日记簿，我刚读了几页，就被他辛酸的人生经历给震撼了：公爹是一个地地道道农民的儿子，从十三岁起就开始翻山越岭到镇中学读书，每天靠啃馒头，喝食堂不要的米汤来补充体力，但他年年都被评为优秀学生。

正看得出神时，手机铃声响了，我心中陡生不快，很不耐烦地“喂”了一声。

“我，熊焰!”

“熊董有事吗?”我的语气变得尖酸刻薄。

“哦，是这样的，刚才听秘书说你给我打了电话，我们约个地方出来谈谈好吗?”

“好哇,”我一口应承下来，“你说什么地方?”

“你说吧，你就近，我开车过来。”

“那就到香茗楼吧!”说这句话时，我根本没往脑子里过。

我关了手机，又将插有书签的那页日记簿翻开，全神贯注地读了下去，直到读完了公爹写的全文，才发现这是公爹在监狱写的回忆录。我转回到他的扉页，将他的从政四十年中的“从政”二字划掉，改成人生四十年。合上日记簿，打开手机，已是十一点四十，我对着手机冷冷地笑了笑：既然是猫捉老鼠的游戏，那么，就先让老鼠热热身吧。

十二点，我的手机处在震动状态，人也处在迷迷糊糊的状态中，却在这个时候收到了一个信息抖动。想必是他，我懒得动，就让他去等吧！也许他从来都不知道等人是啥滋味。第二天醒来，本能地打开手机，收到一封邮件，上面只有一个“?”。

三十八

三楼很快装修好了，鑫材公司的两名工作人员也住了进来。是两位三十多岁的女人，听说是部门经理的亲戚夫人什么的。两人没事的时候总爱在走道上边晒太阳边织毛衣，有时还有一句没一句地叙些家常。我从断断断续续的聊天得知：熊焰是黎家的上门女婿。黎家本来有一男一女两个孩子，因为一次车祸，儿子走了，女儿也在这次事故中受了重伤。在这次事故中，熊焰邂逅了黎家唯一的继承人黎宛儿，于是熊焰再也没有放手……可以想象得出，这是熊焰多么渴望的一桩婚姻，不但能拯救他，还能拯救他的家族。这是一位多么富有心机的男人啊，后来的一切都在他的操控之中……

开年后，西门桥便有了大的人事调动。郑行长调到了市分行监察室，职务是调研员。我也算是升职了，担任西门桥支行的代理行长。更重要的是，调了一个副行长外加一个年轻的大学生行长助理。我由原来的主事行长，调整成了管理行长，多数时候只需要耍耍嘴皮子。一切似乎走上了正轨。因为有了鑫材公司的入驻，我们这个小庙安了这么一尊大菩萨，各项大小指标齐头并进，一下子跃进了全市前三名。

有时静下来一想，我应该对熊焰感恩戴德才对啊！人各有志，追求的东西不一样，最后得到的东西肯定不一样。是他在自己最困难的时候帮助了自己，为什么自己还是愤愤不平？难道是自己的小心眼在作祟？缘于十年前他的转身，那个决然的背影孤独了我的灵魂，荒芜了我的整个世界。

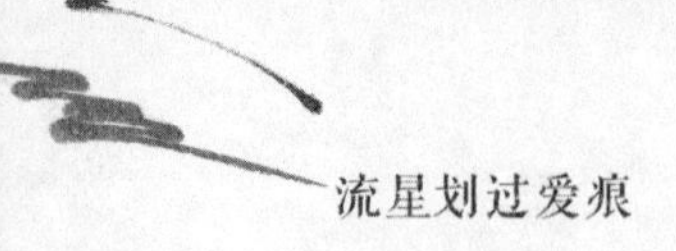

结局：回归

三十九

我应该懂得宽容，学会宽容！我时时告诫自己：人生没有完美，只有完善，不管是做人还是做事。看看周围的人们，有几家没有遗憾。在工作上，我一直相信一句话：越努力，越幸运。虽然我积蓄过努力，但机遇也同样重要。

对于鑫材公司我在前期做了多少工作，可是遭遇的冷眼足以让自己寒心，如果不是熊焰，鑫材公司绝对不会在西门桥开户，这一点可以肯定。为什么自己会对自己曾爱过的人如此动怒，只有一点说明，我的心胸不够宽阔，还陷在儿女感情中不能释怀。

第二天上班，我打了熊焰的电话，还是秘书接的，我对他的秘书说，我是秦冬阳，现在想见熊董！不到一分钟，熊焰的电话就打过来了。这次，我是作为西门桥支行行长去见他的，鑫材的一笔大融资，我想在三季度落实到位，想听听他的想法。

走进熊焰豪华的办公室，有一帧字格外打眼，却与办公室内陈设不是很协调：时光流逝，于我心安，争取明天，不靠搬砖！留下的日期正是那夜我和他的偶遇。这是多么大的讽刺，这十六个字，比他抽我一记耳光还来得真实。不知为什么，我对他的抱怨瞬间烟消云散，我知道自己对他的认知还处在钻牛角尖的固执。

回顾十年，我一直视自己是一条地下的河，没有出口时，只有选择随波逐流，我为自己的颓废找一个合乎情理的借口。

此时，熊焰的眼光平静而柔和，他浅浅地握了我的手，看得出他对我充满了戒备。我一直相信柔和产生的力量，只是我没想到这种柔和会和熊焰融合在一起，融化了我对他的锋利。我想，过去的一切都过去了。人生，没有岁月可回头。

四十

我突然懂了：成长使内心在历练中变得强大，人生的归位是把外在的东西变成内心的能量。近四十岁了，是个讲求实际年龄的人，在经历了疑惑、彷徨后，没有时间走迂回的路。

我提交了五星级网点的申报。郑行长一听到这个消息，就打来电话，悄悄地告诉我：你这是找罪受！就凭那500分的条条框框，你就会脱层皮。经他这么一说，我还真觉得自己有些冲动，毕竟他在基层当了十年行长，对基层知根知底，了如指掌。但我还是相信，只有想不到的事，没有办不到的事。

在迷茫之际，我又一次去监狱探望了公爹。公爹看到我一筹莫展的表情，得知我的心结后，说："你现在是事业的鼎盛时期，也是为家为社会做贡献的最佳时期，知道了自己未尽的责任和义务，所以不能懈怠，要做就做得更好，无论多难都应该放手去搏一搏。

公爹的话像一粒定心丸。我知道自己还有许多事情要做，当自己还没有足够优秀的时候，只有挤出时间为自己的专业知识多充充电，提升自己的能力。西门桥的各项任务都已名列前茅，我要为西门桥的文明创建拼尽全力。

我发现，一旦下定决心，纵然自己是一条地下河，最终也会找到出口，实现迸发、喷薄。哪怕最终的结果不能融入大海，也会在奔流的过程中滋养万物而欣慰。此时，我意气风发，整装前行。

四十一

经过大半年的加班加点，五星级网点的申报资料备好了，终于走到了关键时刻。这天我跟随市分行领导到省分行等待申报，紧张的心提到了喉咙上，成败就定在这天的上午。我焦灼地在宾馆房间里不停徘徊，总感到有些不踏实。十一点，手机"叮"地响了一声，我神经质地冲了过去，上面显示的一排字，让我全身从上到下凉透了：出现重大风险事故的网点，

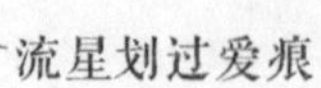

三年内不得申报。

回程的路上，坐在车里大家都沉默不语，心情都很沉重。我的头也是木木的，不悲不喜。其实，好些天我都想到了这个问题，尤其是最近几天，我总感到郑行长的提醒不是没有道理的，只是自己太过于自信，听不见忠言，再一个想法就是像公爹说的一样，去搏一搏。

晚饭大家都没有胃口，车到市内大家纷纷离去。我夹着公文袋回到家，打开大门，却见公婆坐在客厅的轮椅上，围着饭兜咧着嘴望着我笑，这可是意外的事情。见我疑惑，阿姨连忙解释说，今天公婆的晚餐是自己吃的。

我走过去，蹲在她的身边握着她的手，挤出一丝笑容：婆婆，你真棒！公婆这次不再是“哦哦”应对，而是断断断续续地说出了：“秦——秦——秦”，也许是着急的原因，口水像断线般地滑落在我的手上，我抽出纸擦了擦，然后一字一句地教公婆：“秦、冬、阳。”

四十二

鑫材公司在我行的业务像滚雪球一般，越做越大，渗透了我行的资产业务、负债业务和中间业务。我和熊焰的关系也越来越平淡了，平淡的问候，平淡的交流，仿佛一切都在不经意间。

有时忙碌完了，一个人坐在家里的时候，回想往事，我觉得自己好幼稚。熊焰爱过自己吗？是不是自己一厢情愿，或者说是自己的强势，吓跑了他。

一直以来，我都是一个有目标就进取，有喜欢就追求的强势女性，很少考虑别人的感受。在和程强结婚的十多年间，放大了在感情上受的委屈，以至于在麻将场上挥霍了十年的青春。

成长是什么？就是逼着你一个人，踉踉跄跄地受伤，跌跌撞撞地坚强，该付出的时候就要付出，该努力的时候就要努力，以一朵匍匐在地上开花的姿态，学会成长与坚强。毕竟人生有一些路，要独立去走，总有一些事情要独立去做，在走过之后才发现，每一种经历都是一种自我修炼。

公婆的身体状态越来越好，我和卫教授通了电话，想周三去医院复查一下，他说周三在住院部值班，叫我在那里找他。卫教授以前是公爹的保健医生，是医院德高望重的内科专家。周三将公婆送进检查室，在住院部的过道上徘徊。在高干病房，却意外地看见了躺在病床上的熊焰。

我内心“咯噔”了一下：不会是什么大病吧?！没有想，我就走了进去。

“熊董，怎么了，生病了?”

“没有，累的，调养一下！”熊焰见是我有些意外，坐了起来。

“你怎么来医院了，检查身体?”

“不是，公婆来复查。”正在这时，护士过来叫道：“病人家属。”我退了出去。

来到检查室，我随口问了卫教授：“熊焰是什么病?”见我这个口气问话，卫教授停下笔问：“你们很熟?”

“以前是同事。”

“熊董没什么大病，倒是熊董夫人病得不轻。”我“哦”了一声，没有再问，因为看见公婆的表情，显得很不耐烦。

四十三

第二天，我和副行长提了花篮、水果去医院探望熊焰，熊焰却出院了。我叫副行长先回去，拨通了熊焰的电话，熊焰说了几句客套话，说自己无恙后匆匆挂了手机，弄得我站在住院部的门口一头雾水。

正在这时，听见有人叫秦小娥，我回过头去，喊我的男人却是一副陌生的面孔。我木然地望着他，快速地翻动着记忆，还是一无所获。

“你不认识我，我可认识你，我是熊董的校友。”

“校友?”我一头雾水。

“你真不知道?当初熊焰为了追你，在鑫材公司边打工边自修经济管理，在我们中南财大进的修，他可是我们学校有名的花痴。”

“花痴?”

“是啊，当时，我们都很穷，住的都是廉价的集体房，他把你的相片，还有你发表的文章贴在墙上，所以我们经济管理系的男生都叫他花痴。”

我的心掠过一丝心痛，当初难道是自己错怪了他？见我低头不语，眼前的男人便转移了话题："你是来看熊董的夫人吧？听医生说情况不太好，得定期全身大换血。"

"哦，知道她住哪个病房吗？"

"16 楼 6307 病房。"

"谢谢！"我提了水果花篮去了 16 楼。

推开 6307 病房，出现在我眼前的是熊焰，熊焰惨白的脸上有泪痕，见到我便转过身去。我看到躺在病床上的女人。这个容颜大变的女子，我似曾相识。对了，我们应该是老相识了，我们曾在麻将场上较量过，那个摔打"红中"的娇艳女子。

那时，我们都是颓废的妖精。

四十四

一个多月过去了，我和熊焰没有任何联系，我内心总在告诫自己：没有消息就是最好的消息，毕竟熊焰和他的老婆是个人物，一旦有风吹草动，我是不可能不知道他们消息的。

分行与和谐监狱联合开展了一次中层干部警示教育活动，当时我一接到这个通知，心里就有些不舒服，但考虑到不是个人行为，还是得准时参加。我们到监狱时，所有的劳教人员提着小板凳排列整齐地站在操场上，只见一声令下，他们有序地坐在操场中央，像训练有素的部队军人开始报数。我开始搜索公爹，没找到，四处张望，还是没找到。这时刘警官来到我的身边低声说："你公爹要求回避，我们同意了他的请求。"悬着的一颗心总算是落了下来，我这才发现，当自己伸长脖子寻找公爹的时候，我才是别人关注的对象。回到家，程强一下子将我抱了起来，正当我纳闷的时候，他告诉我，他提升公司的法人了。我为他高兴，在这两年多的时间里，程强真的没笑过，今天的笑，虽然倍感辛酸，但他终于从公爹事件的阴影中走出来了。

公婆脸上的表情异常丰富，口中还在喃喃地喊着："强——强——强儿。"程强放下我，半跪在公婆的面前，将整个脸埋在公婆的双腿上抽泣。

我拍了拍他的后背，然后抱紧了他。公婆将我的手拉了过去，放在程强的手上，然后将自己不灵活的右手压在上面，左手伸出大拇指在我和程强的眼前不停地晃动。

四十五

熊焰出国了，是陪黎宛儿一起去的。因为美国发来函说，黎宛儿的病有望被攻克。不知为什么，我竟然有些为他们担心。坐在办公室，好多次想和熊焰通电话，但提起又放下，我的内心在纠结，我到底在担心谁？

一晃半年过去了，偶尔听鑫材公司的两位女职员讲，现在鑫材公司所有的业务都由熊焰的哥哥熊韬临时代理，又因哥哥不是很懂管理，所以平时业务只处理一些应急的事情。

快到年底，我想调一下账，找到熊韬时却受了阻，看得出熊韬对我并不是很热情，甚至有些抵触。鑫材公司在他接手的半年里，在我行的业务都处在维持状态。我也没有着急，现在西门桥支行走入正轨，我也不想把各项业务冲得太高，就把重心转移到了其他方面。

晚上，我在家上网搜资料，QQ 却亮了，一个名为焰火的陌生人申请加我。我一向对这类人都是拒绝，但看到那团闪动的焰火，我就没了抵抗力，我潜在的意识希望是熊焰。

果真是熊焰，他对我的称呼却让我又好奇又别扭：冬阳，我亲爱的妹妹！宛儿在美国的治疗非常成功，我们近期可能要回国。千言万语不知从何说起，看到你现在的状态，我终于可以放心了。十五年过去了，总感到有好多话要跟你说，可每次和你在一起的时候，却一句也说不出来。感谢你最初给予我的爱，我真的是自惭形秽，每次当你站在我面前的时候，我是又喜又怕。喜的是，这么优秀的女孩会喜欢上一无是处的自己。怕的是，别人看我的眼光，那是不屑的，鄙视的。我在这两种极端的情绪中反复挣扎，我知道这种固守是不会有美满结果的。所以，我要去外面的世界学会独立的走路，在贫乏的经历中进行一次自我的修炼。只是，当太阳升起的时候，新的一天也拉开了帷幕，我们在繁杂的社会中走着走着就南辕北辙了……爱到深处无声，情到深处无语，只是人生没有重来。冬阳，让我们一起善待曾经的遇见，珍惜以后相见的日子……

四十六

我的眼眶泪奔，电脑上的字变得模糊，我呆呆地坐在那里，脑海一片空白。二十四岁到四十二岁，这个时间段，似乎是一场春归无痕的仓促，满眼四望，无处可寻。

我真想淋漓尽致地哭一场，似乎只有放声哭一场，心中的痛才能渐渐消弥。但我不能哭，经历了这么多的人和事，我渐渐地明白，人生不是烟花，不是流星，爱是穷尽一生的细流，是浸润一生恒久的淡淡情谊，淡到像生命中天天饮用的白开水。

“冬阳，我亲爱的妹妹。”这是多么无奈的称谓，多么可笑的称谓，只是经历了岁月的洗礼，我还可以微笑地接受，因为两个庞大的家庭关系盘根错节地扎牢在社会关系网上，而烟火中的男女开始义不容辞地操持柴米油盐、鸡零狗碎的琐事……

“冬阳，我和宛儿乘坐国际航班回国，能来接我吗?”

“不能，请原谅，我不能做到熟视无睹！既然生命已重新开始，也无从选择，我们还是安稳地走过静静的岁月，熊焰……我早已原谅你了！”

四十七

“冬阳，我是黎宛儿，我们能见个面吗?”

“为什么要见我? 因为熊焰?”

“因为我们都是女人!" 我们冷静的对白，像是多年不见的朋友，而不是情敌。

我和黎宛儿在天池茶餐厅见面，她一袭长裙，外搭翠绿色流苏披肩，我感到她占尽了女人的柔弱，这些年的风风雨雨，让我习惯坚强，只要看到别人的柔弱，我恨不得为她遮风挡雨。

对视良久，也许是尴尬的原因，我们不约而同地收回了视线，然后掏出了烟，点上火后，向沙发上靠了靠。我猛吸了一口，透过烟雾，我不知道她想说什么，要问什么，而我也不知道第一句话要对她说什么。

“你的原名叫秦小娥，对吗?”她的身体向前倾了倾，眼睛平视着我开口说了话。看得出，问话透着急切，但她却努力使自己平静。这是我早料到她要问的问题，这个问题一直让我卑微。

“是的，想知道我为什么改名吗?因为我想嫁入副市长家，再说程强也是一个不错的人选。婆婆提出的条件是改名。她知道我不爱程强，在结婚的前几天，将我拉到一边警告我，说我眼神不定，是个急切盼望着飞出去的女人，有全然不顾的冷漠。的确，那时的我如果是妖精的话，公婆绝对是狐狸精，她将我的心思洞察于眼。”我坐直身子，轻描淡写直言相告，她的眼神充满了吃惊。

过了好一会，她才缓缓地说：“开始，我并不知道你俩的故事，当时熊焰只是鑫材公司一名普通的员工，我和他的相识从输血开始。那是一个冬天，车祸那天，哥哥走了，我幸运地活了下来。在抢救的过程中，我是RH血型，这种血型又称熊猫血，是非常稀有罕见的血型。因为血库没有，在志愿者中搜到了熊焰，他也是RH血型，就在本市，而且离我最近。

他先后为我义务献血三次，直到我的身体痊愈。怀着好奇的心，我寻找这个与我同样血型的人。那一次暗地里寻访，只一眼就注定了我们的缘分。那时的熊焰在我父母单位打工，还在中南财大自修经济管理，我认为他是一个上进的青年。而那时的我，任性而固执，爱憎分明，抱着爱就爱得轰轰烈烈、惊世骇俗的态度，丝毫不管不顾父母的反对，一直要父母接纳熊焰。

“后来，我和熊焰相处，冷场时候多，我一直以为，他是个内向的男孩，却不知道他是个心事重重的男孩，但这些都不影响我喜欢他、爱他。所以，只要看着他就觉得幸福。直到你结婚那天，熊焰悲痛欲绝。就是那一天，熊焰才答应我做他的女朋友，我喜极而泣。那一年，他二十八岁，却迟迟不肯娶我。我知道他心中有一个女人，可是那个女人藏在他的心底，始终让我在情场找不到对手。”

四十八

“我开始打麻将，蹦迪，像个失恋的疯子。三十岁那年，熊焰终于娶了我，但我感受不到他的热度，为此我们大吵大闹过，最后终于累了。我终日无所事事，开始打麻将，他整日打理鑫材公司。我们仿佛找到了各自的目标，反倒相安无事，又过到了一起。

“直到五年前的一天，我和你同在一桌麻将场上，他叫你秦小娥，我曾听他的校友高真提过这个名字，这是我心中一直深藏的刺。那天，熊焰在我的身边一直出着粗气，你一副心不在焉的样子，我将麻将打得乱飞。回家后，又是一顿吵闹，我感到快要倒下了，我的精神到了崩溃的边缘。”

“不久，我感到自己身体极度不适，被诊断患上罕见的血液病——血栓性血小板减少性紫癜（TTP）。这种疾病十分凶险，血浆置换是唯一的救命途径。这期间，熊焰又多次为我献血，他殚精竭虑为我四处求医。”

“我想到自己生命不多，回想起对他的爱，却像一副长绳，牢牢地套着他，也束缚着自己。我舍得把所有的家业都给他，为什么就不能放手给他幸福呢？想通了这些，反倒减掉了压在身上让人窒息的稻草……”

“在国外的半年多时间里，是我最幸福的日子，在经历了无数世事后，我学会了原谅和放弃，懂得了反思、隐忍和自嘲。因为年轻，我们都放大了自己的痛，因为痛过，我们学会了珍惜。谢谢你，冬阳，因为你让一个男人优秀，因为你，我知道一个女人怎样从淡泊走向深沉。”

四十九

雨，开始下个不停，隔着玻璃望去，世界都在流泪。我不知道自己还能渴望什么，这个透色的玻璃，看似什么都没有，它却隔牢了两个世界。我告诫自己，不要想，什么都回不去了。

我点燃烟，坐在沙发上，满屋弥漫着温情，我的依恋还在做最后的挣扎。回想起与黎宛儿的对白，我真有这么伟大吗？没有，对熊焰，我像一尾海草，不断地纠结于心。只是知道他们的故事后，我落泪了，我感到为情所困的人，都带着凄美的色彩。

我只能感叹在错误的时间，遇见了心仪的人，心相依，却伤了彼此，最终放手成了无奈的结局。我想以后自己再也不会心痛了，因为我和熊焰，还有程强和黎宛儿，都找到了自己生命的轨迹，我们的生命已有了太多的承诺与责任，我们没有时间去计较太多。

只是熊焰，请你记住：一定要比我幸福，因为爱你，就是想给你幸福，不论你是厨师还是董事长。既然你拥有了幸福，就不要让幸福显得太拥挤。不想那么多了，祝福熊焰、宛儿！今晚不再想你们，好好睡一觉，从明天起，我们都要重拾自己！

当放下感情的时候，我发现还有很多的事等待我去做。市分行来通知，西门桥五星级网点的申报工作准入了，我的工作时间又被排得满满的，我不想让大脑有一分钟的空闲。晚上经常失眠，顺着失眠的劲儿，又把公爹二十多万字的回忆录用一个多月的晚上进行了整理。

五十

11月的濹河陡起寒流，我发现自己变得孱弱起来，低下的免疫力，引发持续的低烧，继而转成了肺炎，我好想程强此刻就在身边，可是他太忙了。自从当了法人之后，就很少在就寝前见到他。

“冬阳，好多天没你的消息了，你在忙什么？”打开微信，一团火焰在闪动，我的眼泪不争气地流了下来，我的坚强在一瞬间就要垮下来，我支撑地坐起来，服了几粒消炎药，又服了一颗镇静剂，一会便睡意沉沉起来。

晚上，我被噩梦惊醒，一只手隔着凉毛巾捂压在我的头上。原以为是程强，我迷蒙的眼前分明闪动着一双严厉的眼睛，那是摄入我灵魂深处的危险气息，我的心紧了一下，弹坐起来：“妈，你在我的房间干什么？”

“你烧得厉害，刚才还做噩梦了，我听到了你的叫声，就过来替你换了条冷毛巾。”我的脑海“嗡嗡”直响，我好像叫了一个人的名字，会不会是他？如果公婆知道我在梦中叫唤别人的名字，会怎么想？

公婆却一反常态，伏下身来用唇亲了亲我的额头，说：“终于退烧了，冬阳，我现在也可以照顾你了！”她的声音温柔如水，我一度想起了自己的母亲，我真想借她的肩膀靠一靠。但只是一瞬间，我就清醒了，她是公婆，我不敢。我还是喜欢自己照顾她的样子，我喜欢她柔弱的样子，显得自己像个主人公，像家庭的一分子。现在她渐渐地好起来，我却莫名地慌

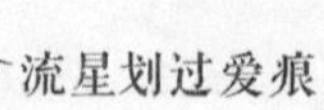

惴不安。

五十一

叶果果又要结婚了，结婚对象居然是一个半老头，我和她通了电话，叫她不要把婚姻当儿戏，找一个老头，那么深的沟壑受得了？叶果果沉默了许久，回答："这次是真的。"

说实在的，我不太相信这个相隔十多岁年龄的代沟，会有真正的爱情。

周六，斐子君约了我一起帮叶果果选婚纱。来到婚纱店，感到像我们这个年龄来到这样的地方，有些不合时宜，但叶果果就是这么任性，从橱窗看中了一件镶满珍珠亮片的露肩婚纱，反复试穿，我们三个闺蜜一起照了合影，不到十分钟，相片在电视屏上显示出来。这一看不要紧，我们脸上的皱纹显露无遗，也难怪，四十多岁了，还做着青春少女的梦，终是会露怯的，这是没有办法的事。影楼老板像看透了我的心思说："过两天来取，保证你们满意!"

我和子君又陪叶果果来到了中式婚礼服装阁，琳琅满目的中国红，才是我曾经的最爱，我们三人选了各自喜欢的红色旗袍，合影留念。我透过镜子，想起了自己结婚时的样子，注入了中国元素的红色婚庆，至今让我难以忘怀。当然女人总是在意婚礼的，只是透过奢华婚礼，褪尽虚幻后，一切变得真实。

我们三个女人东挑西拣，一上午的时间就过去了。到了中午，我们又饿又渴地坐在钱庄餐厅，不一会的工夫，叶果果的新郎官就来了。这不看不要紧，一看居然是个老熟人——新文化出版社的钱立祥，我公爹担任市长时，他曾在文化系统就职。我有几次参加作品颁奖，他还发过言。这几年他退职后，自己创办了新文化出版社。

刚开始谈公爹时，他有些不好意思，见我大大咧咧并不忌讳，他才放开了。他记得公爹以前很喜欢古诗词，喜欢书法。我对他说，公爹的回忆录写得更棒，他有些吃惊，说想看看公爹的回忆录，如果公爹愿意，可以免费为他出书。

这一点拨，让我豁然开朗。真的，每次在阅读公爹的回忆录时，我都感到灵魂的颤抖，这是一个人生奋斗的辛酸史，我能从中吸取很多的养分。特别是公爹的结束语中写道：59 岁，我到达了一个迷茫的巅峰，我还想试着飞一下，但滑翔需要空间，那时，我感到空间越来越窄小，在仓促和焦急中，不慎跌入了深谷……

五十二

西门桥支行被确定为五星级网点要授牌了，我也接到了调任市分行监察室担任主任的通知，奋斗了五年多的西门桥支行，终于改变了规模小，利润少的状况，也改变了人们最初对我的看法。我有些依依不舍，搞顺了的一切，我不想再折腾，坚持了一个多月，也没犟过领导的说客。只能反复说服自己无论是工作还是感情，没有一成不变的，离开是另一个起点的开始。对西门桥这几年，总结出这样一句话：天空没有翅膀的痕迹，但我已飞过，对昨天的回望不是为了停留，而是为了超越。

监察室是人文文化的摇篮，在企业文化的传播中，需要更加润物无声的陶冶。我想领导对我的调动，也许动用了许多心思的吧！身边的人，昨日的事，有时候再细小，不过再熟悉不过，历经时间的洗礼，再蓦然回首，却发现有些坚守可以如此厚重和温暖，也可以令人深思和反省。

调回分行，迎接我的是年轻的一把手行长，他为我接风的时候称我是师姐，他也是中南财大毕业的高才生，看得出他很看重我。他对我说：近几年我行进了一大批本科生和研究生，银行作为一个特殊的企业，文化的传承要跟上，这就是我调你回来的最主要原因。我点了点头，不再说什么，我知道了自己肩上的责任。

老故事还在讲述，新故事还在不断诞生，让我感到传统的律动，又渗透在周而复始的银行血液中，银行人正用坚定的信念和不懈的创新，认真书写新一代的人生与故事……

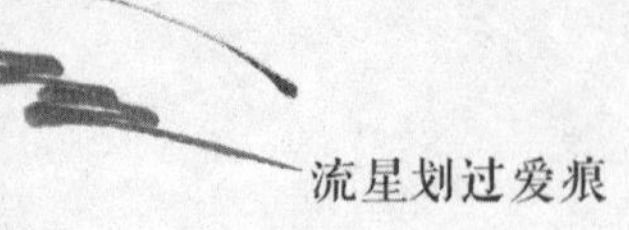

五十三

叶果果传来了我们三闺蜜P过的合影，我仿佛看到了当年二十几岁的样子，不但美丽，甚至还有些惊艳。我将图片放大，才发现虽然美丽却没有质感。我还是喜欢自己现在的样子，虽然只有一张饱经沧桑的面孔，内心却丰盈。

叶果果的婚礼我没有参加，因为姑子打电话来说，小贝面临着学校的选择，我和程强便马不停蹄地飞了过去。快七年没见到他了，姑子说小贝个性反叛，现在谁的话也不听。在加拿大待了七天，小贝并不像小姑子所说的那样很反叛，而且表现相当成熟，甚至超越了他这个年龄的成熟。在临走的那天，小贝一双清澈的眼睛注视着我和程强，问了一句让我俩大吃一惊的话：爷爷是不是和珅？我和程强对视了好一会，都不知道怎么回答。

我的脑海在迅速寻找答案：

“小贝，这些年你犯过错误吗？”

“犯过。”

“是人就会犯错对吗？爷爷也不例外，他也是人，犯错误是难免的，最重要的是知错能改，读爷爷写的《人生四十年》，你就知道爷爷为什么会犯错误，他是怎样用行动来弥补自己所犯错误的。”

我知道小贝有一个心结，爷爷一直是他心目中的英雄。当一个英雄形象在心目中倒塌时，他的思想还不能给自己一个说服的理由。我想《人生四十年》修改版，算是爷爷给他的成人礼吧！

叶果果新婚度假回来，邀约了斐子君夫妇，还有我和程强到新家共进晚餐。让我想不到的是，这次的晚宴是叶果果主厨，钱立祥当的下手，看着这对老夫少妻忙碌的样子，有莫名的感动。我对婚姻的认知似乎有些迷惘：到底什么样的夫妻最般配？

这顿晚餐，菜很丰盛，但让我记在心里的，只有一道赏心悦目的菜——清水白菜。这道菜得到我们四人一致的赞许，清汤盛在白瓷碗里，里面有几棵黄绿鲜嫩的菜心，还有少许的豆渣饼，一颗油星也看不见，可吃在嘴里，味蕾却因此全部开放。再品品，既有鲜虾味又有少许羊膻味。我没有问这道菜的做法，想必这汤汁是精髓，也是魂魄。我对叶果果的再婚，似乎不再那么担心了！

五十四

来到监狱，我告诉公爹有家出版社愿意免费出版《人生四十年》，公爹没有说话，思考了片刻，然后向刘警官要了纸笔，直接授权由我安排。此时，我看到公爹坚毅的脸上，露出了淡淡的笑意，我想公爹已经能够坦然对待一切了，我微笑着点点头。

回到家，我联系了出版社社长钱立祥，他给我出了一个主意，把公爹的《人生四十年》，划分成四个段落：人生的奋斗之旅、惊喜之旅、巅峰之旅、觉醒之旅，组成人生的四部曲。让读者拂去时光的尘埃，擦拭历史的铜绿，来认知一个贫困孩子到市长的荣辱历程，借此让更多走在歧途上的人，重拾人生，勇于担当，用实际行动诠释人生新的价值理念，实现新的愿景与目标。

我听从了钱社长的建议，将公爹的《人生四十年》重新搭建了框架，让读者读起来有紧凑和厚重感。

每当我忙碌到深夜，公婆总会端上特意为我熬的汤，非要我趁热喝下。有时，她也会静静地坐在一旁读公爹的文字，发表一些意见和建议，还有感叹。

更让我诧异的是，有一天，我俩的话题居然提到了熊焰。她说在我和程强谈恋爱的时候，就找人打听过，她知道我喜欢的人一直是熊焰。她说谁没有一段难忘的过去，在经历了这么多事后，她看到了我的成长与成熟，也看到了我为家所付出的心血。这一次倾心长谈，让我哽咽。是的，过去了的一切，再也不可能回来！熊焰真的淡出了我的生活，我的世界！

修改后的《人生四十年》，显得流畅而耐人寻味，这是一本写真的书，更是一本现实的教科书。这一忙碌占用了我足足一年休息时间。我想在公爹出狱前，完成《人生四十年》的出版，也算是迎接公爹人生新的开始吧。

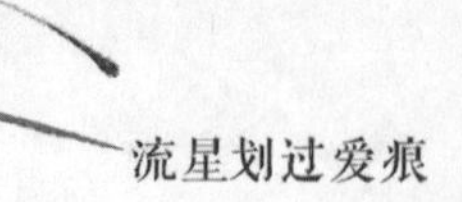

五十五

《警钟》事件再一次袭来，全省就重大案件进行了一次廉洁与修身教育，就此项活动，分行行长要求监察室组织一次警示教育，这次的地点又定在和谐监狱。我在联系刘警官的时候，说话有些吞吞吐吐，当然我的顾虑是心照不宣的，想必刘警官一定懂。在等待回复时，我一直处在忐忑不安中。下午刚上班，刘警官就给我回了话，说公爹这次不要求回避。经过她努力说服，公爹答应为这次的警示教育作重点发言。我深深吐了一口气，有种释然的感觉。

这一天，60 多名中层干部和党员在纪委带领下，走进了和谐监狱，真切地体会监狱高墙内外的反差。会前，领导还布置了一个命题作文，等待我们归来后要写：如何做人？如何做官？如何做事？通过认真思考，如何感受廉洁自律的重要性，在今后的工作生活中，如何远离腐败，远离犯罪。

我早想好了答案。在等待中，我看到公爹衣着整齐，花白头发一丝不乱，干净的脸上带着笑意，坦然走上讲台。公爹的声音从话筒传了出来，清晰夹杂着沉重……我受党培养多年，曾经踌躇满志、工作出色，一步一步从乡村干事走到了受人尊敬的市长位置，在即将退休时，还是经受不起金钱的诱惑，人生观和价值观发生了陡变，逐渐被别有用心的人所利用，那些商人投其所好，在他们不断糖衣炮弹攻击下，我逐渐丧失了辨别能力，放松了警惕。”

“……实际上那些千方百计接近你的人，他们看中的是你手中的权力。我曾抱有侥幸心理，认为偶尔的小事没关系，只要对方不说就没事。以至在短短的一年时间里，丢掉了党性，丢掉了原则，大肆受贿，使自己在错误的路上，越滑越远，最终成为阶下囚。要想人不知，除非己莫为啊……

公爹的讲述，透露出忏悔。他以自己的亲身经历，剖析了犯罪的思想根源，给我们党员干部实实在在上了一堂警示课。

五十六

公爹因遵守狱规，接受教育改造，悔改表现好，被减刑，一家人特别开心。特别是小贝听说爷爷要出狱了，也提前作了回国的打算，想利用假期多陪伴爷爷。

我加紧了《人生四十年》出版的步伐，公婆也烫染了头发。她说老伴回来就好了，家里一瞬间像过年一般，充满了喜庆。

羊年的十月，金秋送爽，我们在机场翘首盼望。小贝一现身，公婆就像个孩子，展开双臂飞奔过去。我有种温柔在心里泛滥开，很想将小贝搂在怀中，可是他太高了。只见小贝走上前来，轻轻地一揽，便将我拥入他的怀里，我觉得自己好需要依靠。程强跟在后面，推着小贝的行李箱，默然无语。

“我们回家!”小贝左右拉着我和公婆的手，程强紧紧跟上。一路上，我们都没有说话，我握紧小贝的手，感受着他的温度，我觉得这个小男子汉内心积聚的力量比任何时候都强大。

星期一的早晨，我们早早来到和谐监狱，这个监狱是在公爹的手中批建的，现在里面还关押着公爹，庆幸的是今天他要出狱了！人生无常且富有戏剧性，是没办法的事，有道是无巧不成书，公爹的人生是悲喜剧，让人回味让人思考。

我的怀中抱着公爹撰写的《人生四十年》，程强抱着一盆龙血树，我们四人一直注视着森严的高墙，等待那扇开启的大门，期盼出现公爹的身影……

等　爱

（一）

走到酒店楼下的时候，桑然看到了陈宇。陈宇穿蓝色的衬衫，配米白色的休闲裤，洛克鞋。冷暖颜色对比，显得简单明了，新潮有品位。他左肩上挎着一款牛皮包，牛皮很细致，以至桑然一眼就看出包内印出了一个四方小盒。

他的怀里还抱着一只米灰色的波斯猫，眼睛眯着一条缝，懒洋洋地趴在陈宇的怀中。

两个人对立站了一会工夫，都带着羞怯的表情说着话。突然，那只猫伸长脖子，睁开眼睛，对着桑然长长地叫了一声“喵——”。

桑然不喜欢猫，她总觉猫科动物是冷的，冷得眼神都能杀死人。

她本能地后退一步。陈宇却笑了，他的眼神满是温柔。

他腾出左手绕过桑然的腰。桑然透过棉布的长裙，依稀能感到陈宇的手温。

这是孝感最豪华最有创意的农庄。除了假山假水营造的景致外，桑然更喜欢这里游戈的各种鱼类，色彩斑斓。

服务员接过陈宇的猫，放进了代保管的笼里。桑然回头望了一眼猫，猫正眯缝着眼睛看她，她本能地颤了一下。

走进精致的雅座，里面有一个像书一样大小的精制水果蛋糕。桑然腼腆地笑了，在陈宇的脸上亲了下。

桑然今天 30 岁，她和陈宇相识在两年前。

（二）

那时的桑然看上去，顶多只有 20 岁。

她是武汉师范学院毕业。毕业之后就分到了这座镇里的中学任教，已经来了六年了。

她是这里的教导处主任，学校为她建立了工作室，她还是市的人大代表。

唯一不足的是，她心仪的人迟迟没有出现。

那天，桑然和她的一群学生排好队在操场上等待一个人，那个人就是陈宇。陈宇是一个企业家，他资助了五名贫困生，其中两名贫困生是桑然班的学生。

学校请他为学生们讲几句励志的话。

桑然从来没有想到在以后的人生中会和他有故事发生。

在认识的最初，她甚至在心中把他当尊者看待，在多次互动中，她叫陈宇为老师，叫得恭敬而谦卑。

他们的交流很愉快，彼此都有好感，在一起的时间总是过得很快而且愉悦。他们最终难逃俗套在三月的某一天发生了一夜情。

（三）

那是一次聚餐后，陈宇送桑然回宿舍。

天渐渐地暗了下来，简陋的学校，只有操场的跑道可以让他们散步。

一圈二圈……十圈二十圈……桑然做梦都没想到，陈宇这么优秀的男人居然与妻子分居 5 年了！

累了吧？要不到宿舍坐坐？桑然动了恻隐之心，这是她第一次邀约男人进入她简陋的寝室。

清晨一醒来，陈宇闻到了花香。小镇的空气分外的清新。

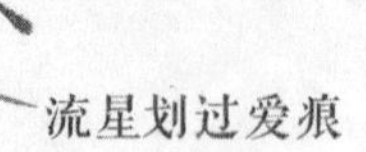

桃花，梨花，月季……拉开窗帘，窗外的世界姹紫嫣红。

陈宇伏下身来吻了桑然，桑然的眼泪决堤漫出。她的心是颤抖的，宛如在草尖上滑过，有着微醉的疼。

陈宇一把搂着她入怀……

二十八年的人生，桑然的交付，有了一丝牵挂与期盼。

（四）

两年过去了，桑然美丽的眼睛下面已经有了淡淡的黛青。

桑然摸着自己的脸，对着镜子细细打量。

她的眼睛随母亲，大而黑。而此刻黑眼圈已经很深了，是进入30岁女人的最大禁忌。

三十而立是指男人。陈宇就属于这类男人。今年35岁的陈宇是一个典型的成熟男人，刚劲而成稳。当然他已娶妻生子。

而女人三十，那是可怕的一道坎，尤其桑然还是一个徘徊于一段婚姻之外的女人。

他们好上了。好得海誓山盟，天崩地裂。谁也离不开谁。

他们约定回各自的家打攻坚战。迎接一场暴风骤雨的来临。

桑然的母亲也是老师，母亲和父亲站在同一条战线上激烈反对，七姑八姨也不看好这场感情，轮番轰炸做她的思想工作。

桑然一句也听不进去，她是横下了心的。为了陈宇她要做一只扑火的飞蛾。

陈宇感动了。感动于她的决心与投入，他决心要对她的未来负责，他向妻子提出了离婚申请，并搬到单位居住。

婚，当然没有离成。首先是妻子坚决不同意，他的妻子说陈宇不知好歹，没有她娘家的支持，你陈宇连个屁都不是。

其次是他的母亲不同意，说做人要有良心，要不是媳妇家的门道宽，还不知道陈宇能不能回城。

几个回合的攻坚战，桑然更加握紧了陈宇的手。她在想：这是爱情吗？

她坚信只要两人的心在一起，她还有长长的青春可以用来等待花落花开。

（五）

陈宇为他们的二人世界租了房，戏称爱情屋。当然，他是不常来的，他工作忙，而且是这个小城的公众人物。

“宇”是桑然呼唤这个男子的爱称，发自内心的甜蜜，充满着爱的小屋，也丰盈着桑然的心。

时间又走了五年。

波斯猫温顺慵懒地坐在沙发上看着桑然。

桑然也慵懒看着它，然后抱着它，像两个抱团取暖的活物。

以前桑然对它的敬畏变成了现在的亲昵，它已成了桑然生活中很重要的生命。有时，甚至超过了陈宇。

40 岁的男人也正是风华正茂的年纪，他的事业太忙碌，总在不经意中，将爱情放置到了最后。

陈宇已经两个月没有来爱情小屋了。

今天是周末，桑然握着手机拨了号又清空，这个动作居然持续了 3 个小时。

没有人会关注她，她已习惯独自面对漫漫长夜和孤单寂寞。

（六）

星期天醒来已是九点，看了看手机的置顶，依旧没有红色的小点闪烁。桑然失望地放下手机。

桑然一个人逛到了商场。她买了一把青菜和一个西红柿。很多时候，桑然就是这样混生活。爱情的小屋没有了陈宇，注定了小屋被上了魔咒，黑白为底，没了生机。

她随着电梯进入了二楼的女式服装层。

她看到一家三口在买衣服。男人给女人买了，然后上了三层给孩子买。一家三口静静地，笑意融融，举手投足之间都是幸福和快乐。

她远远地看着发呆，直到目送三个背影离开了商场的大门。她站立不住了，扶住栏杆。心中突然有泪，淅淅沥沥在下着雨。

这场雨不停也不息……

（七）

你怎么把猫咪带出来了？陈宇的声音带着质疑和愠怒。

还是在孝感最豪华的农庄的楼下，桑然低着头，一脸素颜，苍白，无力，像生了一场大病。

她胸前佩戴着白金项链，怀中抱着波斯猫。

这都是陈宇送给桑然30岁的生日礼物。如今她35岁了。

桑然把波斯猫递到陈宇的怀中，然后取下脖子上的项链，轻声地对陈宇说：我要走了？

走哪去？

去看看外面的世界。

你不爱我了吗？

桑然摇了摇头。此时她的喉咙已经哽咽：这个曾经被他视为生命似的爱情，却像天边飘过的一抹流云，美丽却不真实。

她的青春，像剥落的果皮，风化之后，只剩尘埃。

转身之后，桑然没有再回头。

（八）

昨晚，她一宿没睡。她一直在电脑上翻照片，翻到凌晨。

最早的一张是在7年前，陈宇在学校九点十分广播体操间，作为资助公益人发言。那时的他风流倜傥，能量满满……

最后一张是在3个月前，也是桑然35岁生日宴上，两人自拍的合影照，笑意融融，温情蜜意……当然是见不得阳光的。

图片共有1748张。桑然闭着眼睛都能想起这些图片的点点滴滴。

而此刻桑然没有丝毫的犹豫，按了全选，轻轻地点了鼠标，所有的图片快速消失，一会都不见踪影……

后 记

我是在桃花村长大的女孩，在记忆中，我的世界总盛开着一望无际的桃花。在那个特殊的年代，桃花虽美，却并没能给我们带来富裕，我居住的杨店村总是入不敷出，非常贫瘠。

1982 年，我的二叔从部队转业回到村里任大队书记，没想到能干的二叔凭借一块黑板，一支粉笔，改变了村里的模样与命运。特别是 20 世纪 90 年代，头脑灵活的二叔依靠党的好政策和天时地利人和的条件，将一块黑板延伸成一份油墨的报纸，四开四版的彩印镇级小报《桃花源》。在这个小报上进行党务、村务、财务“三公开”。将党的方针政策、科技知识、农村的各类经济信息进行分类传播。因这份小报，汇源这样的大公司和二叔取得了联系，杨店村的桃子，成为汇源的原材料货源，杨店成为汇源的原材料基地。汇源在技术上对杨店的桃子种植，保鲜存放进行指导，使杨店桃子的存放周期延长了一个星期，而走向世界。

1984 年，我进入银行，在储蓄科从事事后监督工作，领导见我喜欢写写画画，让我兼职做储蓄宣传。那时，部门负责人也是一名转业军人，办事雷厉风行，见我喜欢写写画画，便把宣传的一块也交给了我。

这下我便萌动了与二叔一样办报的想法，没想到的是，负责人一听到我这个想法，立刻给我提供了许多方便，如会毛笔字的老前辈，会画画的宣传干事，还有会漫画、会篆刻的爱好者。这下，我感到自己是标准的“主编”了，开始了第一期的编辑工作。为了办好创刊号，我参阅了大量的宣传资料，也从中学到了不少的东西。

第一期小报3000份印出后，嗅着油墨的清香真是百感交集，感到儿时的作家梦，好像离自己不远了，不到一个月的时间，小报就分发完了。

从那以后，各个行业的文学爱好者就开始向我投稿、约稿了。后来，随着时间的积累，我办报摸索到了一些规律，平时身边先进的人和事，用小纸记下，写成小故事；开会时搜集资料，积累素材。将这些故事，在我的小报一二版银行动态中反映出来，三版刊登一些银行案例，经济探讨、人才掠影、精神文明之花等，四版是银行员工可圈可点的格言警句，他山之石、员工风采、心得体会、问题改进方法等。

随着视野不断扩大，我参加了本地的作协，在此间，认识了不少作协的朋友、领导，我学会了摄影、上QQ、申请邮箱。得到了不少作家签名赠书，这些经历，让我感慨网络的好处，也激活了自己的创造欲望。

2009年，我在凤凰网站开了属于自己的博客，认识了来自不同地方的朋友，发现一些很有意思的原创，如“碎碎念”“在路上”“小日子”。我朋友圈中也有不少的“诗人、小说家、散文家”。和这些文学人交流写作心得，也在报刊、银行网讯上发表一些作品，时间过得飞快，心也很充实。

2010年我结集出版了个人作品《握手》。写作虽是一件艰难的事，但结果让人愉悦。我的《握手》一书得到了领导和同事们的赞扬和鼓励，被列入银行业文明创建学习手册。

同年，我将放置了五年之久的原创小说《花开季节》重新进行整理，把沉放已久的人物又点击开来。书中的四个女孩都折射着自己的影子，反映着推进时代进步的使命感，一个个活鲜的女性像器皿中充盈的水，在我心中不断地沸腾和升华，我着迷她们的姿态，着迷于她们不同的沸点，她们虽然看上去那么纤秀、柔弱，却是站在时代尖端的弄潮儿。

2014年，我完成了对《花开季节》一书的梳理。说真话，很累很累，却很有成就感。在反复修改过程中，我一次又一次被小说中这群敢于竞争、乐于合作、诚于超越，时时保持一颗乐观上进心的女性们折服，被她们陶醉。书中的这些女子，正如一杯杯醇酒，蕴涵了绵长而清冽的韵味；亦恰似色彩斑斓的朵朵鲜花，芳香四溢绵绵不绝。

她们的卓越，离不开国家给予女性得天独厚的条件。政治上给予女性的地位，法律上保障女性的权益，文化上尊重女性的个性。正是因为有了这些条件，才使得更多女性参入到政治、经济活动中来，才有了她们靓丽的风采。

2017年《花开季节》由长江文艺出版社出版，全国发行。同年《花开季节》荣获中国金融文学奖。

作家在我看来，就是认真用心写字。写字，是我生活乃至生命中不可缺少的重要部分，因为它让我感到神圣。在我看来，一个人有了神圣的事要做，那么她就会永远以一种饱满的激情、纯正的良知，愉悦地跳动在时代的脉搏上。

想必，我离作家梦的实现不远了吧！

感谢中国金融作家协会阎君雪主席在万忙中为我的拙著作序！

感谢工商银行孝感分行易必新行长对我的创作给予的鼓励与支持！

感谢本书在集结过程中许多文友给予的帮助。

在此深深感谢！因为有你们一路相伴，使得这本不成熟的文字一直丰盈着我的内心世界与简单生活！

谢谢你们！

2018年3月8日于泰阳城